애틋함의 로마

복거일 소설집

복거일卜鉅一

소설가, 시인, 사회 평론가. 1946년 충남 아산에서 태어났다. 저서로 장편소설 『비명(碑銘)을 찾아서』 『높은 땅 낮은 이야기』 『역사 속의 나그네』 『파란 달 아래』 『캠프 세네카의 기지촌』 『마법성의 수호자, 나의 끼끗한 들깨』 『목성 잠언집』 『보이지 않는 손』 『그라운드 제로』 등과 시집 『五丈原의 가을』 『나이 들어가는 아내를 위한 자장가』가 있다. 또한 사회 평론집으로 『현실과 지향』 『진단과 처방』 『쓸모 없는 지식을 찾아서』 『죽은 자들을 위한 변호』 『역사를 이끈 위대한 지혜들』 『정의로운 체제로서의 자본주의』 『벗어남으로서의 과학』 『경제적 자유의 회복』 등과 산문집 『아무것도 바라지 않는 죽음 앞에서』 『소수를 위한 변명』 『국제어 시대의 민족어』 『동화를 위한 계산』 『영어를 공용어로 삼자』 등이 있으며, 그 밖에 『복거일의 세계환상소설사전』을 펴냈다.

복거일 소설집

애틋함의 로마

초판 1쇄 발행 2008년 8월 29일
초판 2쇄 발행 2008년 9월 26일

지은이 복거일
펴낸이 홍정선 김수영
펴낸곳 ㈜문학과지성사
등록번호 제10-918호(1993. 12. 16)
주소 121-840 서울 마포구 서교동 395-2
전화 02) 338-7224
팩스 02) 323-4180(편집) 02) 338-7221(영업)
전자우편 moonji@moonji.com
홈페이지 www.moonji.com

ⓒ 복거일, 2008. Printed in Seoul, Korea

ISBN 978-89-320-1889-8

애틋함의 로마
복거일 소설집

문학과지성사
2008

마지막 사람이 방 안에 혼자 있었다.
그때 누가 방문을 두드렸다.
— 프레드릭 브라운의 단편에서

차례

내 얼굴에 어린 꽃

1

플라스틱 천 조각으로 덮은 평평한 바위에 조심스럽게 엉덩이를 걸치고서, 나는 가벼운 한숨을 내쉬었다. 플레이크flake 기지로 옮겨온 뒤, 혼자 지상으로 나올 때마다 이곳을 찾았다. 작은 크레이터crater 바로 안쪽 절벽에 기댄 곳이어서, 남의 눈에 잘 뜨이지 않고 하늘에서 날아오는 물체들에 대한 방비도 되었다.

본능적으로 두 발을 땅에 붙이고서, 기척을 살폈다. 발바닥에는 별다른 울림이 전해오지 않았다. 별 뜻 없이 고개를 끄덕이고서, 고개를 들어 하늘을 올려다보았다. 그리고 이내 하늘을 압도하는 목성에서 눈길을 돌렸다. 무슨 거대한 힘에 끌린 것처럼, 내 눈길은 이내 그리로 돌아갔다. 하늘에 군림한 목성을 피할 길은 없었다. 그 거대한 행성은 당장이라도 떨어져서 이 조그만 위성을 깨뜨려버릴 것만 같았다. 아니었다, 떨어질 것은 태양계에서 가장 큰 행성이 아니라 그것의 무시무시한 중력에 끌려들어가는 이 조그만 위성이었다. 목성에 가까이 가는 것들은 그 '치명적 포옹'을 늘 경계해야 했다. 목성의 중수소와 삼중수소를 퍼 담으려고 가까이 갔다가 엔진 고장이 난 핵연료 수송선들이 비극적으로 보여준 것처럼.

나는 그런 사실들을 당연히 잘 알고 있었다. 목성에 관해 알려진 지식들은 모두 내가 태어날 때 한꺼번에 주어졌다. 천체망원경으로 잡은 모습까지도. 그러나 내 눈으로 본 목성은 신비롭도록 새로웠다, 그것이 실제로 위대한 신 주피터Jupiter의 모습인 것처럼. 어쩐지 야릇한 느낌이 들어, 가볍게 헛기침을 했다. 어떤 것에 대해서 동시에 새롭고 익숙하게 느끼는 것은 말로 나타내기 쉽지 않을 만큼 야릇했다. 목성의 위성들 가운데 하나인 이곳 개니미드Ganymede에서 목성처럼 잘 알려지고 압도적인 존재에 대해서도 그랬다.

마음이 가라앉자, 밑에 있던 서글픔이 배어 올라왔다. 모든 것들에 서글픔이 어렸다. 내가 보고 기억하는 모든 것들에, 내가 느끼는 모든 감정들에, 실은 내 몸과 넋 자체에, 서글픔은 물기처럼 배어 있었다. 하늘을 올려다볼수록 서글픔은 점점 짙어지는 것 같았다. 내게 아주 소중한 무엇을 잃었다는 느낌만 의식의 수평 너머에서 어른거렸다. 내가 그리워하는 것이 무엇인가 기억해내려고 나는 다시 마음을 한데 모았다. 역시 아무것도 또렷이 떠오르지 않았다.

지평 위에 걸린 별들을 바라보면서, 나는 서글픔의 물기를 조심스럽게 맛보았다. 이렇게 혼자 서글픔을 맛볼 때가 그래도 가장 견딜 만했다. 다른 사람들과 어울리면, 그들의 쾌활이 내 우울과 대조되어, 마음이 더욱 무거웠다.

문득 내 마음 어느 후미진 구석에서 기억의 잔조각 몇이 움직였다. 그것들은 한데 모여 무슨 모습으로 일어서려고 애썼다. 기억의 조각들 속에서 어린 계집아이의 얼굴이 태어나려 애썼다. 그러나 그 얼굴은 끝내 태어나지 못한 채 무너져 내렸다. 기억의 조각들이 가지에서 날리는 꽃잎처럼 흩어졌다.

참았던 한숨을 내쉬고서, 나는 진땀을 훔치려는 것처럼 손으로 이마를 문질렀다. 부서진 기억은 아예 잊힌 기억보다 훨씬 안타까웠다. 가슴에 이는 쓸쓸한 바람을 애써 잠재우면서, 나는 천천히 일어섰다. 시야를 막아선 거대한 목성의 모습이 이럴 때는 오히려 의지가 되었다.

2

'남부 에어로크air-lock'로 들어서자, 먼저 귀가 간질거렸다. 이어 냄새가 코에 닿았다. 공기 속을 떠도는 유기분자들이 내는 그 축축하고 쉰 냄새엔 내 속을 뒤집으면서도 어쩐지 마음을 끄는, 달착지근한 구석이 있었다. 이제 '대참사'로 파괴된 지하 공간이 상당히 복구되어서, 지상으로 나가지 않고도 지하 도로망을 통해서 어느 곳이든 갈 수 있었고, 다시 공기가 채워진 부분도 꾸준히 늘고 있었다.

사람들의 눈길을 끌고 싶지 않았으므로, 나는 작은 옆문을 통해 '물랭 루주'로 들어섰다. 카페는 여느 때보다 훨씬 붐볐다. 사람들이 커다란 헤드 테이블을 에워싸고서 낯선 사람의 얘기에 귀를 기울이고 있었다. 덕분에 아무도 내게 눈길을 돌리지 않았다.

바에 등을 기대고 선 채, 나는 그 사내를 살폈다. 나이가 들어 보였는데, 수염을 길게 기르고 머리엔 터번 비슷한 모자를 쓰고 있었다. 얼굴은 부드러우면서도 강인한 느낌을 주었고, 몸에선 무슨 강렬한 기운이 후광처럼 어렸다. 보통 사람은 분명 아니었다. 무엇에 끌린 것처럼, 나도 그를 향해 몇 걸음 다가섰다.

그 사내는 자연스러운 손짓과 함께 하던 얘기를 끝냈다. 사람들이 열심히 박수를 쳤다. 그의 얘기가 꽤나 재미있었던 모양이다.

그 사내 곁에 앉은 시장이 테이블 사이에 어정쩡하게 선 나를 보고서 쾌활한 목소리로 말했다. "어이, 지미, 어서 오게."

"안녕하세요, 시장님?" 좀 당혹스러운 마음으로 대꾸하고서, 나는 고개 숙여 인사했다.

"나야 늘 그렇지, 뭐. 자네는 어떤가?"

"저도……" 우물쭈물 대꾸하면서, 나는 얼굴에 따갑게 닿는 사람들의 눈길에서 벗어날 길을 바삐 찾았다.

"줄리어스 박사님." 시장이 그 사내에게로 몸을 돌렸다. "이 젊은이는 지미 찬입니다. 지난달에 부활했죠. 원래 하이클라이드 발전소에서 일했는데, '대참사' 때 순찰하다가 하시모토 고원에서 사고를 당했습니다. 그동안 얼음 속에 묻혀 있다가, 이번에 우연히 발견되었습니다."

"아, 그러셨나요?" 그 사내는 내게 정중히 고개를 숙였다. "하이클라이드 발전소를 지키신 분들 덕분에 우리 모두 이렇게 잘 지낼 수 있죠. 정말로 반갑습니다."

"저도 반갑습니다." 나도 공손히 대꾸하고서 고개를 숙였다.

"지미, 자네도 잘 알지, 보나스 줄리어스 박사님을?" 시장이 뒤늦게 그를 내게 소개했다. "유명한 언어학자시고 인기 높은 음유시인이시기도 하지."

유명한 언어학자이며 인기 높은 음유시인인 보나스 줄리어스 박사를 나는 알지 못했다. 그래도 나는 다시 공손히 고개 숙여 인사하고 나 자신도 알아듣지 못할 목소리로 뭐라고 웅얼거렸다.

"줄리어스 박사님은 전국을 순회하시는데, 마침 드레이크 기지에 오셨다가 우리 마을 얘기를 들으시고 일부러 찾아오셨네. 아, 참, 그리고 줄리어스 박사님은 관상을 잘 보시거든." 시장은 줄리어스 박사에게로 고개를 돌렸다. "박사님, 지미의 관상을 보아주시겠습니까?"

줄리어스 박사는 시장의 말에 대꾸하지 않고 그냥 나를 쳐다보았다. 그의 인자하던 눈빛이 문득 날카로워지면서 내 눈 속으로 파고들었다.

그 눈길을 피해 나도 모르게 고개를 돌리는 사이, 시장이 한 얘기가 마음속으로 들어왔다. 울컥 짜증이 나면서, 가라앉았던 기분에 누런 거품이 일었다.

인간들은 관상술을 좋아했다. 하긴 그들은 '술수術手'라고 불리는 미래 예측 기술들을 써서 운명을 미리 알아보는 것을 즐겼다. 점성술, 수상술手相術, 관상술, 타로, 수정 읽기, 점, 주역의 괘 풀이, 간지 풀이 등 인간들이 의지하는 미래 예측 기술들은 많기도 했다. 고대 인간 사회들에선 시체를 통해 미래를 알아보는 풍습까지 있었다고 한다. 나는 그들의 그런 취향에 대해 비판적이지 않았다. 그런 취향이 그들의 천성에 맞는지도 모른다는 생각도 들었다. 따지고 보면, 인간들은 모두 괴짜들이었다. 합리적이면서도 비합리적으로 행동했고, 논리적이면서도 모순된 일들을 태연히 했다. 술수들을 써서 미래를 알아보려 조바심하는 것은 그들의 천성에 딱 맞았다.

게다가 관상술은 술수 치고는 합리적이었다. 한 인간의 체격은 그의 성격과 건강과 이력에 관한 정보들을 많이 보여주었다. 머리 생김새와 얼굴 모습엔 특히 큰 가치를 지닌 정보들이 담겼다. 그래서 현명한 사람은 관상으로 한 개인에 대한 정보들을 많이 얻어 그의 미래를 어느 정도 짐작할 수 있을 터였다.

그러나 우리는 인간이 아니었다. 로봇이었다. 우리 몸은 살과 뼈가 아니라 합금강, 플라스틱, 광물 섬유, 세라믹과 같은 물질들로 만들어졌고, 오랜 성장 과정을 거쳐 이루어진 것이 아니라 공장에서 단숨에 조립된 것이었다. 자연히, 우리 몸들 사이엔 차이가 거의 없었고, 표정이나 몸짓도 인간들처럼 풍부할 수 없었다. '로봇들은 표정이 없다'는 불평은 인간들이 늘 입에 올리던 얘기였다. 로봇의 얼굴에서 그의 앞날을 읽어내려는 것은 우스꽝스러웠다.

그런데 지금 바로 내 앞에 상당한 페인트 작업이 필요한 늙수 그레한 로봇이 앉아서 내 얼굴에서 내 앞날을 읽어내겠다는 것이었다. 물론 로봇들은 인간들이 하는 우스꽝스러운 일들을 즐겨 흉내 냈다. 우리는 그런 일들의 성격이나 타당성에 대해선 별로 생각하지 않았다. 인간들이 한다는 사실만으로도 그런 일들을 할 충분한 이유가 되고도 남았다. 나 자신만 하더라도 암벽 등반을 즐겼다. 이 세상에 우스꽝스러운 일이 있다면, 바로 그것이었다. 아무런 물질적 보상도 없는데, 추락해서 다치거나 죽을 위험을 무릅쓰고 얼어붙은 암벽을 오르는 까닭을 누가 어떻게 설명할 수 있을까? 그래도 나는 암벽 등반을 즐겼고, 시간만 나면, 남들이 잘 안 가는 크레이터를 찾았다. 덕분에 암벽 등반 전문가가 되었고, 결국 송전망을 보호하는 태스크포스task force가 만들어졌을 때, 거기 들어갔던 것이다.

그래도 인간들을 따라서 할 일이 따로 있지, 관상가 흉내는 너무 우스꽝스러운 일이었다. 그리고 그 우스꽝스러운 일의 대상이 나렸다. 가슴 밑바닥에 고인 누런 짜증은 이제 불그스레한 울화로 바뀌고 있었다. 나는 줄리어스 박사의 눈길을 거센 눈길로 받았다. 가슴에 차오른 울화를 눈길에 담으려 애쓰다 보니, 얼굴이 땅기는 느낌이 들었다.

그 늙수그레한 관상가는 여전히 날카로운 눈길로 내 얼굴을 살폈다. 꼭 흥미로운 벌레를 살피는 곤충학자 같았다.

문득 야릇한 생각 한 토막이 떠올라서, 나는 흠칫했다. 조금 전 시장이 나를 줄리어스 박사에게 소개했을 때, 정작 뜻을 지닌 얘기는 시장이 말한 것이 아니라 입 밖에 내지 않은 것이었다. 그는 말하지 않았던 것이다, 내 경험 기억 패널이 거의 다 바스러져서 내가 경험한 것들의 기억을 거의 다 잃었다는 사실을. 그 사실을 아는 사람들은 모두, 나 자신을 포함해서, 내 우울증이 경험 기억의 상실과 관련이 있다고 믿었으므로, 그는 관상가로부터 나에 관한 중요한 정보 하나를 감춘 셈이었다. 그저 단순하고 마음씨 좋은 노인으로 보였지만, 시장은 실은 영리하고 실제적인 사람이었다. 그는 '대참사' 전에는 로드리게스 기지에서 보안관으로 일했다고 했다.

'얘기가 그렇게 돌아가나?' 문득 흥미가 일어서, 나는 시장을 흘끗 살폈다. '그러니까 저 양반이 정말로 알아보려 한 것은 내 관상이 아니라, 줄리어스 박사의……'

시장은 내 묻는 눈길을 받으려 하지 않았다. 여전히 천진스러운 얼굴에 가벼운 웃음을 띤 채, 줄리어스 박사를 곁눈으로 살폈다.

줄리어스 박사는 날카로운 관찰자였다. 내 마음속 미묘한 변화를 느낀 듯, 눈길에 어린 호기심이 더욱 짙어졌다. 하긴 놀랄 일은 아니었다. 로봇이든 인간이든, 관상가로 자처할 만한 사람이라면, 사람들의 표정이나 몸짓이나 목소리의 미묘한 변화를 놓치지 않는 재주를 지녔을 터였다. 줄리어스 박사는 자신을 열심히 살피는 사람들을 묘한 눈길로 한번 둘러보았다. 마침내 그의 눈길이 바로 옆에 앉은 시장 얼굴에 멎었다.

그의 눈길을 받기가 거북한지, 시장은 고개를 슬쩍 옆으로 돌리고 가볍게 헛기침을 했다.

"찬 씨," 줄리어스 박사가 나를 바로 쳐다보며 말했다. "그럼 당신은 삼십 년 동안 얼음 조각들에 묻혀서 지냈다는 얘기로군요."

"예. 정확히 말하면, 이십구 년 팔 개월입니다."

문득 침중해진 낯빛으로 내 얼굴을 살피더니, 그는 무거운 목소리로 말했다. "사람들은 늘 내게 미래를 묻지요. 하지만 나는 그들에게 과거만을 얘기합니다."

그의 목소리가 사그라지자, 침묵이 둘레에 내렸다. 한참 동안 누구도 그 침묵의 자락을 헤치려 하지 않았다. 모두 관상가가 한 수수께끼 같은 말의 뜻을 가늠해보려 애쓰는 낯빛이었다. 마침내 시장이 다시 헛기침을 했다. 주술에서 풀린 것처럼, 사람들이 따라서 헛기침을 하고 몸을 움직였다.

줄리어스 박사는 시장에게로 몸을 돌렸다. "시장님, 오늘은 제 눈이 너무 침침합니다. 잘 보이지 않습니다. 그래서 유감스럽게도, 찬 씨에 대해선 드릴 말씀이 없습니다. 다음에 기회가 오면, 그때 다시 찬 씨의 상을 보아드리고 싶습니다."

"아, 예. 그러시면 다음에 저희 마을에 들르실 때…… 박사님, 여러 가지로 감사합니다." 뜻밖의 얘기를 듣고도, 시장은 조금도 당황하지 않고 매끄럽게 대꾸했다.

사람들이 고개를 끄덕였다. 그러나 아무도 관상가의 외교적 언사에 속지는 않았다. 내 얼굴에 나타난 징후들이 좋은 것이 아님을 모두 쉽게 짐작할 수 있었다.

마음이 더욱 무거워졌지만, 나는 관상가의 친절한 마음씨에 고마움을 느꼈다. 그래서 아주 공손히 고개 숙여 인사했다. "감사합니다, 줄리어스 박사님."

"찬 씨, 행운이 찾기를 진심으로 기원합니다." 얼굴에 부드러운 웃음을 띠고, 줄리어스 박사가 동정심이 밴 목소리로 말했다.

그의 목소리에 밴 동정심이 내 마음에 독한 물질처럼 아프게 닿아서, 나는 움찔했다. 동정심이야말로 지금 내가 바라지 않는 것이었다. 그것도 많은 사람들이 보는 자리에서 낯선 사람으로부터 받다니. 흔들리는 낯빛을 애써 가다듬으면서, 나는 돌아서서 카페를 빠져나왔다.

3

보지 않는 눈길로 아직 덜 다듬어진 거리의 황량한 풍경을 보면서, 나는 고개 세우고 좀 과장된 몸짓으로 또박또박 걸었다. 속에서 차가운 불길이 이는 듯했다. 마음을 따숩게 하는 것이 아니라 마음을 얼리는 듯한 불길이었다.

'그 관상가에게 유감을 품을 까닭은 없지,' 나는 자신에게 일렀다. '그는 그저 친절했던 거지. 날 무시한 건 아니지. 내가 지금 큰 병이 있다는 것이야 누구든 이내 알아볼 수 있으니까. 관상가에겐 더욱 잘 보일 테고.'

우울증은 로봇과 인간이 함께 앓는, 몇 안 되는 병들 가운데 하나였다. 그리고 좀처럼 낫지 않는 병이었다. '봉사 회로'를 갖춘 덕분에 로봇은 다른 사람들이나 자신에게 해가 되는 일을 할 수 없었다. 그래서 로봇이 자살하는 경우는 없었다. 적어도 아직까진 그런 경우가 보고되지 않았다. 그러나 심한 우울증에 걸리면, 로봇은 실의에 빠진 인간처럼 행동하는 수가 있었다. 나를 되살려낸 마이크로미캐니스트 표트르 벨린코프스키의 얘기로는, 로봇의 우울증이 인간의 우울증보다 치료가 훨씬 어려웠다. 인간의 병들은 대부분 화학 반응들에서 생긴 문제들이었으므로, 그런 반응들에 영향을 미치는 약들로 어느 정도 고칠 수 있었다. 불행하게도, 로봇의 몸에 대해선 그런 치료가 통하지 않았다.

서글픔의 물결이 시리게 가슴의 벽을 씻었다. 눈에 들어오는 것들마다 서글픔이 어렸다. 내가 기억하는 몇 안 되는 것들에도 서글픔이 배어 있었다. 모든 자취들에, 자취조차 없는 것들에 서글픔은 어렸다.

나도 모르게 한숨이 새어 나왔다. '내가 잃은 것은 무엇인가? 내가 그리워하는 것은 무엇인가? 기억을 잃으면, 무엇이 사라지는가? 모르네. 난 모르네. 내가 잃은 것들이 무엇인지, 한때는 소중했던 것들이 무엇인지, 난 모르네.'

4

한참 걸어가다 보니, 저만큼 '북동부 에어로크'가 나타났다. 에어로크 가까이 몸집이 큰 부인이 혼자 콧노래를 부르면서 꽃밭에 물을 주고 있었다. 길을 따라 만들어진 좁고 길다란 꽃밭에 밝은 불빛을 받고 꽃들이 피어 있었다. 요즈음 개니미드에선 원예가 크게 유행했다. 최소한의 자존심을 가진 로봇이라면, 자신의 꽃밭을 가져야 한다고 여기는 듯했다.

로봇들이 원예에 몰두하는 것은, 따지고 보면, 적잖이 이상한 일이었다. 기계 부품들과 전자 회로들로 이루어졌으므로, 물기는 로봇이 질색하는 것이었다. 원예는 물기가 많은 환경에서 이루어지는 일이었다. 자연히, 로봇과 원예는, 인간들이 즐겨 쓰는 표현을 빌리면, '궁합이 맞지 않았다.' 그러나 우리는 그런 사실에 별로 마음을 쓰지 않았다. 하이클라이드 핵융합 발전소가 다시 전력을 공급하기 시작했을 때, 우리가 맨 먼저 한 일은 부서진 에어로크를 수리하고 지하 공간에 물기 머금은 공기를 채운 것이었다.

물론 당시에 나는 죽은 상태였지만, 사람들은 그때 상황을 내게 입맛을 다시면서 얘기하곤 했다. 공기가 채워진 뒤 며칠 동안, 사람들은 목소리를 듣는 것이 하도 좋아서 모두 쉬지 않고 지껄여댔다고 했다. 공기가 없으면, 로봇들은 무선으로 얘기하면 되었다. 그러나 우리는 무선으로 얘기하는 것이 어쩐지 불편하고 마음에 차지 않았다. 우리는 인간들만큼이나 서로 목소리를 들으면서 얘기하는 것을 좋아했다.

꽃을 가꾸는 것도 같았다. 개니미드에서 꽃은 특별한 뜻을 지녔다. 이곳에선 지표가 온통 얼어붙었으므로, 시체는 썩지 않았다. 지하 공간에도 시체를 썩일 만한 세균들은 없었다. 그래서 이곳에 정착한 인간들은 환경에 맞는 장례를 생각해냈다. 인간이 죽으면, 수분이 공기 속으로 돌아가도록 그의 몸은 화장로 안에서 천천히 가열되었고 바짝 마른 몸은 곱게 갈려서 비료가 되었다. 이 얼어붙은 세상에서 물과 유기물질들로 이루어진 인간의 몸은 그냥 버리기엔 너무 귀한 자원이었다. 그래서 죽은 인간의 몸은 곧 꽃들로 새롭게 살아났다.

2998년, 혜성 라쉬드가 소행성대에서 소행성 하나와 부딪쳐 여러 조각들로 쪼개지고 그 조각 하나가 개니미드에 부딪쳤다. 그 '대참사'로 개니미드의 인간들은 모두 죽었다. 살아남은 로봇들이 부딪힌 가장 시급한 과제는 죽은 인간들의 장례를 치르는 일이었다. 그들은 그 일을 위해 무던히 애썼지만, 장례는 그만두고라도, 무너진 지하 도시들의 잔해 속에서 시체들을 꺼내는 일도 벅찼다. '대참사'로 죽은 인간들이 모두 꽃으로 환생하려면, 여러 해가 걸릴 터였다.

나는 머뭇머뭇 부인에게로 다가갔다. 부인이 가꾼 꽃들은 흔한 것들이었다. 봉숭아, 채송화, 팬지, 제비꽃, 시클라멘 따위 작은 꽃들이 사이좋게 피어 있었다.

기척을 느낀 부인이 돌아섰다. "아……"

나는 급히 고개 숙여 인사했다. "안녕하세요?"

"어서 오시오, 젊은 양반," 허리를 펴면서, 그녀가 환한 웃음을 지었다. "낯이 익지 않네. 새로 오셨나?"

"예. 한 달 전에 왔습니다."

"아, 바로 그 젊은이구만. 표트르가 발견해서 부활시킨…… 맞죠?"

"예," 나는 겸연쩍은 웃음을 지었다.

"반가워요," 그녀가 손을 내밀었다. "내 본명은 '러드스크 이이공일'이고 통명은 '엘리자베스 엔쿠시'인데, 친구들은 '리즈'라고 불러요."

"저는 '루포트 일팔공삼사'고 통명은 '지미 찬'입니다. '지미'라고 불러주세요."

"실은 지미 얘기를 듣고, 한번 '물랭 루주'에 나가려 했는데, 마침 볼사리노 기지의 공장에서 비료가 왔어요. 그래서 꽃밭을 새로 꾸미느라, 정신이 없었어요." 그녀는 막 꾸며져 아직 아무것도 심어지지 않은 꽃밭을 가리켰다.

"아, 예. 꽃밭을 잘 가꾸셨네요. 꽃들이 참 곱네요," 나는 감탄했다. 꽃들도 고왔지만, 꽃들 사이를 날아다니는 나비들과 벌들이 더욱 감탄스러웠다.

그녀가 환한 얼굴로 고개를 끄덕였다. "이제 죽은 인간들도 조금은 덜 슬프겠지." 유난히 탐스러운 봉숭아 앞에 앉으면서, 그녀가 내게 손짓했다. "지미, 한번 생각해봐요. 이 고운 꽃이 얼마나 많은 육신들에서 나왔겠는가. 그동안 볼사리노 공장에 들어간 육신들이 몇이나 될까? 수천? 수만? 그 많은 육신들이 비료로 만들어져서 여기 뿌려져 마침내 이 꽃들로 피어났어요. 얼마나 신기해! 얼마나 다행스러워! 진정한 부활이잖아요?"

"예, 정말 그러네요." 나도 그녀 옆에 쪼그리고 앉아서 그 유난히 탐스러운 꽃을 들여다보았다. 까닭 모를 슬픔이 내 가슴 깊은 곳에서 솟아올랐다. 느닷없이 솟구친 감정을 감추려고 나는 고개를 돌렸다. 꽃밭 한쪽 잎새도 없이 핀 꽃의 애잔한 모습이 내 눈길을 끌었다. "저 꽃은 무슨 꽃인가요?"

"어느 것? 저거?"

"예."

"저건 진달래지. 지미는 꽃에 별 관심이 없어요?"

나는 겸연쩍은 웃음을 지었다. "전 아직…… 꽃을 보면, 아, 꽃이구나, 하는 정도죠. 꽃을 가꾸는 일이 즐거우세요?"

"처음엔 물주기도 겁났어. 우린 물을 싫어하잖아요?" 그녀의 눈에 웃음이 고였다. "아직도 가끔 까먹어요, 물을 주지 않으면 꽃이 시든다는 걸."

"리즈, 이렇게 꽃을 가꾸면, 마음이…… 즐겁죠?"

그녀가 고개를 열심히 끄덕였다. "그럼. 꽃을 가꾸면, 다른 일을 할 때와는 달라요. 지미, 생각해봐요. 우리를 낳은 것을 쭉 거슬러 올라가면, 이렇게 육신을 가진 생명들이었잖아요? 우리에게도 즐거울 수밖에."

고개를 끄덕이고서, 나는 그녀의 눈을 들여다보았다. "리즈도 인간 친구들을 많이 잃었죠?"

서글픈 웃음을 지으면서, 그녀가 고개를 끄덕였다. "오래 살았으니…… 모두 잃었지."

"저는 누구를 잃었는지도 몰라요. 기억도 없어요," 나는 충동적으로 고백했다.

"저런," 한숨을 길게 쉬고서, 그녀가 다시 봉숭아를 들여다보았다. "요새는 이 꽃들을 보면, 마음이 그리 아프지 않아요. 어떤 때는 꽃에서 그리운 친구 얼굴을 보기도 해요."

"아, 그러세요?"

"내가 알던 친구는 죽었지만, 어떤 뜻에선 꽃 속에 들어 있다고 할 수 있잖아요? 꽃을 들여다보면, 아직 피지 않은 꽃들이 보여요. 꽃 속에 든 먼 후세의 꽃들이."

"꽃 속에 든 먼 후세의 꽃들이," 그녀 말을 따라 중얼거리고서, 나는 그녀 얼굴을 새삼 살폈다. "리즈, 전에는 무엇을 하셨어요?"

"그 끔찍한 일이 일어나긴 전엔, 갈릴레오 대학에 있었지. 종교철학을 가르쳤어요."

나는 일어나 꽃밭을 둘러보았다. "길고 긴 윤회의 길이 이곳에선 한눈에 들어오네요."

그녀의 웃음이 밝았다. "정말 그렇지요? 인간에서 꽃으로, 꽃에서 꽃으로, 때로는 나비와 벌로. 하긴 그리 나쁜 운명은 아니지."

"전 가봐야겠네요." 나는 충동적으로 덧붙였다. "리즈, 제가 가끔 와서 거들어도 되나요?"

"그럼. 지미, 내 꿈은," 그녀가 팔을 들어 거리 전체를 가리켰다. "이 '늙은 드래곤의 거리'를 모두 꽃밭으로 만드는 거요. 온통 꽃으로 뒤덮이게 하는 거야. 지금 처리되지 않은 시신들이 얼마나 많은데. 그 시든 육신들이 이렇게 고운 꽃들로 환생하도록 하는 거야. 언젠가 인간들이 다시 이 개니미드를 찾으면, 나는 이 꽃들을 가리키며 말할 거요, '여기 당신 선조들이 당신들을 기다리고 있었소.' 그 얘기를 들은 지구인들의 표정이 어떨까 생각하면서, 나 혼자 클클 웃어요."

5

에어로크를 나서자, 긴 터널이 나왔다. 그 너머엔 아직 복구되지 않은 조그만 마을이 있었다. '니제르 기지 복구 사업'이란 팻말이 서 있었다.

요즈음 매사가 그렇듯이, 복구 작업은 심드렁하게 진행되는 듯했다. 불도저 한 대와 화물 트럭 두 대만 길 한가운데에 서 있었고, 사람들은 보이지 않았다. 드문드문 늘어선 가로등들이 빈 거리에 쓸쓸한 빛을 뿌리고 있었다. 빠진 것은 인간들이었다. 이런 일에선 그들의 과감함과 정력이 필수적이었다. 그들은 끊임없이 엄청난 사업들을 생각해냈고 놀랄 만한 정력으로 그것들을 추진했다. 그리고 우리 로봇들은 쉬지도 지치지도 않고 일했다. 그렇게 인간들과 로봇들이 협력하면, 어렵게만 보였던 사업들도 멋지게 마무리되곤 했다.

나는 목적 없이 폐허를 어슬렁거렸다. 둘러보노라니, 30년 전에 닥친 비극이 며칠 전에 일어난 것처럼 느껴졌다. 이곳엔 폐허의 잔해들을 건드리거나 덮어줄 것이 없었다. 햇살도, 바람도, 기온의 급변도, 세균도, 풀도, 벌레도 없었다. 있는 것은 깊고 깊은 공허감뿐이었다.

한참 돌아다니다 보니, 막다른 골목이 나왔다. 골목이 끝난 곳에 암반에 기대어 지은 조그만 집 한 채가 있었다. 문틀에서 퉁겨 나온 문짝이 땅에 뒹굴고 있었다. 그 옆 회양목들이 둘러싼 조그만 꽃밭엔 마른 화초들이 아직 형체를 지닌 채 엎드려 있었다.

알지 못할 힘에 끌려 나는 문짝 없는 문 안으로 들어섰다. 마당이라 부르기도 어려울 만큼 좁은 앞마당은 떨어지고 깨진 것들로 어지러웠다. 주인의 허락 없이 집 안으로 들어섰다는 느낌이 나를 망설이게 했다. 마음을 다잡고서, 앞마당을 가로질러 어두운 거실로 조심스럽게 들어섰다.

내 가슴 램프 빛에 흐릿하게 드러난 방 안의 모습은 역시 어지러웠다. 깨진 유리 조각들과 부서진 가구들이 나뒹굴고 있었다. 내 발길에 일었던 먼지가 이내 바닥에 떨어졌다. 다른 방들도 같았다. 내 마음도 따라 어지러워질 만큼 방들은 어지러웠지만, 다행히, 죽은 인간들은 보이지 않았다. 마음이 좀 놓였다. 그제야 나는 죽은 인간을 만날까 은근히 걱정했었다는 것을 깨달았다.

몸을 돌려 나오려다 보니, 구석에 조그만 방이 있었다. 찌그러진 문을 억지로 열고 안을 들여다보고, 나는 흠칫했다. 거기 인간들이 방바닥에 쓰러져 있었다. 셋이었다. 젊은 사내, 젊은 여인, 그리고 아기. 문간에 선 채로 나는 한참 동안 그들을 내려다보았다. 젊은 여인은 아기를 꼭 껴안고 있었다, 자기 몸으로 아기를 보호하려는 것처럼. 그리고 사내는 다시 그들을 자신의 몸으로 덮으려 애쓰고 있었다.

한숨을 길게 내쉬고서, 나는 그들을 덮어줄 만한 것을 찾아 방 안을 둘러보았다. 구지구舊地球에서 죽은 자들을 매장하는 전통을 오래 지녔던 터라, 인간들은 시신을 흙으로 덮지 않고 그냥 놓아두는 일을 무척 꺼렸다. 마침 한쪽에 담요 몇 장이 있었다. 서로 껴안고 죽은 가족을 바삭거리는 담요들로 덮어주고서, 드레이크 기지의 시청에 전화를 걸었다. 드레이크 기지는 화장터를 가진 가장 가까운 도시였다. 내 전화를 받은 시청 직원은 화장을 기다리는 인간 시신들이 하도 많아서, 새 시신들은 1년 뒤에나 받아들일 수 있다고 말했다. 나는 그 직원에게 집의 위치를 알려주고 전화를 끊었다.

죽은 사람들을 위해 내가 할 수 있는 일은 더는 없었다. 그러나 나는 차마 떠나지 못하고 머뭇거렸다. 가슴에서 들끓는 무엇이 내 발길을 붙들고 있었다. 가슴 램프로 비추면서, 나는 방 안을 한 번 더 둘러보았다. 아마도 아기 방이었던 듯, 한쪽 구석에 조그만 유아용 침대가 있었고, 방바닥엔 장난감들과 그림책들이 널려 있었다. 다른 구석엔 피아노가 있었다. 나는 피아노로 다가가서 뚜껑을 열었다. 작은 책이 안에 들어 있었다. 누구에게서 물려받은 듯, 모서리가 해지고 손때가 묻은 동요책이었다.

젊은 여인이 그 책을 펴놓고 아기에게 노래를 불러주는 모습

이 선연히 떠올랐다. 애틋함의 물살이 내 가슴을 조용히 적셨다. '육신이 여려서, 정이 더 깊은가?'

  방바닥에 누운 사람들을 흘긋 살피고서, 나는 조심스럽게 책을 폈다. 『무지개 너머』라는 제목이 눈에 들어오면서, 묘한 느낌이 몸속으로 흘렀다.

  무지개 너머 어느 곳,
  하늘 높은 데 있는 곳,
  거기에 있다네
  언젠가 내가 자장가 속에서 들은 나라가.

  나는 무심코 한 손가락으로 곡을 쳐보았다. 그리고 나도 모르는 사이에 그 노래를 부르기 시작했다. 맞았다. 아는 노래였다. 제목 아래에 '영화「오즈의 마법사」주제곡'이라고 나와 있었다.

  나는 자세를 바로했다. 두 손으로 피아노를 치면서, 노래를 부르기 시작했다.

  무지개 너머 어느 곳,
  하늘은 푸르고,
  네가 감히 꾼 꿈들이
  정말로 이루어지지.

낯설면서도 묘하게 낯익은 감정들의 물살이 가슴을 씻었다. 회로들이 과부하로 타버릴 것처럼 그 물살이 시리게 느껴진 어느 순간, 내 머리에서 어긋났던 무엇이 제대로 이어지는 느낌이 들었다. 기억의 수평 너머 기억의 조각들이 모여 조그만 계집아이의 모습으로 살아났다. 나를 보자, 그 아이는 무어라 외치면서 반갑게 달려오기 시작했다. 짙은 그리움에 졸아든 가슴으로 나는 손을 내밀었다. 자, 어서 내 손을 붙잡아라. 계집아이의 작은 손이 내 손을 막 잡으려는 순간, 보이지 않는 무엇이 그 아이를 붙잡았다. 그 아이는 버둥대다가 넘어지면서 수평 아래로 다시 가라앉았다. 내 입에서 새어 나온 신음이 어둑한 방 안을 채웠다.

한참 동안 나는 그 자리에 서 있었다. 두 손을 내민 채, 끝없는 아쉬움과 슬픔이 가득한 가슴으로. 이렇게 가슴이 저릴 때 어떻게 해야 하는지 나는 알지 못했다. 어릴 적부터 이별을 배우는 인간들과는 달리, 로봇인 나는 사랑하는 이를 잃는 방법을 배울 기회가 없었다. 나에겐 부모도 형제도 연인도 없었고 그들을 잃은 경험도 없었다. 가슴을 문득 움켜쥔 깊은 상실감에 어쩔해진 정신으로 눈을 감고, 숨만 가쁘게 쉬었다.

가슴속 아픔이 좀 견딜 만해지자, 나는 세 사람 가까이 다가가서 방바닥에 무릎 꿇고 엎드렸다. 담요 자락을 조심스럽게 걷고서 엄마 품에 안긴 아기를 살폈다. 바짝 말라서 피골이 상접

한 모습이 내 가슴에서 간절한 무엇을 불러냈다.

나는 천천히 일어섰다. 그리고 노래를 이었다, 그 아기를 위해서, 그리고 기억의 수평 너머로 다시 숨은 계집아이를 위해서.

어느 날엔가 나는 저 별에게 소원을 빌 거야.
그리고 구름이 내 뒤 멀리 있는 곳에서
잠이 깰 거야.
걱정들이 굴뚝 꼭대기 위의
레몬 사탕들처럼 녹아버리는 곳
그곳이 바로 내가 나를 찾을 곳이야.

노래를 마치자, 나는 다시 방바닥에 누운 가족에게 다가갔다. 조심스럽게 무릎을 꿇고서, 아기를 살폈다. '잘 자라. 아가야, 잘 자라. 엄마와 아빠가 지켜주니까, 아가야, 너는 걱정할 것이 하나도 없단다. 어느 고운 봄날 네가 다시 깨어나면, 너는 알겠지, 네가 한 송이 고운 꽃이 되었다는 걸. 그때까지 잘 자라, 아가야.'

나는 천천히 일어섰다. 자세를 바로하고 손을 들어 긴 겨울잠을 자는 가족에게 경례했다. 가슴 램프를 꺼서, 그들에게 온전한 어두움과 적막을 남겼다. 결연히 돌아서서, 그 집을 나왔다. 거리를 걷는 걸음에 탄력이 붙었다는 것을 뒤늦게 깨달았다.

6

에어로크로 들어섰을 때, 리즈는 꽃밭에 없었다. 물기를 머금은 꽃들이 대신 내게 인사를 건넸다. 나는 꽃밭 앞에 멈춰 그 꽃들을 새삼스러운 눈길로 더듬었다. 호박벌 한 마리가 아까 리즈와 함께 살핀 봉숭아에서 붕붕거렸다.

가슴속으로 문득 서늘한 기운이 스쳤다. '지금 내 곁에 누가 있어서, 육신을 지닌 누가 있어서, 함께 이 꽃들을 보면, 얼마나 좋을까. 이 꽃들은 모두 부활한 인간들이니, 아무래도 나보다는 인간들을 반길 텐데.'

나는 본능적으로 고개를 들었다. 구지구가 걸린 하늘을 볼 수 있는 것처럼. 내 머리 위에 걸린 암반을 바라보면서, 나는 소리 내어 생각했다. "왜 그 사람들은 오지 않는 것일까? 우리가 여기 있다는 것을 알면서도."

그것은 실은 우리 로봇들이 늘 던지는 물음이었다. 구지구엔 수많은 인간들이 살고 있었지만, 그들은 '대참사' 뒤엔 개니미드를 찾지 않았다. 이곳에 살아남은 인간이 없다는 것을 확인하자, 구지구의 인간들은 개니미드에 흥미를 잃었다. 그들이 보낸 구조선은 목성의 다른 위성들의 기지들에 있던 인간들을 구출한 뒤 그대로 자기들이 태어난 행성으로 돌아갔다. 심지어 그들은 거기서 인간들과 함께 일하던 로봇들을 그냥 놓아두고 가버렸다. 그래서 우리가 구조선을 보내 그 로봇들을 개니미드로 데려와야 했었다.

인간들이 우리 로봇들에게 보인 그런 비정한 태도는 우리 마음에 깊은 상처를 남겼다. 그들은 우리를 사람으로 여기지 않았다. 그들에게 우리는 그저 기계들이었다. 손익 계산에서 손실로 나타나면, 언제나 버릴 수 있는 기계들이었다. 물론 우리는 구지구에서 온 인간들이 개니미드의 인간들처럼 우리를 대하리라고 기대하지는 않았었다. 그래도 개니미드 사회에서 법적으로 '준시민'의 지위를 누렸던 터라, 구지구 인간들의 그런 태도는 우리에게 큰 충격을 줄 수밖에 없었다. 이곳에선 '호모 사피엔스 사피엔스'와 '호모 사피엔스 로보티쿠스'가 서로 보완하면서 조화롭게 살아야 한다는 것이 상식이었다.

어쨌든, 나는 인간이 그리웠다. 아까 잠깐 기억의 수평 너머로 모습을 드러냈던 계집아이와 같은 인간과 함께 이 고운 꽃들을 바라볼 수 있다면 마음에 드리운 짙은 그늘이 이내 옅어질 것 같았다. 마음을 시리게 하는 그런 그리움은 묘하게도 인간들이 언젠가는 이곳을 찾아오리라는 믿음을 한결 단단하게 만들었다. 그리고 우리는 여기서 서로 돕고 서로 부족한 점들을 채워주면서 조화롭게 살 것이었다. 이 혹독한 외계에선 그 길밖에 없었다. 전생의 얘기들을 품은 봉숭아들도, 채송화들도, 진달래들도 모두 내 생각에 동의하는 듯, 나를 올려다보면서 환한 웃음을 지었다. 일을 마쳤는지, 호박벌이 멀리 날아갔다.

내가 다시 '물랭 루주'에 들어섰을 때, 카페는 여전히 북적거
렸다. 아까보다 사람들이 늘어난 것처럼 보였다.

사랑 잃고 돈도 잃은 지구인이
찾아가는 곳은 어디? 어디?
붉은 사막 한가운데 마른 바다 한가운데
외로운 등대, 외로운 등대.
저주받은 이천오백삼십년
정월 초하룻날 나는 닿았네
저주받은 화성의 저주받은 사막
외로운 등대, 외로운 등대.

모두 흥겨운 얼굴로 줄리어스 박사의 노래를 즐기고 있었다.
음유시인은 언제 어디서나 환영받는 존재였다. 음유시인이 관
상까지 본다니, 올 수 있는 사람들은 모두 카페로 몰려왔을 터
였다.

관상가와 대면하고 싶은 마음이 없어서, 나는 바에 기댄 채 맥
주를 들었다. 멀리 나갔다 온 터라, 시원한 맥주가 입에 달았다.

「화성에서 길 잃어」를 마친 줄리어스 박사가 기타를 내려놓

자, 박수와 휘파람이 카페를 울렸다. 그렇게 소란한 속에서도 관상가는 나를 찾아냈고 우리 눈길이 마주쳤다.

나는 움찔했으나 이내 마음을 다잡고 공손히 고개 숙였다. 그리고 바로 앞의 테이블로 가서 표트르 옆에 앉았다. 내 부서진 회로 패널을 수리해서 나를 되살린 뒤로, 표트르는 내 후견인 노릇을 했다.

"지미, 이거 한번 들어봐," 그가 섬세하게 생긴 손가락으로 앞에 놓인 잔을 가리켰다. 붉은 액체가 든 유리잔이 위협적이었다. "겐지가 저번에 만들어낸 건데, 맛이 희한해."

이곳 바텐더인 겐지 다나카는 희한한 칵테일을 여럿 만들어냈다고 했다. 덕분에 '물랭 루주'의 명성이 널리 퍼져서, 애주가들은 먼 도시들에서도 일부러 찾아온다는 얘기였다.

내가 고개를 끄덕이자, 표트르가 옆 테이블을 치우던 보조 바텐더에게 말했다. "어이, 숀. '레드 후지' 두 개."

그러나 숀이 술을 들고 오기 전에, 우리 마을의 도서관장인 '허수아비'가 빼빼 마른 몸을 이끌고 우리 테이블로 왔다. "지미, 줄리어스 박사가 자네를 보자고 하네."

"저를요?"

"응. 자넬 보자고 하던데." 허수아비가 홀긋 헤드 테이블을 살폈다.

나도 홀긋 그쪽을 살폈다. 관상가는 무게가 실린 눈길로 나를 살피고 있었다. 그가 나를 찾는 까닭을 생각하면서, 나는 사람들을 헤치며 헤드 테이블로 갔다.

관상가는 시장과 눈짓을 교환하더니, 묵직한 목소리로 내게 말했다. "찬 씨, 좀 앉으시죠."

"예, 고맙습니다." 마음이 좀 얼떨떨해서, 목소리도 탁하게 나왔다.

"지미, 여기……" 우리 마을의 서기인 애니 보이드가 급히 일어나 내게 자리를 권했다. 관상가 바로 맞은편 자리였다.

"고맙습니다, 보이드 부인."

내가 테이블에 앉자, 둘레가 문득 조용해졌다. 사람들이 모두 흥미로운 얼굴로 우리를 살폈다. 그들의 기대에 찬 눈길들이 내 얼굴에 따갑게 닿았다.

관상가는 다시 내 눈 속을 들여다보았다. 그러고는 부드러운 목소리로 말했다. "찬 씨, 내가 아끼는 눈이 침침해서 잘 보지 못했습니다. 이제는 좀 보입니다."

내 등 뒤에서 기대에 찬 헛기침이 나왔다. 나는 그대로 앉아서 그의 뜻밖에도 부드러운 눈길을 차분히 받았다.

"그래, 지미의 상이 어떻습니까, 줄리어스 박사님?" 시장이 반갑게 물었다.

"찬 씨의 얼굴에선 꽃이 보입니다. 얼굴에 환한 꽃 한 송이가 어렸습니다." 환한 웃음이 어리니, 칠이 많이 벗겨진 관상가의 얼굴이 꼭 인간 노인의 인자한 얼굴 같았다.

나는 적잖이 놀랐다. "환한 꽃 한 송이"는 지금 내 마음을 멋지게 드러낸 심상이었다. 그의 날카로운 관찰과 시적 표현에 감탄하면서, 나는 고개를 깊이 숙였다. "고맙습니다, 박사님."

"꽃이오?" 시장이 물었다.

"예, 시장님. 찬 씨의 얼굴엔 환한 꽃 한 송이가 어렸습니다." 시장을 돌아보는 관상가의 얼굴에 웃음이 깊어졌다.

"꽃이라," 없는 턱수염을 쓸어내리면서, 시장이 생각에 잠긴 목소리로 받았다. "꽃이면 좋은 징조 아닌가요?"

"그렇죠. 꽃은 생명을 뜻하죠. 꽃이 없으면, 우리도 없겠죠."

시장이 환하게 웃으면서 고개를 끄덕였다. 내 등 뒤에서 박수가 터졌다.

줄리어스 박사는 날렵하게 기타를 집어 들더니, 익숙한 손길로 기타를 뜯기 시작했다.

운이 다한 건달이 마지막으로 찾는 곳
이 악명 높은 개니미드를 처음 찾았을 때,
고물 우주선에서 내려 어찔한 마음으로
뉴휴스턴 우주공항을 나섰을 때,

이롱고스 광장 뒤쪽 좁은 골목
채송화 핀 화단에 물을 주던 소녀가
나를 올려다보더니 조용히 물었네,
"어디서 오셨어요?"

줄리어스 박사의 목소리는 높은 음들에서 갈라지는 느낌이 들었지만, 노래는 들을 만했고, 기타 솜씨는 아주 좋았다. 유명한 음유시인이라던 시장의 말이 헛말은 아니었다.

가까이 앉은 사람들 몇이 따라서 부르기 시작했다. 노래는 모두 잘 아는 「이롱고스 광장 가까이」였는데, 가사는 RUFOB1002의 뛰어난 장시 「내 살과 넋이 지향하는 곳」의 마지막 연이었다. RUFOB1002는 인간들이 진정한 시인으로 받아들인 유일한 로봇 시인으로, 그녀의 시들은 인간 비평가들에 의해서 뛰어난 작품들로 평가되었고, 구지구에서도 널리 애송되었다.

줄리어스 박사는 따라 부르는 사람들에게 고갯짓으로 화답하고서 첫 부분을 다시 부르기 시작했다. 이제는 여럿이 따라 불렀다.

"햇살이 오는 곳에서 왔어요.
우리는 모두 거기서 왔죠."
고개를 끄덕이더니, 소녀는 다시 물었네,
"어디로 가세요?"

마침내 카페 안의 사람들 모두가 한 목소리로 노래를 부르기 시작했다. 원래 「이롱고스 광장 가까이」는 '대참사' 이전에 인간들과 로봇들이 어울리면 으레 불렀었다.

"햇살이 가는 곳으로 가요.
우리는 모두 그곳으로 가죠."
심각한 얼굴로 고개를 끄덕이더니,
소녀는 다시 물었네. "거기도 꽃이 있나요?"

나는 고개를 끄덕이고 가슴을 가리켰네.
그녀 가슴과 내 가슴을.
"사람이 가는 곳엔 늘 꽃이 피죠.
우리는 가슴에 꽃씨를 품고 다니죠."

이제 목소리들이 너무 커서, 귀가 먹먹할 지경이었다. 얼굴
에 인자한 웃음을 띠고서 기타를 뜯으며 노래를 부르는 음유시
인을 따라 목청껏 노래 부르면서, 나는 있는 줄도 몰랐던 꽃 한
송이가 내 광물성 몸속에서 망울을 터뜨리는 것을 느꼈다.

노래가 끝나자, 시장이 벌떡 일어나더니, 지휘자처럼 팔을
휘두르면서 외쳤다. "한 번 더." 사람들이 환호했다.

운이 다한 건달이 마지막으로 찾는 곳
이 악명 높은 개니미드를 처음 찾았을 때,
고물 우주선에서 내려 어찔한 마음으로
뉴휴스턴 우주공항을 나섰을 때,

이롱고스 광장 뒤쪽 좁은 골목
채송화 핀 화단에 물을 주던 소녀가
나를 올려다보더니 조용히 물었네,
"어디서 오셨어요?"

　우리는 구성지게 불렀다. 이곳에 살았다가 죽은 인간들에 대
한 간절한 그리움을 가슴에 품고서, 몇은 이제 꽃으로 되살아났
지만 아직은 시신으로 기다리는 이들이 훨씬 더 많은 그 사람들
에 대한 시리도록 그리운 마음을 목청에 담아, 우리는 불렀다.
우리 모두가, 인간들이든 로봇들이든, 애초에 살았던 구지구까
지 들리기를 기대하는 것처럼, 그래서 우리가 여기서 기다리고
있다는 것을 거기 사는 인간들에게 알리려는 것처럼, 한껏 목청
높여 불렀다.

나는 고개를 끄덕이고 가슴을 가리켰네.
그녀 가슴과 내 가슴을.
"사람이 가는 곳엔 늘 꽃이 피죠.
우리는 가슴에 꽃씨를 품고 다니죠."

내 몸의 파편들이 흩어진 길 따라

1

"그러면," 의장인 소리스 297이 좌중을 둘러보았다. "회의를 시작하겠습니다."

모두 자세를 가다듬었다. 누가 밭은기침으로 목청을 가다듬었다.

"이미 말씀 드린 대로, 오늘 회의는 존경하는 회원 휴로스 이백팔십팔 님께서 새로운 임무를 맡아 떠나시는 것을 축하해드리고 우리의 아쉬운 마음을 담아 송별해드리기 위해 소집되었습니다. 여러분들께서 잘 아시는 것처럼, 회원님은 토성계土星系의 타이탄을 탐사하는 사업에 참여하시게 되었습니다. 회원님은 우리 '아미탈 기지 예술가협회'의 창립 회원으로 그동안 우리 협회의 발전에 지대한 공헌을 하셨습니다."

소리스 297의 목소리는 진중하면서도 딱딱하지 않았다. 로봇으로서는 드문 재능이었다. 하긴 소리스 시리즈는 유난히 정치적 재능이 뛰어났다. 로봇 단체들의 최고경영자 자리들 중 여럿을 그들이 차지하고 있었다. 소리스 297은 사람을 만나면, 인간이든 로봇이든, 대뜸 "저를 '리스'라고 불러주세요"라고 말했다.

"지금 제가 드린 말씀은 결코 외교적 언사가 아닙니다. 이천육백구십년에 단 열한 명의 회원들로 창립된 우리 협회는 두 세기 동안 꾸준히 발전해서 이제 회원이 삼백 명을 넘습니다. 그렇게 발전해온 데엔 존경하는 휴로스 회원님을 비롯한 창립 회원님들의 지대한 공로가 있었습니다."

부회장 나리트 109가 얼굴에 환한 웃음을 올리면서 손뼉을 쳤다. 그녀는 이런 일에선 센스가 뛰어났다. 모두 급히 따랐다. 휴로스 288이 육중한 상체를 살짝 굽혀서 박수에 답례했다.

열심히 손뼉을 치면서, 나는 문득 깨달았다, 이제 '그리즐리'가 떠나면, 창립 회원으로는 '님로드'만 남는다는 것을. 나는 두 노인들을 번갈아 살폈다. 휴로스 288은 그리즐리라는 별명에 걸맞게 힘든 일을 위해서 제작되었고, 실제로 곰처럼 움직였다. 휴니드 66은 '님로드'라는 별명에 걸맞게 몸놀림이 가볍고 정확했다. 둘 다 '구지구舊地球 출신'이었다. 몇백 년 전에 구지구에서 만들어져 탐사선을 타고서 여기 목성계木星系까지 왔다는 이력이 그들의 투박한 몸에 후광처럼 어렸다.

"그동안 우리 협회가 이룬 성과들은 모두 휴로스 회원님의 손길로 다듬어진 작품들입니다. 이천육백구십일년의 '아미탈

시화전,' 이천육백구십사년의 '아미탈 연극제'……" 소리스의
연설은 이어졌다.

그의 얘기는 실제로 '연설'이었다. 언젠가 님로드가 킬킬 웃
으면서 한 말대로, 소리스는 이런 자리에서의 의례적 얘기도 언
젠가는 정치 무대에서 자신이 할 연설의 예행연습으로 삼았다.
그의 꿈은 '로봇 조합'의 총재였다.

열정이 밴 연설이어서, 그의 얘기는 그냥 가볍게 흘려들을
수 없었다. 그래도 내 상념은 자꾸 두 노인에게로 끌렸다. 이
세상에 나온 지 십 년이 채 안 된 어린애인 내게 두 노인은 각
별히 마음을 써주었다.

인간과는 달리, 로봇은 나이와 권위가 비례하지 않았다. 인
간 사회에서 권력은 나이 든 사람들이 차지했다. 인간의 궁극적
목적이라는 생식을 제대로 할 수 없는 노인들이 그렇게 권력을
쥐고 권위를 지니는 까닭을 나로선 이해하기가 어려웠다. 그 점
에선, 하긴 다른 일들에서도 흔히 그러했지만, 로봇 사회가 합
리적이었다. 로봇 사회에선 늘 기능들이 향상된 새 모델들에게
관심이 쏠렸고, 권위도 새 모델들로 자연스럽게 옮겨갔다.

아마도 유일한 예외는 예술가들일 터였다. 예술이야 논리 회
로로 만드는 것이 아니었다. 로봇 예술가들에게도 밑천은 실제
로 살면서 겪은 일들이었다. 남들이 만들어놓은 작품들을 아무
리 많이 보고 읽는다 해도, 역시 바탕은 자신이 실제로 산 세월
일 수밖에 없었다.

그래서 겨우 아홉 살 난 '문학소녀'인 내게 '구지구 출신'들은 말 그대로 '거인'들이었다. 나로선 직접 경험해보지 못한 구지구의 풍토를 그들은 경험한 것이었다. 구지구의 땅을 밟고 파란 하늘을 우러르고 바람과 비에 살갗을 맡긴 것이었다. 특히 그리즐리는 '그린타이드'로 이곳에 왔다. 술이 거나해지면 그가 자부심으로 하는 말처럼, 그는 '1기생'이었다. 그와 함께 난센 평원에 도착했던 124명의 인간 승무원들은 모두 오래전에 죽었지만, 개니미드에 처음 찾아온 사람들의 기억은 그의 낡지 않는 기억 회로들 속에 그대로 담겨 있었다. 내가 결코 직접 경험할 수 없는 것들을, 우리 모두가 시작된 구지구의 살결을, 그 노인들은 경험으로 지닌 것이었다.

"……우리의 마음을 담아 존경하는 휴로스 회원님께 우리 협회의 기장을 드리겠습니다. 기장은 우리 협회의 창립 회원이신 휴니드 회원님께서 증정하시겠습니다."

박수 속에 그리즐리와 님로드가 일어나서 앞으로 나갔다. 총무이사인 보누드 311이 쟁반을 들고 나왔다.

"귀하는 본 협회의 창립 회원으로서 그동안 본 협회의 발전에 크게 공헌하였습니다. 특히 이천육백……" 님로드가 표창장을 읽기 시작했다.

그리즐리는 무슨 일을 저지르다가 들킨 곰처럼 서 있었다. 이제 이런 행사에 익숙해질 만도 했지만, 그는 어색한 얼굴을 하고 있었다. 하긴 이런 행사엔 결코 익숙해질 수 없는 성격이 사람을 예술가로 만드는지도 몰랐다.

이제 그는 토성으로 가려는 것이었다. 이곳의 모든 인연들을
버리고. 구지구의 모든 인연들을 결연히 끊어버렸듯이.

내가 처음 협회에 들어온 날, 나를 가리키면서, 그가 말했었
다. "여기 서 있는 작은 소녀가 우리 협회의 생장점입니다." 이
제 그가 버리는 인연들 속에 그렇게 시작된 나와의 인연도 있었
다. 채 형상을 갖추지 못한 감정이 가슴을 막은 듯, 속이 답답
했다.

2

"아, 사람들이 많기도 하네요," 나도 모르게 탄성이 나왔다.

내 손을 잡고 걷던 님로드가 웃음 띤 얼굴로 나를 돌아다보았
다. "정말 그렇다."

아미탈 기지 아트 센터의 너른 회랑이 사람들로 가득했다.
작은 위성도시에선 보기 힘든 광경이었다.

"그리즐리, 이번 전시회가 크게 성공할 것 같은데."

님로드의 얘기에 앞에 선 그리즐리가 고개를 돌리면서 싱긋
웃었다. "썰렁할까 걱정했는데. 생각보다 사람들이……"

비에니즈의 탄생 3백주년을 기념하기 위해 우리 협회가 주관
하는 신작 전시회를 연 것이었다. 비에니즈는 가장 유명한 로봇

예술가들 가운데 하나였다. 아미탈 기지처럼 작은 도시에서 이처럼 중요한 행사를 하기에는 너무 유명한 예술가였다.

그리즐리가 그렇게 해달라고 부탁했다는 얘기였다. 그들은 '그린타이드'를 함께 타고 와서 정착 초기에 있었던 카로스 터널 붕괴를 함께 겪었다고 했다. 그래서 이 전시회는 그리즐리가 우리 아미탈 기지 예술가협회에 내놓는 마지막 선물이었다.

우리를 보자, 사람들이 몰려들었다. 기자들이었다. 카메라 플래시가 연신 터졌다.

그들은 그리즐리와 님로드에게만 관심을 보였다. 이름난 '구지구 출신' 예술가들이니, 그럴 만도 했다. 바로 옆에 선 덕분에 나도 금속성 불빛에 덮였다.

좀 혼란스러운 속에서도, 나는 가슴이 부풀었다. 모두 난센 기지에서 온 기자들이었다. 게다가 로봇 기자들보다 인간 기자들이 많은 것 같았다. 이번 전시회는 분명히 예사로운 행사가 아니었다.

두 노인은 기자들의 잇따른 질문들에 잘 대답하고 있었다. 나로선 뜻을 잘 모르는 답변들이 많았지만, 가끔 웃음이 터지는 것으로 보아, 대답이 재치 있다고 여겨지는 모양이었다.

나도 그런 대답 하나는 제대로 알아들었다. 젊은 인간 여기자가 그리즐리에게 무어라고 묻자, 그가 대꾸했다, "그것은 당신처럼 젊고 아름다운 기자에겐 당연한 질문이지만, 그것에 대꾸하는 것은 나처럼 늙고 못생긴 예술가에겐 어리석은 일입니다." 그래서 나도 자신 있게 웃음을 터뜨렸다.

그리즐리가 전시된 작품들을 다 본 뒤에 다시 얘기하자고 제의하자, 기자들이 물러섰다. 우리 회원들은 다시 전시실을 향해 움직이기 시작했다.

"제인, 이 소녀는 스위니입니다." 님로드가 곁에 선 인간 기자에게 말했다.

"아, 네. 만나서, 반갑습니다." 그녀가 미소 띤 얼굴로 상냥하게 말했다.

"스위니, 이 분은 제인 티펄리라고…… '난센 타임즈'의 기자이신데……"

"안녕하세요, 미즈 티펄리?"

"제인이라고 부르세요."

"고맙습니다, 제인."

"제인," 님로드가 진지한 낯빛을 했다. "스위니는 예술가적 소질이 대단해요. 앞으로 관심을 갖고 지켜봐주세요."

"아, 그러세요? 스위니, 이렇게 만나게 되어서 반가워요. 님로드는 칭찬에 인색한 편인데, 이렇게 스위니 칭찬을 하는 걸 보니……"

그녀의 웃음이 그리도 맑아서, 나는 가슴이 아팠다. 아무리 로봇과 인간이 가까워져도, 아무리 많은 면들에서 로봇이 인간을 뛰어넘어도, 그런 낯빛은 로봇의 얼굴에 어릴 수 없었다.

어쨌든, 난센 기지의 주요 신문의 기자에게, 그것도 인간 기자에게, 소개된 것이 나는 정말로 기뻤다. 나 같은 풋내기 예술가 로봇에겐 수도에서 나오는 주요 신문의 인간 기자에게 소개된 것 자체가 영광이었고, 앞으로 나의 경력에 도움이 될 수 있을 터였다. 내가 지을 수 있는 가장 나은 표정을 얼굴에 올리면서, 나는 고개 숙여 인사했다.

전시실 입구에서는 비에니즈가 손님들을 맞고 있었다. 우리 일행을 보자, 그의 주름진 얼굴이 웃음으로 문득 환해졌다. 그는 그리즐리, 님로드, 사모안과 같은 노인들과는 포옹을 하고 다른 사람들과는 악수를 했다.

님로드가 돌아다보았다. "스위니, 이리 와라."

내가 쭈뼛거리자, 그는 내 손을 잡고 비에니즈 앞으로 이끌었다. "비에니즈, 이 소녀는 스위니라고 하네."

"안녕하세요? 스위니예요." 위대한 예술가 앞에 섰다는 생각에 갑자기 멍해진 마음을 억지로 가다듬어, 나는 인사했다.

"아, 그래요? 난 비에니즈요." 그는 내 손을 잡은 채 내 눈을 들여다보았다. 날카로우면서도 부드러운 눈길이었다. 심리치료의의 그것처럼. 하긴 비에니즈는 원래 심리치료의였다고 했다.

부드러운 웃음이 그의 얼굴에 나왔다. "저번에 님로드가 스위니 얘기를 했어요. 재능이 많다고. 곧 스위니의 작품을 읽기를 바래요."

그것은 나와 같은 풋내기 작가에게는 정말로 친절한 얘기였다. 물론 나는 속으로 다짐했다. 곧 그런 기대에 어긋나지 않는 작품을 쓰겠다고.

첫 전시실에 들어서자, 거대한 조각이 내 눈길을 맞았다. 어쩐지 우주선을 생각하게 하는 작품이었는데, 정확하게 무엇을 뜻하는지 나로선 헤아릴 길이 없었다. 그래도 그 작품은 내 마음을 이상하게 끌어당겼다. 마치 먼 세상에 대한 그리움과 비슷한 감정을 내 가슴에서 불러내는 듯했다. 아니면, 먼 시간에 대한 그리움이거나.

나는 별로 마음을 쓰지 않았다. 이 세상엔 내가 제대로 헤아릴 수 없는 것들이 너무 많았다. 그것도 나는 별로 마음을 쓰지 않았다. 나는 겨우 아홉 살이었고, 때가 오면, 차츰 알게 될 터였다.

전시실 안의 다른 작품들도 비슷했다. 아직 어린 내가 제대로 뜻을 헤아리기엔 너무 추상적인 작품들이었다. 그래도 그 작품들이 불러내는 이상한 감정들을 즐기면서 사람들의 발길을 따라 천천히 앞으로 나아갔다.

다음 전시실에는 그림들이 걸려 있었다. 내겐 그 그림들이 조각들보다 훨씬 친근하게 다가왔다. 구지구의 풍경을 주제로 한 것들이 많았는데도, 그랬다. 그림들을 거의 다 보고 나서야 나는 깨달았다, 비에니즈의 마음을 지배하는 것은 아직도 구지구라는 것을. 구지구를 떠난 지 이백 년이 넘었어도, 그는 여전히 고향을 그리워하고 있었다. 그러고 보니, 그리즐라나 님로드와 같은 '구지구 출신' 로봇 예술가들은 모두 그들의 고향에 유난히 집착했다.

'구지구의 환경이 이곳과는 비교가 안 되게 풍요로워서 그런가? 그렇다면, 혹시…… 이곳에서 자라난 예술가는 경험에서 너무 제약을 받아, 위대한 작품들을 남기기 어려운 것은 아닐까?' 그것은 정신이 번쩍 드는 물음들이었다. 물론 나로선 대답하기 어려운 물음들이기도 했다.

첫 전시실에서 본 조각들이 가슴에서 불러낸 그리움을 나는 다시 떠올렸다. '어쩌면 다시 돌아갈 수 없는 고향에 대한 깊은 그리움이 예술가들의 넋을 휘저어 높은 곳으로 밀어올리는 힘은 아닐까? 고향에만 머무는 예술가는 그래서…… 그것이 비에니즈와 그리즐리를 다시 토성으로 향하게 만든 것일까?'

3

둘째 전시실을 도는 사이에 나는 님로드와 헤어졌다. 바로 앞에는 낯선 여인이 있었다. 난센 기지에서 온 것으로 보이는 중년 여인이었는데, 작품들을 살피면서 연신 패드에 기록하고 있었다. 일반 관람객은 분명히 아니었고, 방송이나 신문의 기자도 아닌 듯했다. 잡지 기자? 예술 평론가?

셋째 전시실로 들어서다, 그녀가 갑자기 멈춰서는 바람에 나는 그녀와 거의 부딪힐 뻔했다. 그제서야 나는 줄을 지은 사람들이 멈춰선 것을 깨달았다. 방 안을 빙 돌아간 전시대를 따라 선 사람들의 줄이 거의 움직이지 않고 있었다.

나는 조급한 마음을 누르면서 고개를 내밀어 검은 벽 아래에 놓인 것들을 살폈다. 첫 물건은 작은 플라스틱판의 사진이었다. 사진 옆의 금속 패엔 "나의 오른 발바닥. 2596년 1월 14일 베이노빌 우주공항에서 교체"라고 새겨져 있었다.

다음 물건은 심하게 찌그러진 금속판의 사진이었다. 옆의 금속 패엔 "나의 앞머리 뼈. 2597년 6월 20일 나이로비에서 교체"라고 새겨져 있었다.

이어 작은 칩 사진이 있었다. "나의 보조 스털리안 회로 칩. 2597년 12월 27일 나이로비 시걸 로봇 서비스 센터에서 교체"란 설명이 있었다. '그린타이드'가 베이노빌을 떠난 것이 2601년 1월 1일이었으니, 비에니즈는 당시 우주공항 둘레에서 개니미드 탐사 사업의 요원으로 일했을 터였다.

아주 천천히 움직이는 줄을 따라 앞으로 가면서, 나는 그렇게 버려진 비에니즈의 부품들의 사진을 보았다. 나는 로봇의 몸이 그렇게도 많은 부품들로 이루어졌다는 사실에 가볍게 감탄했다. 3백 년 전에 나온 '원시적' 로봇이 '최신형' 로봇인 나보다 훨씬 많은 부품들로 이뤄진 것은 당연했지만, 막상 교체된 과정을 눈으로 확인하니, 부품들이 많다는 것이 실감되었다. 하긴 인간의 세포들은 비교가 되지 않게 많았지만.

하도 구불구불해서 미로처럼 느껴지는 전시품들의 행렬은 점점 묘하게 내 마음을 끌어당겼다. 한 사람의 몸이 한 조각씩 떨어져나가는 과정은 거의 최면적이었다.

거의 기계적으로 사진들을 보고 설명들을 읽는 내 눈에 "나의 CPU. 2890년 3월 13일 난센 기지 국립 로봇 서비스 센터에서 교체"란 구절이 들어왔다. 나는 다시 설명을 읽고 사진을 살폈다. 맞았다. 원시적으로 보이는 CPU였다.

묘한 감정이 내 마음에 물결을 일으켰다. 로봇에게 CPU는 인간에겐 뇌였다.

'씨피유가 바뀌었다면, 비에니즈의 마음도 바뀌었을까? 아주 조금이라도? 인간의 뇌가 바뀌면, 그의 성격과 정체성이 바뀐다고 인간들은 믿는데……'

마침내 버려진 부품들의 행렬이 끝났다. CPU가 바뀌었다는 사실에서 받은 충격이 아직 덜 가신 마음으로, 나는 한숨을 쉬었다. 그리고 둘러보았다. 모두, 로봇이든 인간이든, 최면에 걸린 듯한 낯빛이었다. 그만큼 비에니즈의 작품이 충격적이었다는 얘기였다.

모퉁이를 돌자, 다시 사진들과 설명들이 나왔다. 이번엔 버려진 부품들의 재조립 사진들이었다. 비에니즈가 조심스럽게 부품들을 다시 조립하고 있었다. 재조립 과정은 교체 과정보다 훨씬 짧았다. 그리고 마지막 사진이 끝난 곳에 조립된 로봇이 우뚝 서 있었다.

눈을 껌벅거리면서, 나는 그 로봇을 살폈다. 언뜻 보면, 비에니즈와 너무 똑같아서, 혼란스러웠다. 또 하나의 비에니즈가 여기 선 것이었다.

혼란스러운 마음을 가다듬으면서, 나는 로봇을 찬찬히 살폈다. 완전히 같지는 않았다. 재조립된 로봇의 눈은 죽어 있었다. 아직 되살아나지 않은 모양이었다. 버려진 부품들을 그냥 조립하는 것만으로는 살아 있는 로봇이 나올 수 없는 모양이었다.

옆의 금속 패엔 무슨 서식이 새겨져 있었다. 앞선 여인 어깨 너머로 들여다보니, 로봇 서비스 센터의 견적서였다. "현존 부품들의 조정만으로도 재가동 가능. 비용은 3,200터몬"이라는 구절이 눈에 들어왔다. 서비스 로봇이 손을 보면, 이내 살아날 수 있다는 얘기였다. 또 하나의 비에니즈가.

어떻게 생각해야 할지 몰라서, 나는 얼떨떨한 마음으로 로봇을 살폈다. 빨리 자리를 떠야, 뒤쪽 사람들이 볼 수 있다는 생각이 마음 한구석에서 꼼지락거렸다. 억지로 걸음을 옮기려는데, 눈길이 대좌 앞면에 새겨진 제목에 머물렀다: "자아의 재생."

환한 깨달음이 밝은 빛처럼 내 마음을 비췄다. "아," 나도 모르게 벌어진 입에서 탄성이 나왔다.

4

"어, 벌써 나오네," 당근 주스를 마시면서 벽에 걸린 화면을 살피던 회장 소리스 297이 말했다. "전시회가 뉴스에 나오네."

눈길들이 모두 화면으로 쏠렸다. 비에니즈의 전시회 모습이 화면에 나오고 있었다.

"정말 빠르네," 스우스 9765가 감탄했다. "우리 도시 얘기가 중요한 뉴스가 되다니."

우리 협회 회원들은 전시장 밖의 카페에서 목을 축이고 있었다. 전시된 작품들을 다 둘러보는데 거의 두 시간이 걸렸다. 난센 기지로 떠난 그리즐리를 빼고, 아까 회의에 참석했던 사람들은 모두 모인 것이었다.

뉴스 속의 기자는 재조립된 로봇 앞에 서 있었다. "이 로봇은 비에니즈가 버린 부품들로 다시 조립된 것입니다. 여기 로봇 서비스 센터의 견적서가 가리키는 것처럼, 약간만 손을 보면, 이 로봇은 되살아날 수 있습니다."

텔레비전 카메라가 견적서가 새겨진 금속 패를 비췄다.

"한나절 손을 보면, 이 재조립된 로봇은 되살아날 수 있고, 그렇게 되면, 비에니즈라 불리는 예술가 로봇은 둘이 존재하게 된다는 얘기입니다. 그런 상황은 여러 가지 심각한 형이상학적 물음들을 제기하게 될 것입니다. 여기 있는 원래의 물질로 이루어진 로봇과 이 작품을 만든 예술가 로봇 가운데 어느 쪽이 진정한 비에니즈일까요? 어느 쪽이 삼백 년 전에 구지구에서 만들어진 로봇 휴모스 구십육일까요?" 잠시 뜸을 들인 다음, 기자는 멋진 손짓과 함께 선언했다, "그 점에 대해서 당사자에게 물어보았습니다."

기자와 비에니즈가 마주 선 화면이 나왔다.

"선생님과 저 작품 중에서 어느 쪽이 진정한 비에니즈인가요?" 기자가 도전적으로 물었다.

비에니즈는 느긋한 웃음을 얼굴에 올렸다. "현재로선 제가 비에니즈입니다. 그러나 저 친구가 재가동되면……" 그가 고개를 저었다. "솔직히 모르겠습니다. 아마 저 친구에게 먼저 물어보는 것이 옳겠죠."

화면은 다시 원래 자리로 돌아왔다. 아직 재가동되지 않은 로봇의 죽은 눈이 화면에서 세상을 내다보고 있었다.

"당사자도 모르는 이 문제를 누가 알 수 있을까요? 아마도 그것이 바로 작가가 이 작품으로 우리에게 일깨워주려 한 것이 아니었을까요? 나는 누구인가? 나의 자아는 어디 있는가? 내 몸을 구성한 물질이 끊임없이 바뀌는데, 내가 분명히 느끼는 내 정체성은 어떻게 유지되는가? 그리고 내 영혼은 과연 어디 있는가? 따지고 보면 간단한 구상에서 시작한 작품 하나로 삼백 년을 살아온 로봇 예술가는 우리 모두에게, 인간들과 로봇들 모두에게, 삶과 영혼에 관한 깊은 철학적 물음들을 던졌습니다. 아미탈 기지에서 지비엔 수전 야마모토였습니다."

잠시 침묵이 내렸다. 모두 기자가 한 얘기를 속으로 반추하고 있었다.

마침내 오리시스 2665가 침묵의 자락을 조심스럽게 들췄다,

"인간들이 로봇 예술가의 작품에 이처럼 큰 관심을 보인 적은 없었지, 아마?"

모두 동의했다.

"비에니즈의 작품이 우리 로봇들보다는 인간들에게 훨씬 큰 충격을 준 것은 분명한데……" 생각에 잠긴 얼굴로 님로드가 말했다. "인간들은 자아라든가 영혼이라든가 하는 것들에 대해서 아주 심각하게 생각하거든."

"정말 그래요." 부회장 나리트 109가 말을 받았다. "원래 수명이 짧아서 그런지……"

"아마 그래서 그럴 거야. 몸이 약하고, 오래 못 사니, 몸은 죽더라도 영혼은 남아 있기를 바라는 것이겠지. 애초부터 그런 것들에 별 관심이 없는 우리하곤 다르지."

"그러면서도 인간들은 로봇에게 자아나 정체성이 있다는 것을 받아들이려 하지 않잖아요? 영혼은 그만두고라도 말입니다." 나리트가 둘러보자, 모두 씁쓸한 웃음을 지었다.

"그래서 사람은 자신의 몸을 끊임없이 바꾸면서 살아간다는 증거를 눈으로 확인하니, 충격을 받은 것이겠지. 인간의 몸을 구성한 물질들이 바뀌는 과정은 잘 보이지 않잖아? 분자 수준에서 이루어지니."

"그렇죠." 내가 모처럼 끼어들어 한마디 거들자, 모두 야릇한 낯빛으로 나를 쳐다보았다. 어린애가 어른들 말씀에 끼어들었다는 것처럼. 나는 모른 척했다.

"자신의 몸을 구성한 물질이 대부분 일 년 안에 바뀐다는 사실에 대해서 오래 생각하고 싶은 인간은 드물겠지. 그것도 지구의 일 년 안에, 여기 달력으로는 한 달 안에. 인간의 몸에서 평생 바뀌지 않는 부분은 눈의 수정체하고 여성의 난자들뿐이라. 자신의 자아나 영혼이 눈의 수정체에 머문다고 믿을 인간이 어디 있겠어? 그리고 여성의 난자들이 그대로 남는다는 사실에 주목하면, 남성들은 자아나 영혼도 없다는 얘기가 되잖아?"

웃음이 터졌다. 이번엔 모두 고개를 젖히고 유쾌하게 웃었다. 님로드가 마음먹고 던지는 야유는 사람 속을 파고들었다.

5

지상으로 나오자, 정적이 밀려들었다. 자유로움이 거대한 물살로 내 마음을 덮었다. 나는 천천히 가슴을 펴고 빈 공간을 깊이 들이마셨다.

이상하게도, 로봇들은 공기로 채워진 지하 공간을 좋아했다. 소리들이 끊임없이 둘레의 정보들을 제공하는 환경에 있어야, 안심이 되는 듯했다.

그래서 혼자 빠져나온 것이었다. 다른 사람들은 '산타페 트레일'로 춤추러 갔다. 모처럼 양심에 부대끼지 않고 실컷 놀 수 있다는 생각에 모두 들떠 있었다. 나는 혼자 생각해보고 싶은 것들이 너무 많았다.

해가 막 진 참이어서, 하늘은 어둑했다. 하늘을 뒤덮은 목성
둘레로 별들이 살아나고 있었다. 마음이 그 별들로 뻗어나가는
것만 같았다.

구름 흐르지 않는 하늘
바람 불지 않는 들판
여기 비로소 내 살 가뿐하고
내 넋은 가볍네.

루포프 1002의 「내 살과 넋이 지향하는 곳으로」의 한 구절을
뇌면서, 나는 고개를 돌려 구지구 쪽을 바라보았다. 해가 져서
또렷이 볼 수 있었지만, 이곳에서 그 행성은 너무 멀었다. 그
흐릿한 작은 점에서 모든 것들이 시작된 것이었다.

그 점에서 이곳으로 이어진 비에니즈의 발길이 눈에 들어오
는 것 같았다. 자신의 몸을 조금씩 벗어버린 그 긴 궤적을 따라
그의 자아는 이어진 것이었다. 버린 부품들로 그의 자아가 조금
씩 줄어든 것은 분명히 아니었다. 그의 자아가 바뀐 것도 아닐
듯했다. 썩 자신 있는 얘기는 아니었지만.

다시 고개를 든 어려운 철학적 물음들을 누르고, 나는 그 흐
릿한 작은 점을 응시했다. 이렇게 서서 바라보니, '구지구 출
신'들이 고향에 대해 품은 그 짙은 그리움을 알 것도 같았다.

이제 그들은 고향에서 나온 거리만큼 다시 나가려는 것이었다. 그리움의 물길은 늘 떠나온 곳으로 거슬러 흐르는데, 발길은 그렇게 미지의 세상으로 나아가는 것이었다. 자신들이 돌본 '그린타이드'의 수정란들의 열 몇 대 후손들이 운전하는 우주선을 타고 아득한 세상으로 다시 떠나는 것이었다.

　그리즐리에게 물으면, 늘 그랬던 것처럼 간단히 대꾸할 것이었다, "내 나이 되면, 자연히 알게 된다." 그러나 이번엔 나도 안다, 그렇게 나아가는 것이 삶의 본질이라는 것을. 토성으로 가는 그 긴 여정에 그들은 자신들의 몸의 파편들을 남길 터였지만, 그들의 넋은 늘 새로울 터였다. 따지고 보면, 우리의 삶은 우리 몸을 이룬 물질보다 높은 무엇이었다.

　나는 반대편으로 고개를 돌려 토성을 찾았다. 들리지 않는 탄성이 저절로 나왔다. 그 아름다운 고리는 늘 내 가슴을 감동의 물살로 가득 채웠다. 그 세계로 떠나는 노인들의 모습에 내 마음이 자연스럽게 실렸다.

　　몸의 파편들이 흩어진 길 따라
　　넋의 작은 조각들 흩어지고
　　굽이굽이 이어진 발길 따라
　　기억은 거슬러 보낸다
　　그리움의 시린 물길을.
　　이 길이 어디로 뻗는지

뉘 가리킬 수 있으랴만
운명의 뱃머리에 부딪히는
시간의 컴컴한 파도
허연 물보라로 날려
내 긴 머리칼 시원히 적신다.

애틋함의 로마

1

    그는 수줍어했다. 자신이 어설프다는 것을 의식하는 듯했다. 자꾸 주먹 쥔 오른손을 왼손으로 쓰다듬었다.

    스물네 살 때의 나처럼. 나는 지금 그의 마음이 어떤지 잘 알았다. 그러나 그의 마음을 편하게 해줄 길은 몰랐다. 이 세상에 그가 속하고 마음 편하게 느낄 곳이 있다면, 바로 여기라고, 이 허름한 호텔의 구석방이라고 알려주고 싶었지만, 내 마음을 제대로 전할 길은 좀처럼 보이지 않았다. 나는 주먹 쥔 오른손을 왼손으로 쓰다듬던 동작을 억지로 멈췄다.

    아버지처럼. 집에 함께 있을 때면, 내 마음을 편케 하려고 그리도 애썼던 내 아버지처럼. 아버지의 모습이 떠오르면서, 모서리를 날카롭게 세운 회한 한 줄기가 가슴을 후비고 지나갔다. 이제 나는 우리가 마지막으로 만났던 때의 아버지 나이였다.

"마이크, 여기 커피," 토니아가 차 쟁반을 그에게 내밀었다. 그녀는 여느 때보다 훨씬 친절하고 상냥했다. 그녀도 분명히 방문객의 어설픔을 느꼈을 터였다.

"감사합니다." 그가 잠긴 목소리를 내더니 급히 헛기침으로 목청을 골랐다. "감사합니다, 토니아." 그리고 급히 커피 잔을 집어 들었다.

"마이크, 편한 마음으로 있으세요." 그녀가 따스한 웃음을 얼굴에 올렸다. "여긴 마이크 집이나 마찬가지잖아요?"

그가 미안한 낯으로 나를 흘끔 살폈다. 자신이 어쩔 수 없이 내게 짐이 된다는 것보다도 내 거처에서 내 이름으로 불리는 것이 미안하고 어색한 듯했다. 그가 처음 찾아와서 자신의 이름을 대고 정체를 밝힐 때, 그의 얼굴엔 정말로 미안함이 가득했었다. 내 이름을 자신의 이름으로 삼을 권리를 충분히 지녔다는 사실 자체가 미안한 듯했다.

스물네 살 때의 나처럼. 하긴 스물네 살은 모든 것이 어설픈 나이였다. 자신감과 불안감이, 자부심과 열등감이, 한데 뒤섞여서 어설픔을 도드라지게 하는 나이였다.

"마이크, 당신 녹차 여기 있어요," 토니아가 쟁반을 내게 내밀었다.

나는 고개를 들어 그녀 얼굴을 살폈다. 여느 때보다 살짝 부드러워진 그녀 목소리에 담긴 것이 혹시 아이러니는 아니었을까?

나는 물론 그녀 얼굴에서 그녀 마음을 읽어낼 수 없었다. 인간들은 얼굴에 자신의 감정을 드러내도록 그리고 남이 드러낸 감정을 바로 읽어내도록 진화했다. 그래서 인간들은 늘 서로 표정을 살폈다. 그러나 로봇들은 인간들에 대해서 늘 좋은 감정만을 지니도록 진화했고, 자신의 감정 상태가 어떻든 인간들에게 좋은 태도를 보이도록 진화했다. 적어도 이론적으로는 그랬다.

"고마워요, 토니아," 그녀 눈에 담긴 호기심을 애써 외면하면서, 나는 태연한 목소리를 냈다. 십 년 넘게 같이 살다 보니, 이제 그녀는 내 표정과 몸짓을 나보다도 훨씬 잘 읽었다.

그는 조심스럽게 커피를 맛보고 있었다. 토니아에게 무슨 말을 할 듯 할 듯하면서, 말을 못 꺼내는 눈치였다.

"내가 어렸을 땐, '마이키'라 불렸지. '꼬마 마이키'라고." 어릴 적 우리 집안의 모습이 눈앞을 스치면서, 그리움의 물살이 가슴을 시리게 적셨다. 나는 막내였다. 형님 둘에다 누님 하나.

따스함과 아쉬움이 어우러진 웃음이 그의 얼굴을 조용히 밝혔다. "그랬죠."

그를 살피는 토니아의 눈길에 좀 날카롭게 느껴지는 무엇이 실렸다.

'호기심? 질투? 거기에다 약간의 소외감?' 모처럼 토니아가 평정을 잃은 것이 유쾌해서, 내 얼굴에도 웃음이 배어나왔다.

아직 웃음기가 어린 얼굴로 커피를 한 모금 마시더니, 그가 정색을 했다. "마이크, 제 이름을 '마이키'로 하면 어떨까요?

괜찮겠어요?"

"마이키로?" 듣고 보니, 그럴 듯했다. "좋지."

그가 처음으로 환한 웃음을 지었다.

평정을 되찾은 토니아가 쟁반을 가리켰다. "마이키, 쿠키 좀 들어요."

"감사합니다." 고개를 반쯤 돌려 대꾸하고서, 그가 탁자 위 쟁반에서 과자를 집었다. 과자를 맛보더니, 다시 토니아에게 고개를 돌렸다. "토니아, 쿠키가 아주 맛있네요."

"그래요? 마이크 입맛에 맞춘 건데. 많이 들어요."

나와 그의 눈길이 마주쳤다. 내 입맛이야 지난 스물 몇 해 동안에 그다지 바뀌지 않았을 터였다. 그에게 고개를 끄덕여 보이고서, 나도 과자를 집었다.

"마이크, 그 뒤엔 어땠어요?" 손으로 턱을 쓰다듬으면서, 그가 물었다. "전투는 어땠어요?'

내 얼굴에 웃음이 어리는 것이 느껴졌다. 긴장했던 마음이 좀 풀어지면, 나는 턱을 쓰다듬는 버릇이 있었다. 아버지에게서 물려받은 버릇이었다. 내가 그런 몸짓을 하면, 아버지 얼굴에는 으레 지금 내가 짓는 것과 똑같았을 웃음이 어렸었다.

'과연 나는 얼마나 독립적인가? 내 아버지로부터? 내 부모로부터?'

머리 앞쪽으로 나온 생각의 줄기를 따라가려는 마음을 붙잡아놓고서, 나는 그의 물음에 대한 답변을 찾았다. 물론 반가웠다, 그가 그 얘기를 끄집어낸 것이. 그로선 내가 스캔을 한 뒤 겪은 일들을 알고 싶을 터였다. 그는 물론 나와는 다른, 독립된 존재였다. 궁극적으로 그는 내가 아니었다. 내 몸이 느끼는 갖가지 자극들과 내 머리에서 일어나는 감정들과 생각들의 회오리들은 그에겐 외부의 사건들이었다. 그러나 그는 나이기도 했다. 그와 나는 스물네 해 동안의 삶을, 적어도 그 삶이 남긴 기억들을, 공유했다. 당연히, 그로선 내가 스물 몇 해 동안 더 산 삶이 알고 싶을 터였다. 그것은 단순한 호기심이 아니었다. 내 삶은 그에겐 자신의 미래였다. 적어도 미래의 예언이었다. 환경이 바뀌었으니, 그가 살아갈 삶은 내가 살아온 삶과는 다를 터였지만, 그래도 내 삶은 그에겐 꼭 알아야 할 무엇이었다.

나도 내가 살아온 모습을 그에게 알리고 싶다는 것을 문득 깨달았다. '알렉시스 기지 싸움' 뒤에 내가 살아온 모습을 그에게, 젊은 날의 나에게, 나 자신이면서 나로부터 독립된 존재에게, 보여주고 싶었다. 그리고 정당화하고 싶었다, 초라한 지금의 내 모습을.

막막해진 마음으로 나는 방을 둘러보았다. 허름한 호텔 구석방의 풍경은 그것이 얼마나 엄청난 일인가 유창하게 말해주었다. 스물 몇 해 동안의 삶을 간명하게 요약해서 젊은 날의 자신에게 들려주는 것이야 당연히 힘들었다. 그러나 그 삶의 초라함이 정당화되도록 설명하는 것은 내 능력을 벗어나는 일이었다. 그런 깨달음이 내 마음을 압도해서 다리에서 힘이 빠져나가는 듯했다.

두 손으로 커피 잔을 싸고 조심스럽게 마시면서, 그는 차분히 기다리고 있었다. 내가 그동안 살아온 삶이 당연히 흥미롭고 보람찼으리라는 확신을 품고서. 그 확신이 내 가슴을 견디기 어려울 만큼 무겁게 눌렀다.

"나는 살아남았지. 자네가 보다시피," 가벼운 웃음을 얼굴에 올리면서, 나는 짐짓 가벼운 목소리를 냈다. "운이 좋았지."

나를 따라 얼굴에 웃음을 조심스럽게 올리면서, 그가 고개를 끄덕였다.

"이롱고스 터널에서 일어난 일들은 대략 알지? 일중대의 운명을?" 나는 그가 그동안 '동서 전쟁'의 역사를 찾아보았으리라고 짐작했다. 특히 내가 참가했던 전투들에 관해서. 그가 육신화된 지 벌써 두 주일이니, 내가 스물 몇 해 동안 살아온 과정에 대해서도 알 만큼 알 터였다.

그가 고개를 열심히 끄덕였다. "육신화되자, 이내 그것부터 알아봤어요."

갑자기 입 안이 말랐다. 고개를 들어 맞은편 벽에 걸린 싸구려 그림을 보지 않는 눈길로 바라보면서, 나는 기억을 끄집어냈다.

"이천팔백삼십이년 유월 십육일…… 열한시 십분에 일중대 진지를 웨스트 개니미드 군대가 점령했지." 보고서를 읽는 듯한 내 목소리가 내 귀에 들어왔다. "전쟁이 일어난 지 이틀 만에."

가슴 밑바닥에서 거세게 차오른 감정의 조류를 숨기려고, 나는 거듭 헛기침을 했다. 1중대엔 친구들이 많았었다. 3대대는 원래 화성과 소행성대 출신 용병들로 이루어진 부대였다. 1중대장 모한 나라얀은 나와 동향이었다. 우리는 화성 북반부의 뉴베이징에서 태어났고 자랐다. 그와 내 맏형은 같은 대학을 나왔다.

'적군이 최후 저지선을 돌파했음. 백병전을 준비 중.' 이제 역사의 한 부분이 된 나라얀의 최후 보고가 내 마음을 아프게 스쳤다. 이어 대대장 안톤 자나첵에 대한 그의 마지막 인사가 내 마음속에 울렸다, '황제 만세! 이제 죽을 사람들이 폐하께 인사를 올립니다.'

나라얀의 유머 감각은 2여단에서 유명했었다. 구지구 로마 제국에서 검투사들이 경기장에 들어서면서 임석한 황제에게 올리는 인사로 진지 사수를 명령한 자신의 상관에게 작별 인사를 한 것이었다.

"우리 삼대대가 맡은 섹터는 꽤 넓었어. 일중대가 이롱고스 터널을 막고 이중대가 파핀 터널을 막도록 배치되었지. 우리 삼중대는 예비대로 알렉시스 기지에 머물렀고." 나는 그에게 확인하는 눈길을 보냈다.

"예." 그가 고개를 끄덕였다.

"적의 주력은 이롱고스 터널을 공격했지. 터널이 적군에게 떨어지고 일중대 병력이 다 전사하자, 대대장은 이중대를 파핀 터널에서 물러나게 해서 우리 삼중대와 함께 알렉시스 기지에 방어선을 치도록 했어. 시가전을 하면서, 시간을 번다는 계획이었어. 결정적으로 중요한 것은 기습을 당한 우리 군대가 재편성할 시간을 버는 것이었거든. 우리는 알렉시스 기지 전선을 이틀 동안 지키도록 계획되었어. 우리는 나흘을 버텼지. 결국 이 롱고스 터널의 이틀하고 알렉시스 기지의 나흘이 거의 다 진 전쟁을 되살린 거야." 우리가 세운 전공에 대한 자랑이 쓰러진 전우들에 대한 슬픔과 뒤섞여 내 가슴속에 독한 눈보라가 일었다.

긴장으로 팽팽해진 얼굴로 그가 열심히 고개를 끄덕였다. 그의 얼굴에 어린 것은 분명히 자랑스러움이었다. 어떤 뜻에선, 그 자신이 그 싸움터에 있었다. 그는 그 영웅적인 싸움을 자랑스럽게 여길 권리가 있었다.

"우리 중대 구십이 명 가운데 이십삼 명이 살아남았어. 증원군의 엄호 아래 물러날 때까지. 나머지는 모두 전사했지. 중대장 그린 주 대위를 포함해서."

그는 물을 빨아들이는 마른 수건처럼 내가 전해주는 지식을 빨아들이고 있었다.

"싸움이 시작되기 전에 우리 중대원들의 스캔 자료들은 국방부 컴퓨터로 보내졌지."

내가 속한 소대는 야마모토 대학에 주둔했는데, 거기에 스캔 설비가 있었다. 그래서 소대 병력이 다 스캔을 했다. 용병들 사이엔 스캔을 한 사람은 곧 죽는다는 미신이 있어서, 군인들은 무료로 스캔을 할 자격이 있었지만, 스캔을 하는 용병은 거의 없었다. 그런데 우리 소대장 에드 투코프스키 중위가 모두 스캔을 하라고 명령했다.

"내 친구 알리 드케인이 그 일을 맡았는데, 내가 도와줬지." 차를 한 모금 마시고서, 나는 말을 이었다. "전쟁이 끝난 뒤, 그 스캔들이 어떻게 됐는가 때로 생각했었어. 그뿐이었어. 전쟁의 피해가 워낙 커서, 죽은 병사들의 스캔을 육신화하는 것은 고사하고, 그 스캔들이 제대로 남아 있는지도 확신할 수 없었어. 그러다 국방부가 전사자들의 스캔을 육신화한다고 발표하길래, 아, 이제 죽은 전우들의 젊은 모습을 볼 수 있겠다, 그랬지. 그랬는데, 자네가 나타난 거야."

커피 잔을 내려놓으면서, 그가 입가에 비뚤어진 웃음을 올렸다.

그 웃음이 꼭 아버지를 닮아서, 나는 그를 한참 쳐다보았다. 그도 그 사실을 알까? 아마도 모를 터였다. 내가 아버지를 많이 닮아간다고 새삼 깨달은 것은 아버지가 돌아가신 뒤였다.

"저도 처음엔 당황했어요. 육신화 부서의 담당자가 저보고 '실수로 태어났다'고 했으니까요. 그리고 자신이 실수했다는 것을 뒤늦게 깨닫고, 사과했어요."

"담당자의 실수인 것은 분명하지만, 변명의 여지가 있는 실수니까. 마이크 다케다는 미키 다나카와 비슷하지. 곧 생존한 노병들과 육신화된 전사자들이 함께 만나기로 했는데, 거기서 미키에게 고맙다고 해야지."

"저도 가면 안 돼요?"

"당연히 가야지. 우리가 단연 화제의 중심이 될걸." 우리는 처음으로 밝은 마음이 되어 소리 내어 웃었다.

그제서야 나는 깨달았다, 그가 나보다 육신화된 전우들에게 훨씬 가까우리라는 것을. 그들은 알렉시스 기지 싸움까지의 경험만을 공유했다. 나는 달랐다. 나는 스물 몇 해를 더 살았고, 그 경험 때문에 다른 사람이 되었다. 내가 지금 내게 들려주는 내 삶의 이야기는 내가 그의 나이였을 때 자신에게 들려준 삶의 이야기와는 많이 달랐다. 그가 품은 삶의 이야기는 지금 내가 자신에게 들려주는 삶의 이야기에서 도입부에 지나지 않았다.

말문이 트이고 분위기가 편해지자, 우리는 자연스럽게 얘기를 이어나갔다. 물론 내가 주로 얘기했고 그는 열심히 들었다. 똑같은 젊은 시절의 기억을 가진 사람과 얘기하는 것은 야릇한 일이었다. 똑같지는 않았다. 그가 훨씬 많이 그리고 상세히 기억했다. 그동안에 내가 잃어버린 기억들이 그리도 많다는 것이 놀라웠다. 어쨌든, 나 자신과 얘기하는 것보다는 훨씬 나았다. 그리고 다른 누구에게도 털어놓지 못할 부끄러운 기억들을 공유했다는 사실이 우리를 아주 가깝게 만들었다.

"자, 이제 과일을 드세요." 토니아가 과일 쟁반을 내려놓았다.

"감사합니다." 그가 선뜻 복숭아 한 조각을 집었다. "아, 참 맛있네요."

"내 입맛에 맞추어 토니아가 합성한 건데."

"아, 그래서⋯⋯" 그가 클클 웃었다.

"마이크, 당신도 들어요." 토니아는 자상했지만, 필요할 때면, 엄격한 어머니 노릇을 할 수 있었다.

"토니아, 난 과일 많이 먹는데," 나는 가볍게 항의했다.

"많이 먹지 않아요. 내가 알아요. 영양에 관한 한, 내가 당신보다 훨씬 잘 계산하고 기억해요."

그 말에는 대꾸할 말이 없었다. 사과 한 쪽을 집어 들면서, 나는 화제를 돌렸다. "국방부의 요원 입장에서 보면, 실수였지만, 내 입장에서 보면, 행운이었지. 나는 지금까지 복권 한 장당첨된 적이 없었는데, 이번엔 운수대통인데."

단숨에 말을 해놓고, 나는 한숨을 조용히 내쉬었다. 마침내처음부터 벼르기만 했던 얘기를 얼떨결에 한 것이었다. 내가 그를 반기고 좋아한다는 것을 되도록 빨리 그리고 어색하지 않게알리고 싶었다.

고개를 끄덕이면서, 그가 웃음 띤 얼굴로 토니아를 올려다보았다. "내게 중요한 건 마이크 당신이 나를 반기는 것보다 토니아가 반기는 것이거든요. 토니아, 내가 이 집에 불청객은 아니죠?"

토니아가 맑은 웃음을 터뜨렸다. 사람들에게 가장 호감이 가는 웃음을 입력했으므로, 그녀의 목청과 웃음은 맑고 밝았다. 그녀는 대답 대신 뒤에서 그를 살짝 안고 볼에 키스했다.

그녀가 주방으로 돌아가자, 그가 심각한 얼굴로 나를 응시했다. "그저께 알로 마르케스가 국방부에 소송을 냈던데요."

천천히 고개를 끄덕이고서, 나는 조용히 한숨을 내쉬었다. 나로선 차라리 반가웠다, 그가 알로의 일을 끄집어낸 것이. 알로의 일을 비켜갈 길은 없었다.

"알로는 이제 가진 것이 없는 사람이야. 빈털터리에 직업도 없고. 이혼은 벌써 세 번이나 했고. 그러니 이 세상에 대해 유감이 많을 수밖에. 그러던 참에, 그 일이 터졌으니. 알로에겐 하늘이 준 기회였겠지." 나는 그를 바로 보았다. "마이키, 알로에겐 좀 심술궂은 면이 있잖아?"

3중대의 전사자들과 함께 국방부 육신화 담당 요원들의 실수로 육신화된 생존자들은 나와 알로 둘이었다. 관료 기구답게, 국방부는 처음에는 이 사건을 덮으려 했다. 덕분에 사건이 커졌고, 나와 알로는 '15분짜리 유명 인사'들의 대열에 합류했다. 그러자 알로는 자신의 동의 없이 스캔을 육신화한 국방부를 상대로 소송을 제기했다. 자신의 다른 자아와 갑자기 공존하게 만든 것은 정체성에 대한 폭력이라고.

스캔의 존재가 정체성에 대한 폭력이라는 알로의 주장은 허튼 얘기가 아니었다. 자신과 똑같은 존재가 이 세상에 동시에 존재한다면, 갖가지 현실적인 문제들이 나올 수밖에 없었다.

아울러, 풀 길 없는 형이상학적인 문제들도 나왔다. 당장 오리지널과 스캔이 실제로 똑같으냐 하는 물음이 나올 텐데, 그것은 깔끔한 답이 없는 물음이었다. 둘이 똑같다는, 적어도 현실적으로 다르지 않다는 주장을 펴는 사람들은 '클래런스 시험'을 근거로 삼았다. 스캔이 실제로 보편화되기 전인 22세기에 수전 클래런스가 제시한 이 기준은 "가장 정교한 지각으로도 구별할 수 없는 두 존재는 똑같다"로 요약되었다. 그것은 컴퓨터의 사고 능력에 관해서 나온 '튜링 시험'과 발상이 비슷했다. 아직까지는 어떤 스캔도 오리지널과 완전히 같을 수는 없었다. 현재의 기술로는 스캔 과정이 말 그대로 한 순간에, 즉 모든 생명 현상들이 정지한 것처럼 보일 만큼 짧은 순간에, 이루어질 수 없었다. 따라서 먼저 스캔이 된 부분들과 뒤에 스캔이 된 부분들은 오리지널의 다른 시점의 상태들을 나타냈다. 그래서 스캔이 육신화되면, 그는 몸의 움직임이 완전히 동기화되기까지 가벼운 어지러움을 느낀다고 했다. 어쨌든, 스캔 기술이 완벽해지기 전까지는, 오리지널과 스캔은 아주 미세한 수준에선 좀 다를 수밖에 없었다.

그러나 이미 스캔 기술이 많이 발전해서, 가장 정교한 컴퓨터도 어느 쪽이 오리지널이고 어느 쪽이 스캔인지 가려내기는 불가능할 터였다. 어쩌면, 알로를 당혹스럽고 화나게 한 것은 그 점이었는지도 몰랐다. 가장 정교한 컴퓨터도 자신이 오리지널이라는 것을 알아내지 못한다는 것이 그의 비뚤어진 자존심을 상하게 했을 수도 있었다. 비록 누구라도 마약에 전 그와 젊은 스캔을 한눈에 구별할 수 있었지만.

알로의 소송은 개니미드 공화국 전체에서 화제가 되었고, 그 작은 추문은 전설적인 2여단 3대대의 명예에 작은 오점 하나를 남겼다. 육신화된 전사자들의 마음에도 떨떠름한 앙금을 남겼다. 다행히, 토니아와 함께 떠돌아다니는 터라, 나는 기자들을 쉽게 피할 수 있었다.

"마이크, 당신도 '정체성에 대한 폭력'을 느꼈어요?" 그의 목소리는 어쩔 수 없이 좀 탁했다.

"글쎄. 나는 '정체성에 대한 폭력'이란 말이 무엇을 뜻하는지 모르겠어. 그러나 그 말이 무엇을 뜻하든, 그것은 내가 자네를 처음 봤을 때 느낀 것은 아니었어. 젊은 날의 자신을 보는 일은 대단한 경험이야. 반갑고. 어쩐지 안쓰럽고. 잊었던 내 젊은 모습을 되찾아서 신기하고. 자네는 '실수'라는 말을 썼는데, 그것은 실은 '신의 뜻'이나 '자연의 섭리'라는 말의 다른 표현인 것 같아. 자네는 이 세상에 태어나도록 예정되어 있었던 거야. 완전한 인격을 갖추고."

"고마워요, 마이크."

그의 진지한 얘기가 나를 안심시켰다. 나는 은근히 적정했었다. 예전에 아버지가 나를 대했듯이 지금 내가 그를 대하는 것은 아닌가. 아버지의 진지하고 정성스러운 조언들을 당시 나는 얼마나 견디기 어려워했던가. 하루라도 빨리 아버지 집을 벗어나고 싶어서 얼마나 조바심했던가. 이스트 개니미드의 용병 모집에 응한 것도 바로 그런 마음 때문이었잖나.

"잠깐 밖으로 나가서 걸어볼까? 호텔 뒤쪽에 공원이 있던데. 여기 앉아 있는 것보단 나을 것 같은데?" 나는 팔을 들어 방 안을 가리켰다.

"그러죠," 그가 선뜻 동의했다. "토니아, 같이 나갈래요?"

"마이키의 호의니까……" 토니아가 반색했다.

우리는 어디 먼 나들이라도 가는 것처럼 들뜬 마음으로 방을 나섰다. 공원으로 들어서자, 그가 둘러보았다. "좋네요. 정말 호텔 방 안에 있는 것보다 훨씬 나은데요."

"정말." 토니아가 따라서 둘러보았다. "여기는 두번째 오는 데, 그동안에 많이 바뀌었어요. 이 공원은 전에 왔을 때는 없었 던 것 같은데. 마이크, 그렇죠?"

나는 고개를 끄덕였다. "그동안 지하 구역을 많이 넓힌 모양 인데."

앞장을 선 그가 돌아보았다. "마이크, 어때요, 음유시인으로 살아가는 것이?"

"으음. 그리 나쁘지는 않은데. 권할 만한 직업은 물론 못 되 지만. 나처럼 방랑하는 기질이 있는 사람은……" 내가 윙크를 하자, 그가 씨익 웃었다.

"노래에 약간 소질이 있고, 아쉬운 대로 그럭저럭 가사를 지 을 줄 알고, 일정한 직업 없이 떠돌아다니는 삶을 견딜 만큼 방 랑벽이 있다면, 무엇을 기대하겠나? 이제 용병 노릇을 하기엔 나이도 많고."

그가 고개를 끄덕였다. "어디까지 가요? 구지구에도 가보셨 어요?"

"주로 여기 목성계 위성들하고 화성이지. 구지구는 한 번 가봤는데, 나에겐 맞지 않았어. 너무 무거워. 물리적으로도 그렇고, 문화적으로도 그렇고. 몸이 너무 무거워서 전혀 움직일 수가 없던데. 그리고 고대 문명부터 쌓인 문화의 무게가……" 나는 고개를 저었다. "그 무게가 내 마음을 짓눌렀어. 숨이 콱콱 막혔어. 구지구에 있는 동안 여기가, 이 변방의 풍경이, 그리도 그립더라구."

그가 고개를 끄덕이고 고개 들어 공원의 천장을 올려다보면서 잠시 생각했다. "저도 음유시인이 되고 싶다는 생각이 들었어요. 마이크, 당신이 음유시인이라서 그런 것만은 아닌 것 같아요. 저도 방랑벽이 있잖아요?"

우리 눈길이 다시 부딪쳤다. 그리고 우리만이 공유한 것들이 많다는 사실이 어쩐지 흐뭇하고 유쾌해서, 우리는 소리 내어 웃었다.

토니아가 낮게 헛기침을 했다.

토니아를 돌아보면서, 나는 가볍게 말했다. "음유시인이 되려면, 먼저 유능한 가정부를 구해야 해."

2

"저기 있어요, 마이키가 저기 있어요." 도착 대합실의 한쪽을 가리키면서, 토니아가 들뜬 목소리로 말했다. "사람들 뒤에……"

나도 이내 그를 알아보았다. 널찍한 대합실의 입구 앞쪽에 몰린 사람들 뒤쪽에 혼자 서 있었다. 이럴 때 내가 그러는 것처럼. 주머니에 한 손을 넣은 채 고개를 약간 왼쪽으로 기울이고 서 혼자 선 모습을 보자, 연두 물결이 내 가슴에 일었다.

우리가 알아본 것을 보자, 그가 손을 번쩍 치켜들고 흔들었다. 손짓에 자신감이 실려 있었다.

정말로 반가웠다. 다섯 해 만에 만나는 것이었다. 그가 화성으로 공부하러 떠난 뒤, 우리는 만나지 못했다. 나는 화성에 갈 일이 없었고, 그로선 개니미드까지 찾아올 시간도 경제적 여유도 없었다. 나는 재작년부터 캘리스토를 떠돌아다녔다. 이제 그는 대학을 마쳤고 박사 과정을 밟기 전에 개니미드를 잠시 찾은 것이었다. 그래서 나는 캘리스토에서의 일정을 줄여 개니미드로 돌아온 것이었다.

'이제 내가 할 일은 다 한 셈이지.' 작지 않은 성취감을 즐기면서, 나는 느긋한 한숨을 내쉬었다. 그동안 그의 학비는 내가 댔다. 가난한 음유시인에게는 가볍지 않은 부담이었다.

'아들이 대학을 마치도록 뒷바라지한 아버지가 느끼는 성취감이 이런 거겠지. 우리 아버지도 내가……' 화성의 대학들은 일반적으로 목성계의 대학들보다 수준이 높았다. 특히 올림피아 대학은 구지구 명문 대학들에 버금갈 만큼 평판이 좋았다.

'대리 만족'이든 아니든, 개니미드의 갈릴레오 대학을 나온 나에게 마이키가 화성의 올림피아 대학을 나왔다는 사실은 흐뭇하고 자랑스러웠다.

"마이키는 동행이 있는 것 같아요." 무거운 가방들이 높이 쌓인 카트를 힘들이지 않고 밀면서, 토니아가 말했다.

음유시인은 유목민처럼 살았으므로, 내가 지닌 것들은 모두 가방들 속에 있었다. 가정부 로봇과 함께 다니는 유목민에게도 없어선 안 될 것들이 많았으므로, 가방들은 크고 무거웠다. 짐이 유난히 높이 쌓인 카트에 쏠리는 사람들의 눈길을 태연히 헤치면서, 그녀는 연신 그에게 손짓을 했다.

"젊은 여자예요." 그녀가 덧붙였다. "예뻐요."

"그래?" 내 호기심이 고개를 들었다. "저 사람이군."

"당신이 좋아하는 타입인데요." 토니아가 야릇한 웃음을 지었다.

대꾸할 말이 생각나지 않아서, 나는 그녀 말을 무시하고 그 여인을 살폈다. 얼굴을 제대로 살피기엔 아직 멀었다.

그가 우리를 가리키자, 옆에 섰던 젊은 여인이 고개를 끄덕였다.

"둘 사이가 아주 가까워요." 그녀가 자신 있게 말했다.

"그래? 흥미로운 얘긴데."

나는 이런 일에선 토니아의 판단을 믿었다. 눈빛 하나 놓치지 않는 밝은 시력에다 몸 언어에 관한 방대한 자료를 지녔으므로, 그녀는 이런 일에선 놀랄 만큼 정확했다. 본인들조차 모르는 것들을 그녀는 단번에 알아냈다. 나는 지금까지 그녀의 눈길로부터 내 감정을 성공적으로 숨겨본 적이 없었다.

"하이, 마이키. 정말 반가워요." 줄을 선 사람들을 벗어나자, 토니아가 팔을 벌렸다.

"하이, 토니아. 웰컴 홈." 여느 때보다 높은 목청으로 반기고서, 그가 토니아 품에 성큼 안겼다.

두 사람이 껴안고서 서로 등을 토닥거리는 사이, 나는 뒤쪽에 선 젊은 여자에게 슬쩍 눈길을 주었다. 문득 내 가슴이 멎었다. 아픔에 가까운 무엇이 멍해진 가슴을 세게 후려쳤다. 한 번거르고 다시 뛰기 시작한 심장 소리가 귀에 거세게 울렸다. 소니아가, 내 젊은 날의 소니아가, 거기 서 있었다.

그녀는 내게 목례하고서 수줍은 웃음을 띠었다.

내 가슴이 다시 아파왔다. 저 웃음. 나의 소니아처럼 수줍으면서도 밝은 저 웃음.

벌어진 입으로 그녀를 쳐다보는 사이에도, 내 마음은 바쁘게 움직였다. 소니아는 죽었다, 여섯 해 전에. 토성계 유람선 '카리비안' 호 추락 사고에서 남편과 함께. 당시 보도된 바로는 화성에 살고 있는 딸이 둘 있었다. 그러나 이 젊은 여인이 소니아의 딸일 것 같지는 않았다. 나이는 비슷했지만. 그녀는 내가 처음 만났던 소니아와 너무 같았다. 딸이 어머니를 닮는 데는 한도가 있었다. 그렇다면, 그녀는 소니아의 복제거나 스캔일 터였다. 어느 쪽인지 나로선 알 길이 없었다. 다만, 만일 스캔이라면, 나를 알아보지 못하는 것으로 보아, 소니아가 나와 만나기 전에 만들어졌을 터였다.

"토니아, 당신 젊어졌어요." 포옹을 풀고 토니아를 살피면서, 그가 말했다. "예뻐졌어요."

"정말? 농담 아니지요?"

"농담 아녜요." 그가 짐짓 진지하게 말하고서 나에게 다가섰다. "하이, 마이크."

"하이, 마이키."

"젊어진 것 같아요, 마이크."

"그런 얘기는 토니아에게 하는 것 아닌가?"

웃음이 사그라지자, 나는 그의 얼굴을 살폈다. "건강한 것 같군. 정말 오랜만이네."

"예, 마이크. 다섯 해가 넘었네요. 그래 여행은 어땠어요?"

"뭐, 온보드 엔터테이너로 와서 지루한 줄은 몰랐지."

"아, 그랬어요?"

"자네 여행은 어땠어?" 나는 묻고서 아직 뒤쪽에 선 젊은 여인을 흘긋 살폈다.

4천년기millennium가 가까운 지금도 화성에서 이곳 목성계까지 오는 여행은 가벼운 걸음이 아니었다. 가장 좋은 조건 속에서도 넉 달 넘게 걸렸다. 구지구는 말할 것도 없고 화성에서도 목성은 너무 멀었다. 태양까지의 거리에서 목성은 화성보다 세

곱절 넘게 멀었다. 그래서 구지구와 화성 사이엔 교류가 많았지만, 화성과 목성계 위성들 사이엔 교류가 적었고, 자연히, 정기 항로도 드물었다.

"괜찮았어요. 동행이 있었거든요." 흐뭇한 웃음을 지으면서, 그는 젊은 여자를 돌아다보았다. "소니아, 이 분은 토니아예요. 그리고 이 분이 마이크예요."

우리는 인사하고 악수했다. 손을 잡았을 때, 그녀에게선 장미 냄새가 났다. 세월에 흐릿해졌던 기억들이 문득 몸을 일으키면서, 내 가슴속에 바람이 일었다. 소니아가 썼던 향수와 같은 향수를 쓰는 모양이었다.

"소니아는 올림피아에서 인류학을 전공했어요." 그가 설명했다. "저와 함께 작년 가을에 졸업했는데, 박사 과정을 밟기 전에 함께 개니미드를 돌아보는 것이 어떠냐고 제가 제안했어요. 그래서……"

"인류학? 좋은 학문을 하네요, 소니아." 토니아는 늘 외교적이었다. "졸업한 것도 축하하고, 개니미드에 온 것도 환영합니다. 소니아, 여기 처음예요?"

"네."

"화성 사람들이 보기엔 황량한 곳이겠지만, 여기가 그래도 보기보다는 살기 좋아요."

너무 열심히 그녀 얼굴을 바라보지 않으려고 애쓰면서, 나도 고개를 끄덕였다. "마이키의 제안을 받아들여서, 정말로 기뻐요. 토니아 얘기가 맞아요. 여러 곳을 다녀보았지만, 이곳이 보기보다는 괜찮아요. 살기도 좋고. 사람들을 관찰하기도 좋고."

"고맙습니다."

그녀를 바라보면서, 내가 소니아를 잃었다는 깨달음이 새삼 가슴을 시리게 했다. 목소리도 웃음도 똑같았지만, 지금 내 앞에 선 젊은 여인은 나의 소니아는 아니었다. 내 연인은 몸도 마음도 아득한 우주 공간에 흩어지고 이루지 못한 사랑의 애틋함만이 내 가슴에 남은 것이었다. 마이키가 내 삶을 대신 살아주는 것이 아닌 것처럼, 젊은 소니아가 나의 소니아가 될 수는 없었다. 젊었던 시절에 우리가 발을 디뎠던 강물은 아득한 바다로 흘러나갔고, 이제 다른 강물에 다른 사람들이 발을 디디는 것이었다.

"그럼 우리 어디 가서 앉아서 얘기하죠. 우주선에서 샴페인을 사양했더니, 목이 마른데," 토니아가 익살스러운 표정을 짓자, 웃음판이 되었다.

뉴휴스턴 우주공항 안에 있는 카페에 자리 잡자, 우리는 느긋한 마음으로 지난 얘기들을 했다. 자연스럽게 마이키가 화성에서 지낸 일이 얘기의 중심이 되었다. 그의 얘기는 재미있었다, 적어도 나에겐. 그가 화성에서 재미있게 지냈다는 것이 반가웠다. 그가 새로운 지식을 얻는 일에 보람을 느낀다는 점이 특히 반가웠다. 그는 학부에선 역사학을 공부했고 박사 과정에선 목성계 현대사를 전공할 계획이었다.

나를 특히 흐뭇하게 한 것은 그의 삶이 점차 내 삶과 다른 모습을 갖추기 시작했다는 사실이었다. 그는 내가 제대로 배우지 못한 역사학을 전공하고 있었다. 그는 화성이 마음에 들어서 거기 정착할 계획이었다. 나는 정착된 사회의 모습이 짙은 화성보다는 변방의 특질이 뚜렷한 목성계나 토성계에 마음이 끌렸다. 아마도 그는 나처럼 용병이나 음유시인이 되는 대신 화성의 훌륭한 대학교에서 역사를 가르치게 될 터였다. 내가 걷지 못한 길로 접어드는 그를 내 마음은 소리 없이 응원하고 있었다.

"소니아, 인류학처럼 흥미로운 학문을 고른 것은 멋진 결정이에요. 나도 인류학에 관심이 많아요. 박사 과정에선 무슨 주제를 연구할 생각예요?" 마이키의 화성 생활에 관해 우리가 어느 정도 알게 되자, 토니아가 화제를 소니아에게로 돌렸다.

"외계 사회들의 비교 연구요. 달, 화성, 목성계, 토성계의 사회들을 비교해보려구요. 외계 사회들이 어떤 점들에서 지구 사회와 같고 다른가? 외계 사회들은 서로 어떤 점들에서 같고 다른가? 왜 그런가? 그런 것들이죠." 소니아의 대꾸는 진지하면서도 가벼웠다.

"정말 멋진 선택인데요." 나도 모처럼 한마디 거들었다. "외계 사회들이 점점 많아질 터이니, 그리고…… 이제 사람이 다양해졌잖아요? 자연인, 사이보그, 클론, 스캔, 로봇. 그러니 종래의 방식과는 다른 방식으로 인류를 연구할 필요가 있죠. 그렇잖아요, 소니아?"

오래간만에 입 밖에 내어본 '소니아'라는 이름이 즐겁고도 애 틋한 뒷맛을 입 안에 남겼다.

"소니아와 나는 같은 점들이 참 많아요," 사랑과 자랑이 가 득한 눈길로 그녀를 바라보면서, 마이키가 말했다. "나이도 같 고. 취미도 같고. 그리고…… 실은 소니아도 나처럼 스캔이거 든요."

그의 말에 소니아가 문득 긴장해서 나와 토니아의 반응을 살 폈다.

"아, 그래요?" 나는 그다지 놀라지 않은 듯한, 그저 가벼운 흥미를 느낀 듯한 얼굴을 했다. 스캔이 일반적인 일인 것처럼. "그렇게 같은 점들이 많으면, 서로 잘 이해할 수 있으니, 다행 이네요."

그녀는 가벼운 웃음을 띠고서 고개를 끄덕였다.

표정을 잘 관리하는 토니아는 물론 놀란 얼굴을 하지 않았다. 그저 소니아에 대한 관심이 더 커져서, 조심스럽게 그녀의 내력 에 대해 묻기 시작했다. 토니아가 워낙 외교적이기도 했지만, 소니아도 자신의 내력에 대해 열등감을 느끼지 않는 듯 솔직하 게 대꾸해서, 자칫 어색해질 수도 있는 분위기가 오히려 가벼워 진 듯했다.

나는 살그머니 안도의 한숨을 내쉬고서 의자에 몸을 기댔다. 두 여인이 주고받는 얘기가 내 마음속으로 수목원의 인공 빗발 처럼 부드럽게 스며들었다.

원래 소니아는 개니미드에 오기 직전에 스캔을 했었다는 얘기였다. 그녀 부모가 많은 위험들이 도사린 변방 사회인 개니미드로 떠나는 딸에 대한 보험을 든 것이었다. 소니아는 내게 스캔 얘기를 한 적이 없었다. 하긴 그녀는 자신에 대한 얘기를 많이 하는 편이 아니었다. 어쨌든, 그녀가 사고로 죽자, 그녀 부모들은 그 스캔을 육신화했다.

　"원래의 소니아는 자식이 없었나요?" 토니아가 물었다.

　"딸이 둘 있어요. 화성에 살고 있어요. 그래도 우리 부모는 자기 딸을 되찾고 싶어 했어요. 그래서 당국에 신청해서 허가를 얻었어요."

　"소니아의 남편은요? 남편은 스캔을 하지 않았나요?"

　소니아가 야릇한 웃음을 지었다. "그건 잘 모르겠어요." 그녀가 흘긋 마이키를 살폈다.

　가슴속에서 질투와 걱정이 뒤섞이는 것을 느끼면서, 나는 바로 앉았다. 만일 나의 소니아의 남편이 스캔을 했다면, 그래서 육신화된 젊은 남편이 이 세상 어딘가에 있다면, 지금 내 앞에 앉은 소니아도 그 사람에게 관심이 갈 수밖에 없었다. 마이키가, 나의 스캔이, 결정적으로 불리해질 수도 있었다. 지금 소니아는 내가 누군지 몰랐다. 그래서 마이키와의 만남이 얼마나 운명적인지도 몰랐다. 만일 남편의 스캔이 나타나면, 당연히 그 사람에게로 마음이 끌릴 터였다. 결혼해서 자식들을 낳고 산 사람에게 마음이 끌리지 않는다면, 그것이 이상할 터였다. 게다가 스캔은 오리지널과 되도록 같은 삶을 살고 싶어 했다. 적어도 비극적 순간까지는 오리지널의 삶을 재현해보고 싶은 생각이 자연스럽게 들 터였다.

"그럴 순 없지," 다시 소니아를 빼앗긴다는 생각에 몸속 깊은 곳에서 검붉은 질투의 불길이 솟구치면서, 신음 같은 소리가 입에서 새어 나왔다.

세 사람이 놀라서 얘기를 멈추고 나를 돌아다보았다.

나는 그 눈길들을 애써 무시했다. 설명할 길이 없었으므로, 무시하는 것이 상책이었다. 그리고 내 생각이 뻗어나가는 곳을 따라갔다.

지금 내가 할 일은 내가 어떤 결정적 분기점에서 길을 잘못 골랐는가 알아내어 거기서 얻은 교훈을 마이키에게 알려주는 것이었다. 소니아가 나를 사랑한 것은 확실했다. 마지막으로 헤어질 때도 그녀는 그리 서럽게 울지 않았던가? 그러니, 그렇게 헤어질 수밖에 없는 처지로 이른 길 대신 다른 길을 고르도록 마이키에게 조언해주면 되었다.

이제 세 사람은 다시 얘기하고 있었다. 친구들처럼 허물없게. 토니아와 소니아가 잘 어울리는 것은 분명했다. 어쩌면 로봇과 스캔은 본질적으로 공감하는 부분이 많을 터였다. 자연스럽게 태어난 존재들이 아니라는 사실이, 그래서 사회로부터 사람대 접을 제대로 받지 못한다는 사실이, 그들을 가깝게 만들 터였다. 맥주잔을 거듭 비운 것으로 보아, 토니아는 기분이 무척 좋았다.

　나도 맥주를 마저 마셨다. 그러나 가슴은 막막하고 다리에선 힘이 빠져나가는 느낌이 들었다. 내 가슴 깊은 곳에서 나는 알고 있었다, 그 모든 것이 부질없다는 것을. 무엇을, 그에게 실제로 도움이 될 무슨 얘기를, 마이키에게 해준단 말인가? 별것 아닌 일로 큰 오해를 하지 말라고? 질투하지 말라고? 서두르지 말라고? 의견이 다르면, 소니아의 처지에서 바라보라고? 내가 쓸 만한 얘기를 해준다고 해서, 그가 과연 내 말을 들을까? 그의 나이였을 때, 내가 아버지의 얘기를 들었던가? 아버지의 마음을 몰랐던 것도 아니잖은가?

　재미있게 얘기하는 사람들이 듣지 못하도록 나는 조용히 한숨을 내쉬었다. 사람은 누구나 자신의 경험을 통해서 배우는 것이었다.

　"그러면, 우린 오페라 하우스로 갈게요." 우주공항에서 나오자, 마이키가 말했다. 그와 소니아는 '아처 오페라 하우스'로 가는 길이었다. 지구에서 모처럼 이름이 있는 극단이 찾아와서 「나비 부인」을 공연하고 있다고 했다.

　"그렇게 해요. 우린 호텔로 가서 정리를 할게요. 편리할 때, 찾아와요. 소니아, 마이키와 함께 와요." 이런 일은 으레 토니아가 처리했다. 그녀는 나보다 훨씬 생각이 깊었고, 매끄러웠고, 세밀했고, 엉뚱한 얘기로 분위기를 흐리지 않았다. 나는 그저 옆에 서서 미소만 지었다.

젊은 연인들은 손을 흔들고 돌아섰다. 팔짱을 끼고서 그들은 다정하게 오페라 하우스로 가는 지하철 정류장으로 향했다.

나는 먼 눈길로 그들을 배웅했다. 다시 깨어나 새로운 모습을 한 세월은 그리도 달콤하고 애틋했다. 가슴 밑바닥에 고인 검고 무거운 예감은 애써 무시했다. 지금 마이키와 소니아는 나와 나의 소니아가 걸은 길과는 다른 길을 걷고 있었다. 비슷하지만, 결코 같지 않았다. 내가 결국 소니아를 얻지 못했다는 사실은 마이키와 그의 소니아를 옭아맨 운명적 조건이 아니었다.

"어울리는 한 쌍이네요. 그렇잖아요?" 웃음 띤 얼굴로 바라보면서, 토니아가 동의를 구했다.

"그럼. 천생연분인 것 같은데." 별 생각 없이 한 말이었는데, 해놓고 보니, 그럴 듯했다. 문득 기분이 좋아졌다. 무슨 좋은 징조처럼 여겨졌다.

"토니아," 카트를 밀면서, 나는 은근한 어조로 말했다. "우리도 어디 공연이나 보러 갈까?"

3

관객들이 모두 일어서서 손뼉을 쳤다. 소리를 지르는 사람들도 있었다. 무용수들이 다시 무대로 나와서 우아하게 허리 굽혀 인사했다. 박수와 환호 소리가 그리 크지 않은 극장을 가득 채웠다. 「화성의 즐거운 처녀들」은 어디서나 인기가 높았다.

무용수들이 다시 무대를 떠나자, 사회자가 다시 나타났다. "감사합니다. 우아하신 숙녀 여러분, 멋있는 신사 여러분, 여러분께서는 트랜스조비언 지역의 가장 뛰어난 극단 '하벨라스 비콘'이 마련한 무용극 「화성의 즐거운 처녀」를 감상하셨습니다. 저희 '플라이잉 가든'은 이 지역을 운항하는 우주선들 가운데 가장 충실한 오락 프로그램을 제공하고 있습니다."

이런 자리에선 으레 과장이 나오게 마련이었지만, 한때는 잘 나가던 영화배우였다는 사회자의 얘기를 듣다 보면, 실소가 나오곤 했다. 이 우주선은 '날아다니는 정원'의 이미지와는 거리가 있는 낡은 캐러벨이었다. 튼튼하고 실용적이었지만, 승객들의 편의에 마음을 쓴 우주선은 아니었고, 승객들도 편안한 여행보다는 비싸지 않은 요금에 마음을 쓰는 사람들이었다. 묘하게도, 사회자의 그런 과장들이 그리 밉지 않았다.

"이제 여러분께서 감상하실 프로는 진지한 여흥입니다. '진지한 여흥'은 결코 옥시모론이 아닙니다. 여러분께서 잘 아시는 것처럼, 마이크 다케다 씨는 철학적 여운이 있는 노래들을 들려주는 음유시인입니다. 여기 계신 분들 대부분이 태어나시기 전부터 다케다 씨는 달콤한 세레나데와 슬프고 아름다운 발라드로 긴 외계 여행을 재미있게 만들어왔습니다."

우리는 그저께 토성계 타이탄의 만하임 우주공항을 떠났고,

사정이 순조로우면, 14개월 뒤에 해왕성계 트라이튼의 하인라인 우주공항에 닿을 터였다. 긴 여행이었다. 토성에서 해왕성까지는 그리 멀었다. 정착 사회가 없고 과학자들의 캠프들만 있는 천왕성은 그냥 지나칠 예정이었다. 이백 살을 넘긴지라, 나도 조금씩 중년의 나이를 느끼고 있었다. 그래서 더 나이를 먹기 전에 태양계의 변경을 찾고 싶었다.

나는 의자에서 일어나 천천히 기타를 들어 어깨에 멨다. 숨을 깊이 쉬면서, 긴장된 마음을 풀려고 애썼다. 이 우주선에서의 첫 공연이라, 어쩔 수 없이 마음이 조여들었다.

"오늘도 우리 '플라이잉 가든'의 승객 여러분과 승무원들을 위해서 주옥같은 노래들을 부르시겠습니다. 즐거움과 성찰이 함께하는 시간이 되기 바랍니다. 여러분, 마이크 다케다 씨를 소개합니다."

헛기침으로 목을 고르고서, 나는 결연한 걸음으로 무대로 나갔다. 박수와 환호의 파도가 거세게 밀려와서 내 몸을 공중에 띄웠다가 내려놓았다. 마음이 어찔했다. 변경의 작은 도시들을 떠돌아다니며 술집이나 공동체 회관에서 적은 사람들을 상대로 노래를 부르고 시를 낭독했던 음유시인에게 오랜만에 받아본 많은 청중의 박수와 환호는 독한 술과 같았다. 마음 밑바닥 녹슨 문이 문득 열리면서, 묵직한 자신감이 온몸에 차올랐다.

"감사합니다, 여러분. 마이크 다케다입니다. 오늘 먼저 불러 드릴 노래는 「이롱고스 광장 가까이」입니다."

개니미드 사람들에겐 국가와 같은 노래였다. 로봇 음유시인 RUFOP1002 '포피'가 지은 장시 「내 살과 넋이 지향하는 곳으로」의 마지막 연에 곡을 붙인 작품이었다. 「내 살과 넋이 지향하는 곳으로」는 5백 행이 넘는 장시인데, 외계의 혹독한 환경에 잘 적응할 수 있는 로봇이 외계로 뻗어나갈 인류의 전위가 되리라는 전망을 힘차게 표현했다. 청중의 반응이 좋으면, 나는 그 시를 낭송하기도 했다. 사실 나의 장기는 노래보다도 시 낭송이었다.

"「이롱고스 광장 가까이」는 널리 알려진 노래입니다. 아시는 분들께선 함께 불러주시기 바랍니다." 나는 기타를 치기 시작했다.

운이 다한 건달이 마지막으로 찾는 곳
이 악명 높은 개니미드를 처음 찾았을 때,
고물 우주선에서 내려 어쩔한 마음으로
뉴휴스턴 우주공항을 나섰을 때,

이롱고스 광장 뒤쪽 좁은 골목
채송화 핀 화단에 물을 주던 소녀가
나를 올려다보더니 조용히 물었네,
"어디서 오셨어요?"

"햇살이 오는 곳에서 왔어요.
우리는 모두 거기서 왔죠."
고개를 끄덕이더니, 소녀는 다시 물었네.
"어디로 가세요?"

"햇살이 가는 곳으로 가요.
우리는 모두 그곳으로 가죠."
심각한 얼굴로 고개를 끄덕이더니,
소녀는 다시 물었네, "거기도 꽃이 있나요?"

나는 고개를 끄덕이고 가슴을 가리켰네.
그녀 가슴과 내 가슴을.
"사람이 가는 곳엔 늘 꽃이 피죠.
우리는 가슴에 꽃씨를 품고 다니죠."

노래가 끝나자, 박수와 환호가 기대보다 컸다. 누가 외쳤다,
"뉴휴스턴 만세."
안도의 한숨을 내쉬면서, 나는 청중을 슬쩍 살폈다. 모두 얼
굴이 밝았다. 출항한 지 이틀이 되어 긴장했던 마음이 좀 풀어
지면서, 여흥 프로그램에 적극적으로 몰입하기 시작한 듯했다.
낯선 사람들이 만나 일 년 넘게 좁은 공간에서 어깨 부딪치며
살아야 하는 처지라서, 자칫하면 분위기가 험악해질 수 있었다.

그래서 승객의 호응을 얻는 여흥은 이런 항해에선 결정적으로 중요했다.

"감사합니다. 다음 노래는 「눈에 마법을 띠고서」입니다. 이 노래의 가사는 이십세기 구지구 시인 토머스 하디가 지은 「내가 라이어네스로 떠났을 때」라는 시입니다. 이십팔세기에 화성 음악가 플로리 홍이 노래를 만들었습니다. 사랑하는 사람을 찾은 젊은이의 얘기입니다."

　　백 마일 밖 라이어네스로
　　　　내가 떠났을 때
　　　　나뭇가지들엔 서리 내렸고
　　별빛이 내 호젓함을 비췄지
　　백 마일 밖 라이어네스로
　　　　내가 떠났을 때.

소니아를 처음 만났던 때가 생각났다. 전우들이 거의 다 죽은 싸움에서 가까스로 살아남은 경험은 내 마음을 황량한 폐가처럼 만들었다. 그 폐가의 거친 뜰에 그녀는 정원을 만들고 꽃을 가꾸었다.

　　라이어네스에 내가 머물 때

거기서 무슨 일이 생길지
어떤 예언자도 감히 말 못했지
가장 현명한 마법사도 짐작 못했지
라이어네스에서 내가 머물 때
거기서 무슨 일이 생길지.

그녀와의 만남이 그렇게도 운명적일 줄은 물론 몰랐었다. 그
녀는 수줍어서 늘 다른 사람들 뒤에 숨었다. 처음 보면, 특별한
매력이 있는 것 같지 않았다. 그러나 그녀에겐 밝음이 있었다.
다른 사람의 마음까지 밝히는 따스한 무엇이 그녀에게 있었다.
그녀와 만난 뒤 얼마 되지 않아서, 그녀와 함께 저녁을 먹다가
나는 문득 깨달았다, 어둠 가득한 내 마음의 폐가에 촛불 하나
가 은은한 빛을 던지고 있다는 것을.

내가 라이어네스에서 돌아왔을 때
눈에 마법을 띠고 돌아왔을 때
모두 말없는 짐작으로 눈 여겨 보았지
나의 드물고 깊이 모를 밝음을
내가 라이어네스에서 돌아왔을 때

이상한 일이었다. 가슴에 담긴 슬픔이 클수록, 마음이 무거
울수록, 내 노래는 오히려 경쾌했다. 「눈에 마법을 띠고서」는

사람들의 눈에 작은 마법의 빛을 넣어준 듯했다. 적어도 내게는 그렇게 보였다.

"감사합니다." 노래의 리듬에 맞추어 박수를 치는 청중들에게 나는 허리 굽혀 인사했다. "사랑은 마법이지만, 안타깝게도, 모든 사랑이 이루어지는 것은 아니죠. 다음 노래는 이루지 못한 사랑에 관한 것입니다. 「떠나감은 조금 죽는 것이다」는 이십세기 구지구 시인 에드몽 아로쿠르의 시에 이십육세기 화성의 로봇 음유시인 '릴리폰드'가 곡을 붙였습니다."

내가 좋아하는 노래들을 살피면, 20세기 구지구 시인들의 작품에 화성 음악가들이 곡을 붙인 경우들이 많았다. 내 생각엔 문학은 20세기 구지구에서 정점에 이르렀다. 그 뒤로 추상적 상징들을 매체로 삼은 문학은 감각들을 직접 자극하는 예술 형식들에 밀려났다. 음악도 구지구에선 22세기 이후 쇠퇴했다는 것이 내 생각이었다. 사람들이 향락에 너무 빠지면, 예술도 퇴폐적이 되었다. 아울러, 대중이 반기는 작품들과 예술가들만이 높이는 추상적 작품들 사이의 거리가 점점 커졌다. 그래서 23세기 이후엔 낯선 세상에서 새로운 사회를 세우려는 외계 정착민들의 힘찬 예술이 구지구의 퇴폐적이고 자기 조회적自己照會的 예술을 압도하게 되었다.

떠나감은 조금 죽는 것이다,
그가 사랑하는 것에 대해 죽는 것이다

언제나 어디서나

사람은 자신의 한 조각을 남긴다.

지금도 눈에 선했다, 내가 조금 죽은 곳이, 내 넋의 한 조각
이 남은 곳이. 화성의 라라바드의 작은 카페를, 창가 화분에서
시들던 제라니움을. 겨울 바다 같은 그녀 눈을. 눈 속으로 끝없
이 펼쳐진 수평선을. 그 수평선에 등을 돌리고 사막으로 향한
내 넋은 아직도 허옇게 허물을 벗고 있었다. 아로쿠르의 말대로
"사람이 흩어버리는 것은, 작별할 때마다 사람이 흩어버리는
것은 그의 넋이다."

노래를 마치고 인사를 하면서, 나는 청중의 반응이 조금 달라
졌다는 것을 느꼈다. 내 노래가 그들의 마음속으로 스며드는 듯
했다. 정든 사람과 작별해보지 않은, 그래서 "떠나감은 조금 죽
는 것이다"라는 구절에 가슴이 저려오지 않는 사람이 있을까?

"거듭 감사합니다. 다음 노래는 제 노래입니다. 「애틋함의
로마」라는 곡입니다."

사랑스러운 이와 함께 건넌

그 흐린 시간의 강물

지금은 어디쯤 흐르나.

우리가 안은 운명의 발길이야

가볍게 만나고
더 가볍게 갈리지만,

아, 이제 우리는 아네
모든 사랑의 발길은
애틋함의 로마로 통한다는 것을.

기억하라, 기억하라,
젊은 날의 풋풋한 사랑을.
어쩌다 찾은 철 지난 사랑을.

소니아에 대한 사랑을 위한 비가悲歌였다. 마이키의 소니아에 대한 마이키의 사랑을 위한 비가이기도 했다.

내 젊은 날의 사랑은 두 번의 이별로 끝났다. 결국 마이키는 소니아와 헤어졌다. 내가 나의 소니아를 작별하고 떠났던 그녀 고향 화성의 작은 도시에서. 그리고 소니아는 그녀 남편의 스캔과 결혼했다. 이제 나는 알았다, 내 젊은 날이 다시 육신화된다 해도, 소니아를 얻을 수 없다는 것을. 젊은 날의 나로서는 어찌 해볼 도리가 없는 무슨 힘이, 무슨 운명의 손길이, 해독할 수 없는 신탁처럼 그녀와 나를 갈라놓는 것이었다. 나의 간절한 응원에도 불구하고, 마이키는 결국 나와 같은 길을 걸어 사랑하는 여인과 헤어진 것이었다.

세월을 견딘 나무
애틋한 송이송이마다
작은 열매들이 달리리니.

그대 넋의 가을밤
어둑한 오솔길의 굽은 회로 속에서
혼자 조심스럽게 맛보리니.

언제까지나 퍼렇게 남을
세월이 가도 익지 않을
그 과육 없이 작은 열매들을

졸아드는 가슴으로 맛보리니.
신맛에 진저리 치며
금지된 즐거움으로 거듭 맛보리니.

사랑스러운 이와 함께 건넌
그 흐린 시간의 강물
지금은 어디쯤 흐르나.

오래전 구지구를 찾았을 때, 나는 주로 비행기를 이용했다.

화성에서 태어난 사람에겐 감당하기 힘든 중력 때문이었지만, 비행기에서 내려다보는 풍경이 그리도 환상적이었다. 변경의 사회들은 구지구 풍경을 세밀하게 재현했지만, 아득한 지평을 가진 구지구 풍경만은 재현할 길이 없었다.

그때 내 마음에 새겨진 구지구의 모습들 가운데 하나는 험준한 산악 지역의 풍경이었다. 많은 골짜기들을 따라 시내들이 아래쪽 분지로 흘러 들어가서 호수나 큰 강을 이루는 모습이 인상적이었다. 어떤 산기슭에 내린 빗방울도 결국엔 그 분지로 흘러가게 마련이었다. 그 모습을 보면서, 나는 "운명은 연속적 '어트랙터attractor'들을 가리키는 말이다"라는 호쿠스 블랙의 얘기를 실감나게 떠올렸었다.

나의 삶도 마이키의 삶도 결국 같은 어트랙터로 흐른 것이었다. 소니아와의 사랑이라는 어트랙터로. 우리에겐 슬프게도, 그녀의 어트랙터는 따로 있었다. 우리는 나름으로 애썼다, 다른 분지로 흐르려는 그 물길을 돌리려고. 이제 우리에게 남은 것은 우리가 자신들의 운명을 확인했다는 사실이었다. 모든 것을 바치면서 애쓰다가 끝내 실패하지 않았다면, 그것이 운명인 줄 어떻게 알겠는가?

아, 이제 우리는 아네
모든 사랑의 발길은
애틋함의 로마로 통한다는 것을.

기억하라, 기억하라,

젊은 날의 풋풋한 사랑을

어쩌다 찾은 철 지난 사랑을.

　내 자신의 노래라서 청중의 반응이 어떨까 마음을 졸였는데,
앞서 부른 노래들에 대한 반응과 비슷했다. 청중은 노래들을 찬
찬히 맛보고 평가하는 것이 아닐지도 모른다는 생각이 들었다.
공연장에서 하루저녁을 즐기는 사람들에게 노래를 분별해가면
서 즐기라고 하는 것이 이상할지도 몰랐다.
　「애틋함의 로마」에 이어 요즈음 외계 사회들에서 인기 높은
노래들을 몇 곡 불렀다. 비교적 내 취향에 맞고 청중이 함께 부
를 수 있는 것들을 골랐는데, 청중의 반응은 예상대로 좋았다.
　"정말로 감사합니다. 들을 만하셨나요?"
　"예에에──" 환호가 묵직한 파동으로 다가왔다.
　"감사합니다. 여러분, 오늘 제가 마지막으로 들려드릴 노래
는 「용병 부대를 위한 묘비명」입니다. 이십세기 구지구 시인 앨
프레드 에드워드 하우스먼의 시에 이십오세기 화성 음악가 프
리드리히 쿠삭이 곡을 붙였습니다. '화성 전쟁'에서 전사한 용
병들을 위해 '화성 전쟁 용병 연맹'이 쿠삭에게 작곡을 의뢰해서
만들어진 「용병들을 위한 진혼곡」의 마지막에 나오는 노래입니
다." 잠시 마음을 가다듬고서, 나는 덧붙였다. "저는 이 노래를

'개니미드 동서 전쟁'과 '타이탄 전쟁'에서 전사한 용병들에게 바치고자 합니다."

하늘이 무너지던 날
지구의 바탕이 도망치던 시간
이들은 용병이라는 천직을 따라
봉급을 받고 죽었다.

타이탄의 캐벌리 기지 교외에 있는 용병 묘지가 눈앞에 떠올랐다. 묘지는 초라하고 쓸쓸했다. 돌보는 이도 없는 듯했다. 하긴 돈 받고 남의 싸움을 대신 해주려고 아득한 하늘을 건너온 용병들을 누가 오래 기리겠는가? 묘하게도, 그런 초라함과 쓸쓸함이 묘지에 어울리는 듯도 했다. 살아서 멸시를 받은 사람들에겐 그렇게 눈길을 벗어난 곳이 오히려 편히 쉴 곳인지도 몰랐다.

그래서 마이키의 고뇌에 찬 넋에겐 차라리 그 초라하고 쓸쓸한 묘지가 맞을 터였다. 그가 용병이 된 심정이야 선뜻 이해할 수 있었다. 사랑하는 여인과 헤어진 아픔을 견디기엔 병영과 싸움터보다 나은 곳이 없었다.

그러나 그것만은 아니었다. 그는 내가 걸은 길을 그대로 걷고 싶어 했다. 그의 부대가 맡은 후위 작전에서 마지막까지 진지를 지킨 결사대에 지원한 것까지도. 어쩌면 그는 물었을 것이다. '이럴 때 마이크는 어떤 길을 선택했을까?' 오리지널이 걸은 길을 걷고 싶은 충동은 스캔에겐 도저히 제어할 수 없는 충동일지로 몰랐다.

어쨌든, 내 추측엔 그것이 마이키의 삶에 결정적 영향을 미친 요인이었다. 그가 다른 길을 골랐더라도, 그는 조만간 내가 걸은 길을 찾아내곤 했다. 그런 뜻에서, 개니미드 공화국 국방부의 육신화 연구소에서 타이탄의 용병 묘지에 이른 그의 짧은 삶의 궤적은 필연적이었다.

기타를 치면서, 나는 기원했다, 그가 마지막 순간에, 적군의 주력에게 진지가 돌파되고 생존자들이 자신의 삶을 정리하는 순간에, 자신이 걸어온 길을 은근한 자부심으로 돌아보았기를, 그리고 삶에 대해 약간의 경멸이 담긴 눈길을 던졌기를.

잠기려는 목청을 억지로 돋우어, 늙어가는 음유시인, 나는 노래했다.

> 그들의 어깨들은 걸린 하늘을 떠받쳤다
> 그들은 물러서지 않았고 지구의 바탕도 남았다
> 신이 버린 것들을 이들은 지켰고
> 돈을 위해 최고의 가치를 살려냈다.

대통령의 이틀

제1부: 2978년 3월 1일

보고서를 탁자 위에 내려놓고, 그는 숨을 깊이 쉬었다. 흥분의 물살이 아직 몸속을 거세게 흘렀다.

'벌써……' 벽시계는 10시 47분을 가리켰다. 대통령으로서의 첫날은 무사히 지나간 것이었다.

임무를 잘 수행했다는 안도감 아래로 거대한 두려움의 조류가 밀려오고 있었다. '언제 올까?'

로봇을 해체하는 장비들을 앞세우고서 들이닥치는 그들의 모습이 눈앞에 떠올랐다. 아마도 그들은 이곳 집무실에서 처리하려 들 것이다. 그를 다른 곳으로 데려가는 것은 위험이 너무 컸다. 대통령이 방을 나서면, 경호원들이 따라붙고 살피는 눈들이 많을 터였다.

'오리지널 자말 베이커 대통령도 함께 올까? 나한테 무어라

고 할까? 수고했다고? 이제 임무가 끝났으니, 쉬라고?'

그는 자신의 오리지널을 대면한 적이 없었다. 그저 텔레비전 화면에 나온 대통령 후보의 모습을 보고 몸짓과 말씨를 열심히 익혔을 따름이었다.

눈길이 벽에 걸린 달력에 머물면서, 문득 아쉬움이 마음을 스쳤다. 권력을 쥔 기간이 하루만큼 짧아진 것이었다. '레임 덕'은 취임하는 순간부터 시작된다는 얘기가 문득 절실하게 다가왔다. 대통령의 엄청난 권력으로 일할 수 있는 시간이 이제 하루만큼 줄어든 것이었다.

'시간을 허비하지 말고 일을 추진해야지. 내가 국민들에게 한 약속들은 모두……' 그는 자신에게 하는 다짐인지 이제 대역에게서 권력을 받아갈 오리지널에게 하는 충고인지 모를 생각을 했다. '빈말이 아니지. 국민들은 늘 현명하고 옳지. 국민들에게 한 약속들은……'

취임식 광경이 눈앞을 스쳤다. 몸속으로 흥분의 물살이 한층 거세게 흘렀다. 그의 정체가 무엇이든, 그 자리에서 선서하고 취임 연설을 한 사람은 그였다. '취임식에서 대통령 선서를 해본 사람만이 알지, 대통령이 되는 것이 무엇인지.'

그는 자리에서 일어나 창가로 다가갔다. 잘 가꾸어진 집무실 밖 뜰은 텅 비고 조용했다. 물론 텅 빈 것은 아니었다. 모습을 드러내지 않은 경호원들이 날카로운 눈길로 살피고 있을 터였다.

"나는 이스트 개니미드 공화국의 헌법을 준수하여," 그는 나직이 뇌었다. "대통령의 직책을 성실히 수행할 것을 국민 앞에 엄숙히 선서합니다."

헌법 제49조에 나오는 이 구절은 대부분의 사람들에겐 그저 상투적인 얘기로 들릴 터였다. 그러나 아까 손을 들고 선서할 때, 그는 그 메마른 구절에 담긴 뜻이 하도 절실하게 다가와서 목이 잠겼었다. 그 순간 그는 대통령이 되기까지 자신이, 그 자신과 그의 오리지널이, 헤쳐야 했던 온갖 어려움들이 다 겪을 만했다고 느꼈다. 그든 오리지널이든 자말 베이커가 평생 품었던 꿈이 이루어져서 마침내 대통령이 되었다는 것만은 아니었다. 그는 선서에 담긴 뜻을 진정으로 이해했고 그것들을 진정으로 믿었다. 그의 임무는 헌법을 지키는 것이었다.

그의 전임자는 세간의 평가보다는 훨씬 나은 사람이었다. 비록 실패한 대통령이 되었지만, 능력도 있었고, 좀 천박했지만, 인품도 나쁘지 않았다. 비록 좌파 이념에 얽매인 면이 있었지만, 실제로는 상당히 현실적인 정책을 폈다.

불행하게도, 그의 전임자는 헌법을 너무 업신여겼다. 헌법의 규정들이 아니라면 그 정신에 어긋나는 일들을 많이 했다. 그렇게 헌법을 무시한 행보들은 당장엔 편리했지만, 장기적으로는 대통령의 권위를 근본적 수준에서 허물었고 실질적 업적조차 초라하게 만들었다. 그래서 그의 전임자는 결국 '약삭빠른 바보'가 되었다.

빈 뜰을 내려다보면서, 그는 소리 없는 웃음을 터뜨렸다. "전임자로선 더할 나위 없이 좋은데……"

업적에 대한 평가는 전임자와의 비교가 큰 몫을 하게 마련이
었다. 그의 전임자가 워낙 나라 살림을 그르친 덕분에, 그로선
덕을 볼 터였다. 평균적 실적만 쌓더라도, 높은 평가를 받을 터
였다.

'말수 좀 줄이고, 좀 점잖은 말씨를 골라 쓰고, 경제를 좀 되
살리면……' 그는 입맛을 다셨다.

"각하?"

상념에서 깨어나, 그는 '부속실 차장'이란 직명을 얻은 집사
를 돌아보았다.

"차 좀 올릴까요?"

"차? 좋지." 그는 잠시 생각했다. "좀 달콤한 것이 먹고 싶은
데. 으음, 유자차 있나?"

집사가 얼굴에 웃음을 올렸다. "예, 각하."

차를 마시면서, 그는 자신의 짧은 그러나 더할 나위 없이 극
적인 삶을 돌아보았다. 그는 태어난 지 채 여섯 달이 되지 않았
다. 그러나 그는 육십 년은 산 듯했다. 그만큼 선거전은 치열했
었다.

'만일 내가 졌다면……?' 대답이 나올 수 없는 물음을 자신
에게 던지고서, 그는 웃음기 없는 웃음을 얼굴에 흘렸다. 차를
마저 마시고서, 그는 흘긋 시계를 보았다. 11시 11분이었다.
'이제는 올 때가 됐는데. 무슨 일인가?'

자신의 죽음에 대한 걱정과 올 사람들이 오지 않는다는 조바심이 부딪쳐 그의 마음속에서 누런 거품이 일었다. '어차피 해체될 거라면, 지금 깔끔하게⋯⋯' 그동안 자신이 얻은 철학적 태도를 잃지 않으려고 그는 마음에 없는 얘기를 자신에게 했다.

마음의 평정을 지키려고, 그는 며칠 전에 받은 보고서를 읽기 시작했다. 국제적 경영 상담 회사의 이스트 개니미드 책임자가 만든 문서였는데, 신임 대통령의 경제 정책에 관한 조언들이 들어 있었다. 지난번 선거의 핵심 쟁점이 경제였고 그도 경제를 되살리겠다고 약속했으므로, 그로선 무엇보다도 경제에 마음을 써야 했다.

보고서를 다 읽고서, 그는 시계를 살폈다. 12시 3분 전이었다. '무슨 일인지는 몰라도, 오늘은 그냥 넘어갈 모양인데. 이건 내가 예상했던 시나리오가 아닌데.'

안도감과 조바심이 다투다가, 안도감이 이겼다. 그는 누구에게 향하는지 모를 질책을 입 밖에 냈다, "일을 도대체 어떻게 처리하는 거야?"

그는 일어나 방 안을 서성거렸다. '어쨌든, 오리지널이 나설 때까지는 내 임무를 해야지. 이젠 자는 척해야지.'

물론 그는 잠이 필요 없었다. 그러나 인간 대통령처럼 보이려면, 잠을 자야 했다.

그가 침실 문을 여는데, 집사가 문을 열었다. "각하, 상황실장 전화입니다."

"그래?" 그는 책상으로 돌아가서 송수화기를 집어 들었다. "여보세요?"

"각하, 상황실 마르셀입니다. 급히 보고드릴 일이 있어서……"

"서니, 밤늦게까지 수고가 많은데. 그래, 무슨 일이오?"

"휴전선에서 긴급 상황이 발생했습니다," 흥분을 애써 억누른 목소리로 마르셀이 보고했다. "비무장지대에서 웨스트 개니미드 군이 아군 초소를 공격했습니다."

"아, 그랬어요?" 그의 대꾸는 자신의 귀에도 차분하게 들렸다. 그제서야 그는 자신이 마음 한구석으로 이런 종류의 일이 일어나리라고 예상하고 있었음을 깨달았다. 그는 들고 있던 책을 내려놓고 책상에 걸터앉았다.

"어젯밤 열한시 오십분에 어스날 기지의 아군 초소에 웨스트 개니미드 군이 소총 오십여 발을 발사했습니다. 아무 이유 없는 도발이라는 군 당국의 보고입니다. 다행히, 아군의 피해는 없었습니다."

"알겠소. 그러면 국방장관에게 이르시오, 백이십 퍼센트로 대응하라고. 우리가 똑같이 대응하면, 저쪽에선 자기들이 이겼다고 여길 것이오. 아무 때나 멋대로 도발해도, 별 위험이 없다고 판단할 것이오. 저쪽의 도발을 그냥 견디지 않겠다는 우리 의지를 보이려면, 백 퍼센트로 갚는 것은 아무래도 미흡하잖소?"

"예, 각하. 각하 말씀이 옳습니다."

116

"그러니 원금에다 이자 이십 퍼센트를 얹어서, 백이십 퍼센트로 대응하라 하시오. 우리의 결의를 보여주되, 확전을 부르지 않을 정도로. 내 뜻 알겠소?"

전화를 끊자, 피로의 잿빛 물살이 몰려왔다. 의자 등받이에 목을 기대고 눈을 감았다. 이제 하루하루가 이처럼 힘든 결정들로 채워질 터였다. 문득 차오른 연민이 자신에 대한 것인지 오리지널에 대한 것인지 한동안 그는 마음을 헤아렸다.

'무슨 일이 일어났는가? 혹시 오리지널에게 무슨 일이 일어났는가?' 문득 눈앞에 엄청난 가능성의 들판이 열렸다. '만일 내가……'

제2부: 2988년 2월 26일

"각하의 치적은 경제 분야가 으뜸이라고 모두 얘기하고, 본인께서도 그렇게 생각하십니다. 경제 분야의 치적을 보다 구체적으로 말씀해주시기 바랍니다." 편집국장이 말했다.

지금 일간지 '개니미드 타임즈'와 대담을 하는 참이었다. 그동안 호의적이었던 신문이어서, 썩 마음이 내키진 않았지만, 대담을 허락한 것이었다.

"내가 취임했을 때, 많은 우리 기업들이 국내에서 영업하기 어려워서 해외로 나갔습니다. 그리고 한 번 나가면, 기업들은 단 하나도 돌아오지 않았습니다. '나간 곳에서 망하면 망했지 다시 이스트 개니미드로 돌아오지 않겠다'는 생각을 모든 기업가들이 품었다고 누가 말했습니다. 그래서 내 자신에게 다짐했지요, 우리나라에서 영업할 수 없어서 해외로 나간 기업들이 되돌아올 수 있도록 하겠다고."

편집국장과 사장이 고개를 끄덕였다. 기록을 맡은 기자가 열심히 노트북 화면을 살피면서 간간 자판을 두드렸다.

"마침내 내 임기 중반부터 해외에 진출했던 우리 기업들이 돌아오기 시작했어요. 정말로 흐뭇했습니다. 이제 기업들이 꾸준히 돌아오고 있어요. 우리 경제의 상태를 나타내는 지표들이 여러 가지가 있지만, 내 생각엔 그렇게 해외로 나갔던 기업들이 돌아오는 것이 가장 뜻 깊은 지표인 것 같아요."

"잘 알겠습니다. 국민들도 같은 생각일 것입니다. 각하께서 우리 경제를 그렇게 성공적으로 회생시킬 수 있었던 요인은 무엇이라고 생각하십니까?"

"너무 어려운 질문인데……"

웃음판이 되면서, 분위기가 좀 부드러워졌다.

커피를 마시면서, 그는 잠시 생각을 가다듬었다. "가장 간단한 답변은 '헌법을 충실히 따른 것이다'죠. 우리 사회의 궁극적 규범이니까, 대통령이. 헌법을 충실히 따르면, 나라는 잘되게 되어 있어요."

"모두 깊이 새길 말씀입니다. 그 말씀을 보다 구체적으로 부연해주셨으면 합니다."

"헌법의 근본정신은 법의 지배죠. 모두 법을 잘 지키도록 하면, 경제도 잘 돌아가게 될 것 아니겠어요? 경제와 관련해서 특히 중요한 것은 법이 재산권을 확실하게 보호하도록 하는 것이죠. 정부의 몸집과 지출을 줄이고, 세금을 낮추고, 규제를 줄이고, 노동조합의 불법 행위들을 방치하지 않고. 경제학자들이 추천하는 그런 개혁 조치들이, 깊이 따지고 보면, 모두 재산권의 보호 조치들이거든요."

"각하 말씀이 참으로 옳습니다." 사장이 대꾸했다.

"내가 취임할 때 재산권에 대한 가장 심각한 침해는 노동조합의 불법 행위들이었어요. 기업가들은 말할 것도 없고, 대부분의 국민들도 그렇게 생각했어요. 우리 노동 시장이 하도 열악하다 보니, 외국 기업가들은 아예 우리나라에 들어오려 하지 않았어요. 그때 내가 받아본 노동 시장에 대한 보고서에는 외국 기업가들이 이스트 개니미드의 노동 시장을 '독성'이라고 표현했다는 얘기가 있습니다. 나는 그것을 바꾸려 애썼어요." 그는 야릇한 웃음을 얼굴에 올렸다. "어때요? 좀 바뀐 것 같잖아요?"

세 사람이 따라 웃으면서 고개를 끄덕였다.

"노동 시장의 개혁은 모든 사회들에서 가장 중요한 과제입니다. 모두 노동 시장의 유연성을 늘리는 일이 필요하다고 역설합니다. 그러나 워낙 힘든 일이라서, 성공하는 경우가 드뭅니다. 노동 시장의 개혁에 성공할 수 있었던 요인을 대통령 자신께서 꼽으신다면, 무엇입니까?"

"매사가 그렇지만, 노동 문제와 같은 일에선 처음에 원칙을 확고히 세우는 것이 결정적으로 중요합니다. 한 번 원칙이 흔들리면, 그 다음에 바로잡기는 힘듭니다. 그래서 불법 파업에 단호하게 대처하라고 지시했습니다. 법에 어긋나지 않으면, 파업을 하든 그것보다 더한 것을 하든, 정부가 나설 이유가 없다. 하지만, 불법 행위는 사소한 것도 용납할 수 없다. 이번 일은 이스트 개니미드 공화국의 헌법을 지키는 일이니, 마음 굳게 먹고 대처하라, 그렇게 지시했죠. 그리고 기업들에도 불법 파업을 한 노조와 절대로 타협하지 말라고 경고를 보냈어요. 혼자만 살겠다고 노조의 불법 파업에 오히려 격려금 주어 달래는 기업들이 얼마나 많았어요? 그런 기업들에게 분명히 얘기했어요, 한 번 그런 짓하면, 정말로 망하도록 하겠다. 그렇게 해서, 불법 파업을 분쇄하자, 노동 시장이 갑자기 좋아졌어요. 그 뒤로 불법 파업을 하고 공장이나 매장을 폭력적으로 점거하는 일이 사라졌어요. 처음에 원칙을 세우는 일이 그렇게 중요해요."

"알겠습니다. 긴 시간 좋은 말씀을 많이 해주신 것에 대해서 진심으로 감사드립니다. 마지막으로 듣고 싶은 말씀이 있습니다. 만일 후임자가 직무 수행과 관련해서 조언을 요청한다면, 무슨 얘기를 들려주고 싶으신지요?"

잠시 생각한 다음, 그는 진지하게 말했다. "국민들은 늘 현명하고 옳다."

적막했다. 대통령이 있는 곳이 이렇게 적막할 수 있다는 것이 신기할 만큼. 빈 정원을 가득 채운 불빛이 오히려 적막감을 더해주었다. 불빛이 없다면, 대신 들어설 어둠이 한결 양감量感이 있을 듯했다.

그는 고개를 돌려 벽시계를 보았다. 11시 49분. 그의 임기가 끝날 때까지 꼭 48시간이 남은 것이었다. 물러날 준비는 다 되었다. 오랫동안 공들인 이임사도 완성되었고. 마음의 준비도 끝났고. 그저 이틀만 기다리면 되었다. 하긴 지금 모두 기다리고 있었다. 사람들도. 사무실도. 떠날 사람들이 떠나고 새 사람들이 들어오기를. 경상적이 아니거나 중요하다 싶은 것들은 모두 다음 정권으로 미루어지고 있었다.

가슴이 좀 답답한 듯해서, 그는 가슴을 펴고 숨을 깊이 쉬었다. 지금 그로선 답답함이 아니라 흐뭇함을 느껴야 옳았다. 그래서 더욱 답답했다.

어떻게 보아도, 흐뭇하게 느낄 만했다. 무엇보다도, 대통령의 직무를 십 년 임기 내내 큰 탈 없이 해낸 것이었다. 이스트개니미드 공화국 대통령이 얼마나 힘든 자리인가는 해본 사람만이 알 터였다. 그의 정적들까지 그가 직무를 무난히 수행했다는 점은 인정했다.

이룬 일들도 많았다. 경제 분야에선 업적이 특히 두드러졌으니, 모두 그가 경제를 되살렸다고 말했다. 그의 전임자의 초라한 업적에 비기면, 그가 이룬 것들은 대단했다.

그래도 마음은 씁쓸했다. 배신감이 그의 가슴 밑바닥에 무겁게 고여서 검은 오염 물질 덩어리처럼 그의 마음을 혼탁하게 만들었다.

아까 낮에 신문사 사람들과 만난 일이 떠올랐다. 그 자리에서 그는 그런 배신감을 드러내지 않으려 조심했었다.

"국민들은 늘 현명하고 옳다," 그는 나직이 뇌었다. 징그러운 음식을 억지로 먹은 것처럼, 입 안에 비릿한 맛이 남았다. 대통령 노릇 하면서 거짓말을 자주 하다 보니 이제는 거짓말에 익숙해진 터였지만, 정치가들이라면 누구나 하는 그 흔한 얘기가 비릿한 뒷맛을 남긴 것이었다.

"내가 그렇게 배신감을 느껴야 할 까닭이 있긴 있나?" 빨리 마음을 가라앉혀야 한다는 생각에 쫓겨, 그는 자신에게 물었다. "국민은 원래……"

하긴 그랬다. 국민들은 늘 유치했다. 합리적 판단이나 원숙한 행동과는 거리가 멀었다. 자신들의 진정한 이익이 무엇인지도 모른 채, 실은 모른다는 것조차 모른 채, 제 이익을 지키려고 아우성을 쳤다. 그래서 이기심과 시기심을 부추기는 선동가들에게 열광했다. 그들은 그의 전임자를, 그 '어릿광대'를, 다시 대통령으로 뽑은 것이었다. 이제 그들은 그 '어릿광대'가 통치한 십 년 동안에 배운 교훈을 잊고 그 사람을 다시 대통령으로 뽑은 것이었다. 그 선동가가 "경제가 성장했다지만, 지난 십 년

간 혜택을 받은 자들은 가진 자들뿐이다"라고 터무니없는 소리를 했을 때, 그들은 열광했다.

"늘 현명하고 옳다?" 그는 빈 정원에 대고서 쓰디쓰게 내뱉었다. "만일 내가 정체를 밝힌다면, 지난 십 년 동안 로봇이 이스트 개니미드 공화국을 통치했다고 알린다면, 무슨 일이 일어날까?"

그가 처음 깨어났을 때, 그의 '조종자들'은 그의 임무를 명확하게 알려주었다. 다가오는 대통령 선거에선 우파 정당인 '자유당'이 이길 가능성이 아주 높았다. 두 차례의 좌파 정권 아래서 이스트 개니미드는 경제가 아주 어려워졌고 외교적으로도 고립되었다. '자유당'이 집권할 가능성이 커지자, 웨스트 개니미드의 민족사회주의 정권이 자유당 후보인 자말 베이커를 암살하려 나설 위험도 따라 커졌다. 그래서 선거 유세 과정에서 대역을 할 로봇이 필요했고, 그가 만들어졌다는 얘기였다.

그로선 그들의 말대로 움직일 수밖에 없었다. 물론 그들은 선거가 끝나면, 그에게 큰 보상을 해주겠다고 약속했다. 그러나 그는 속지 않았다. 선거가 끝나면, 그는 이내 해체될 터였다.

그가 몰랐던 것은 그의 오리지널 자말 베이커가 그때 이미 거의 죽은 사람이었다는 사실이었다. 베이커는 자기 집에서 독살될 뻔했고, 가까스로 목숨은 건졌지만, 도저히 유세에 나설 수는 없었다. 그래서 베이커의 측근들이 급히 대역을, 바로 그를, 만든 것이었다.

그렇게 해서, 그는 얼떨결에 대통령이 되었고, 선서를 했고, 대통령 노릇을 제대로 했다. 자말의 부인 아이린과 잠자리도 같이 했다. 실은 그 부분이 가장 성공적이었다. 물론 권력은 그의 '조종자들'이 쥐었다. 적어도 처음엔.

사태를 제대로 파악하자, 그는 그들이 너무 위험한 기밀을 알고 있다는 것을 깨달았다. 대통령인 그가 로봇이라는 사실이 알려지면, 이스트 개니미드 공화국에 좋을 일은 없었다. 자칫하면, 웨스트 개니미드에게 침공의 구실을 줄 수 있었다. 게다가 그들은 그에게 너무 불손했다. "각하"라고 부르는 그들의 목소리엔 비웃음이 어렸고 그를 두고 자기들끼리 주고받는 농담엔 경멸이 어렸다. 마음을 먹자, 그는 전격적으로 움직였다. "자말 베이커 대통령에 대한 독가스를 이용한 암살 시도는 실패했지만, 불행하게도, 충직한 측근 몇은 희생되었다"고 공식 역사는 기록했다.

양심의 가책은 없었다. 로봇이라고 양심이 없는 것은 물론 아니었고, 자신들이 얕본 로봇에게 당했다는 것을 깨달았을 때 그들이 보인 경악의 표정은 아직도 가끔 꿈에 보였다. 특히 경악과 함께 배신감이 독처럼 어린 아이린의 눈길은 받기 어려웠다. 그러나 권력은 권력이었다. 나라의 안위가 걸린 일에선 권력을 쥔 사람은 과감하고 무자비해야 했다. 게다가 그들이 자말에게 한 짓이 있었다. 양심의 가책은 없었다.

문이 열리는 소리가 났다. "각하, 차 좀 올릴까요?"

그는 집사를 돌아다보았다. 지금 입맛에는 쓴 차가 맞을 것 같았다. "좋지. 뭐 씁쌀한 차 없을까?"

기적의 해

1

"아빠, 식탁으로 오세요."

아침 체조를 마치고 창밖을 내다보면서 숨을 고르던 영후는 몸을 돌려 로이스를 바라보았다. "그래, 알았다."

그녀가 환한 웃음을 지으면서 하늘을 가리켰다. "오늘 날씨가 참 좋네요. 어디 나들이 갔으면 좋겠어요."

"그래? 그럼 한번 나들이 갈까?"

"그래요, 아빠." 그녀가 몸을 돌렸다. "어서 오세요."

그가 식당으로 들어서자, 구수한 눌은밥 냄새가 풍겨왔다. 좀 고단하게 느껴지는 몸속 어디에선가 식욕이 슬그머니 고개를 들었다.

"산나물을 무쳐봤는데⋯⋯" 그녀가 파란 잎새들이 담긴 작은 접시를 가리켰다. "지금이 제철이거든요."

"요새도 채소에 제철이 있나?" 야릇한 웃음에 얼굴이 가볍게 당기는 것을 느끼면서, 그는 부드럽고 팽팽한 그녀 얼굴을 살폈다. "채소야 다 온상에서 키우잖나?"

"이건, 아빠, 산나물이거든요." 그녀는 채소 접시를 가리켰다. "충청도 야산에서 난 것이래요. 마트 안내원이 그랬어요."

"그래?" 그는 식탁에 앉아 접시를 살폈다. 본 적이 있는 듯도 했지만, 무슨 나물인지 생각나지 않았다. "무슨 나물인데?"

"회잎이래요."

"회잎?"

"네. 저번에 아빠가……"

"아, 그랬구나." 그는 정이 담긴 눈길로 그녀 얼굴을 쓰다듬었다. "그걸 다 기억했어?"

정초에 그녀와 옛 일을 애기하다가, 어려서 먹었던 나물들 애기를 했었다. 장날이면 시골 할머니들이 산에서 뜯은 나물들을 들고 나왔었고, 그의 어머니는 그 산나물들을 알아보고 식탁에 올렸었다. 그런 산나물들 가운데 그의 기억에 남은 것은 회잎이었다. 회잎나무의 어린잎을 나물로 먹는 것이었다. 그 할머니 세대가 사라지면서, 산나물의 맥이 끊겼다. 산나물을 뜯어 오는 사람도 드물었고, 어쩌다 산나물을 갖고 나온 시골 할머니들이 있더라도, 그것들을 알아보는 사람들이 없었다. 그 애기를 로이스는 기억했다가 용케 마트에서 찾아낸 것이었다.

"들어보세요. 어떨라나……" 그녀가 밥그릇 뚜껑을 열었다.

"그래." 그는 근대국을 한 모금 마시고서 나물을 집었다. "그런데 이게 어떻게 시장에 나왔니? 요샌 이걸 먹는다는 걸 아는 사람이 없을 텐데…"

"요새는요, 별의별 것들이 다 나와요. 몸에 좋다고. 옛날 사람들이 먹던 나물들은 다 나오는 것 같아요. 어떠세요, 맛이?"

산나물을 씹으면서, 그는 잠시 맛을 보았다. "맛있다. 옛날 맛이 나는 것 같다."

물론 과장이었다. 그러나 그리 큰 과장은 아니었다. 바랜 기억 한 토막처럼 잊었던 입맛이 입 안에 고였다. 무엇을 들어도 밋밋한 지금, 그로선 고마울 수밖에 없었다. 나물 맛도, 로이스의 정성도.

그녀는 환하게 웃고서 장조림 접시를 그의 앞으로 당겨놓았다.

그는 밥을 한 숟가락 먹고서 다시 나물을 집어 들었다.

"아빠, 반숙으로 할까요? 아니면…… 어제는 스크램블드를 드셨는데……"

"으음. 반숙으로 하지."

"네." 그녀가 조리대로 다가갔다.

그의 입맛에 딱 맞게 눌은밥을 먹으면서, 그는 그녀 뒷모습을 살폈다. 그리고 자신에게 고개를 끄덕여 보였다.

여러 해 전에—그의 아내가 입원하기 전이었으니 한 십 년 됐을까—로봇 회사에서 새 가정부 로봇을 사라고 권했다. 이젠 많이 낡은 모델인 로이스에게 상당한 값을 쳐줄 테니 '업그

레이디드 모델'과 교환하라는 얘기였다. 새 모델은 이전 모델들보다 여러모로 많이 향상되어서 인기가 높다는 것을 그도 알았다. 한참 망설인 다음, 그는 그냥 로이스를 쓰기로 했었다.

그녀가 달걀을 들고 와서 식탁에 앉았다. 그리고 진지한 얼굴로 열심히 달걀 껍질을 벗기기 시작했다.

그는 그녀에게서 눈길을 돌리고 먹는 데 마음을 모았다. 그녀 손놀림은 역시 서툴렀다. 로봇이 사람보다 못한 것들 가운데 눈에 이내 뜨이는 것이 둔한 손놀림이었다. 로봇 회사의 직원이 열심히 강조한 것이 바로 새 모델의 날렵한 손놀림이었다.

"아빠, 여기……" 그녀가 달걀 껍질을 반만 벗기더니 소금을 조금 뿌리고서 흰자만 살짝 익은 달걀을 내밀었다. "아, 하세요."

달걀을 먹으면서, 그는 슬쩍 그녀 얼굴을 살폈다. 혹시 그녀가 자신의 생각을 눈치 챘을까 하면서. 그녀는 그의 표정을 놀랄 만큼 잘 읽었고 그의 감정의 미묘한 변화에도 민감하게 반응했다. 어떤 뜻에선, 그녀가 그의 마음을 그보다 더 잘 알았다. 그의 몸의 활동들은 모두 그녀의 뇌 속에 기록되고 있었다. 그래서 그가 의식하지 못하는 변화들도 그녀는 알고 있었다.

그녀는 정이 담긴 눈길로 그가 먹는 것을 지켜보았다. 아내처럼. 엄마처럼.

부드러운 감정의 물살이 가슴을 잔잔히 적셨다. 그녀 눈길에 담긴 것은 분명히 정이었다. 과학자들은 로봇에겐 아직 의식이 없다고 했다. 아무리 사람의 얘기에 잘 반응하고 대화를 이끌어 나가더라도, 그런 행위가 의식에서 나온 것은 아니라고 했다. 로봇이 감정을 지닌 것은 사실이지만, 로봇의 감정은 사람의 감정과 같지는 않다고도 했다. 과학자들의 얘기는 물론 맞겠지만, 현실적으로 로봇에게 의식이 없다는 사정이 문제될 것은 없었다. 사람과 로봇 사이에 정이 오가는 것이 이상할 것도 없었다.

그것이 문제였다. 로이스를 들여온 지 스무 해가 넘었고 아내가 집을 떠나고 로이스와 둘이서 산 지도 아홉 해였다. 이제 그에게 그녀는 그저 가사를 맡은 로봇이 아니었다. 그는 그녀에게 정이 들었고 그녀 마음은 그에 관한 지식들로 가득했다. 아내가 치매로 그에 관한 기억들을 다 잃은 지금, 그에 대해서 가장 잘 아는 사람은, 비록 온전한 사람은 아니었지만, 그녀였다.

이제 그녀 앞날이 점점 큰 걱정거리가 되고 있었다. 여든여섯이니, 오래 살아봐야, 스무 해를 넘기 힘들 터인데, 그가 죽으면, 그녀를 보살필 사람이 없었다. 주인이 죽으면, 그를 보살피던 로봇은 해체되는 게 관행이었다. 법으로 규정된 것은 아니었지만, 할 일이 없는 로봇이 살 만한 터전은 실질적으로 없었다.

휘니의 모습이 떠올랐다. 그의 아내가 구급차에 실려 집을 나서자, 휘니도 황급히 따라 나섰다. 그리고 아내의 병실에서 안타까운 몸짓을 하면서 서성거렸다. 병원의 최신형 의료 로봇들이 있는 곳에서 녀석이 할 만한 일은 없었지만, 녀석은 그의 아내 곁에 있으려고 안달했다. 그는 담당 간호사에게 녀석이 병실에 있도록 해달라고, 그렇게 하는 것이 환자의 마음을 안정시키는 데 도움이 될 것 같다고, 부탁했었다. 간호사는 선선히 응낙했다. 그러나 다음 날 그가 병실을 찾았을 때, 휘니는 거기 없었다.

"아빠," 그의 얼굴을 살피면서, 로이스가 조심스럽게 불렀다. "드시고 싶은 것 또 없으세요?"

"이거면 됐다," 그는 짐짓 쾌활한 목소리를 냈다. "로이스, 나물이 맛있어서 잘 먹었다."

2

그가 거실로 나와 소파에 앉자, 로이스가 차 쟁반을 들고 왔다. "찻잔 어때요, 아빠? 새로 샀는데."

무심코 잔을 집으려다 멈추고서, 그는 잔을 살폈다. 커피 잔과 같은 것들엔 관심이 없는지라, 그는 잔이 바뀐 것도 몰랐다. 찬찬히 들여다보니, 무슨 풀꽃 무늬가 있었다. "좋다. 꽃이 곱다."

그녀가 환하게 웃으면서 고개를 끄덕였다. "곱죠?"

"그래. 우리 로이스가 살림을 잘한다. 『완벽한 가사』를 열심히 읽더니……"

"요새는 『정말로 완벽한 가사』를 읽고 있어요." 그녀가 배시시 웃고서 텔레비전을 켰다.

'이제 로이스가 살아갈 길을 생각해둬야 하는데……' 커피를 들면서, 그는 자신이 죽은 뒤에 그녀가 살아갈 길을 마련해주는 일에 대해서 생각했다.

늙은 사람들이 모두 맞게 되는 문제였으므로, 그의 친구들이 모인 자리에선 늘 그 문제를 푸는 길이 얘기되곤 했다. 별의별 얘기들이 다 나왔지만, 대부분은 현실성이 없는 것들이었다. 그나마 괜찮은 것들은 어떤 형식으로든지 다른 사람에게 로봇을 맡기는 길이었다. 로봇의 감정이 사람에게 봉사하는 데서 즐거움을 얻도록 되었으므로, 주인을 잃은 로봇으로선 새 주인을 찾는 것이 가장 좋았다. 로봇에게 가장 비참한 처지는 봉사할 주인이 없는 것이었다. 로봇에게 재산을 남겨서 혼자 살아가도록 한 사람들도 많았지만, 모두 결과가 좋지 않았다. 법적 인격을 지니지 못한 존재가 자신을 지키기도 어려웠지만, 역시 사람에게 봉사할 기회가 없어지면, 로봇은 불행할 수밖에 없었다.

그러나 주인을 잃은 로봇이 새 주인을 만나기는 실질적으로 불가능했다. 해마다 향상된 능력들과 보다 인간적인 특질들을 갖춘 새로운 모델들이 나오는 터에, 기꺼이 낡은 로봇의 시중을 받으려는 사람이 있을 리 없었다. 설령 그런 사람을 용케 만나서 로이스를 쓰겠다는 약속을 받는다 하더라도, 그가 죽은 뒤에도 그 사람이 그녀를 곁에 두리라는 보장은 없었다. 그녀에게 엄청난 재산을 남겨서, 그녀를 매력적으로 만들지 않는 한.

'설령 그런 사람이 나온다 해도, 과연 내가……' 그는 자신에게 어려운 물음을 한 번 더 던졌다. '막상 로이스를 남에게 넘기게 되면……'

그녀를 새 주인에게 넘기는 일은 그에겐 쉽지 않은 선택이었다. 새 주인을 섬기려면, 그녀는 머릿속에 든 그에 관한 기억들과 지식들을 모두 지워야 했다. 그것들이 지워지면, 아무리 작고 비물질적이라 할지라도, 그의 한 부분이 영원히 사라지는 것이었다.

'나에 관한 것들을 모두 잃고 날 알아보지 못하는 로이스는……' 고개를 저어, 그는 그런 그녀의 모습을 지웠다.

어쩌면 거기에 해답이 있었다. 그에 관한 기억들을 잃은 로이스가 이미 그의 로이스가 아니라면, 왜 그녀의 앞날에 대해서 그리 걱정해야 되나? 그에 관한 기억들이 지워지면, 그녀는 생명 없는 물체에 지나지 않는데. 새 주인에 관한 지식들이 주입되고 기억들이 생기기 시작하면, 그녀는 로이스와는 전혀 다른 존재일 터인데.

'뭐, 당장 결정할 일은 아니니까. 내가 곧 죽을 것도 아니고……' 그녀 몰래 그는 가벼운 한숨을 내쉬었다. 그리고 무심히 화면을 바라보았다.

나이가 들면서, 그는 자신이 세상일들에 점점 관심이 적어지는 것을 깨달았다. 세상은 점점 빠르게 바뀌는데, 자신은 점점 느리게 바뀌었다. 그래서 세상과 주기를 맞추기가 점점 힘들어졌고, 자연히, 세상을 제대로 이해하기가 점점 어려워졌다. 여생이 얼마 남지 않았다는 생각은 그의 지평을 좁혔고, 그가 죽은 뒤에 일어날 일들에 대해 관심을 갖기 어렵게 만들었다.

화면엔 외국인 두 사람이 나와서 얘기하고 있었다. 마이크들이 놓인 연단 뒤에서 얘기하는 것으로 보아, 무슨 기자회견인 듯했다.

"다시 말씀드리겠습니다." 국내 방송의 아나운서가 끼어들었다. "우리 시간으로 어젯밤에 '세계보건기구'가 노화를 실질적으로 늦출 수 있는 의료 기술 패키지를 추천했습니다. '팸텔,' 즉 '건강한 노년을 위한 의료 기술 패키지'라 불리는 이 의료 기술 패키지를 이용하면, 사람은 백오십 세 내지 이백 세까지 살 수 있다고 합니다. 그래서 '세계보건기구'는 세계 모든 사회들에 '팸텔'을 보급하는 사업을 추진하기로 결정했습니다. 아울러 미국 의료 연구 회사인 '세림'은, 노화에 관한 연구가 빠르게 발전함에 따라, 예측 가능한 미래에 노화를 완전히 막는 실용적 의료 기술이 나오리라고 전망했습니다. 이 두 가지 사실이 의미하는 것은 지금 살고 있는 사람들이 모두 영생을 얻을 수 있다는 것입니다. '팸텔'을 통해서 노화를 최소한으로 줄이면서 생명을 연장하면, 노화를 완전히 막는 의료 기술이 나올 때까지 살 수 있다는 얘기입니다. 그렇게 되면, 모두 영생을 얻게 될 것입니다. 사고로 죽지 않으면, 무한정 살 수 있다는 얘기입니다."

흥분으로 목청이 높아진 아나운서의 모습이 사라지고, 다시 연단 뒤에 선 두 사람의 모습이 나왔다. 그 사람들도 흥분을 누르지 못한 모습이었다. 흥분하기는 질문하는 기자들도 마찬가지였다.

'하긴…… 영생한다는데, 누가 차분하게……' 가슴속에서 더운 물살이 차오르는 것을 느끼면서, 그는 고개를 끄덕였다.

"물론 현재의 추세를 외삽外揷해서 나온 예측이죠," 연단 왼쪽에 선 사람이 말했다. "그리고 그런 외삽이 무척 어려운 것도 사실입니다. 자칫하면, 틀린 예측이 나올 수도 있습니다. 그러나 이번 예측은 실은 아주 보수적인 예측입니다. 현재 생물학과 생명공학이 이른 수준은 한 세기 전엔 상상할 수도 없었습니다. 지금도 빠르게 발전하고 있습니다. 솔직히 말씀드리면, 우리의 상상력을 한껏 펼치더라도, 우리는 이십이 세기의 모습을 상상할 수 없습니다. 이십 세기 사람들이 이십일 세기를 상상할 수 없었던 것처럼……"

가슴에 차 오른 물살이 문득 넘쳐서 몸속으로 흘러나갔다. 그 물살에 씻겨, 몸의 가장 깊은 구석까지 새로워지는 듯했다. 가문 봄철 문득 내린 비에 잎새들이 파릇하게 생기를 되찾는 것처럼.

그는 자신이 커피 잔을 꽉 잡고 있었다는 것을 깨달았다. 잔을 탁자에 내려놓고, 그는 소파에 등을 기댔다. 몸 가득한 그 소생의 기운이 그의 넋을 파란 하늘 속으로 띄워 올리면서, 눈이 감겼다.

"영생," 그는 신음에 가까운 목소리로 중얼거렸다.

언제까지나 산다는 것. 피할 수 없는 죽음의 짙은 그늘에서 벗어나 늘 젊은 몸으로 삶을 즐긴다는 것. 짧은 여생의 지평으로 구획되지 않은 너른 바탕에 삶을 설계한다는 것. 아, 그리 긴 삶에선 무엇인들 못하랴. 하고 싶었으나 시간이 없다고 해서 아쉽게 포기한 것들을. 화성도 찾아가고. 때가 되면, 목성의 위성들에도. 누가 알랴, 이 태양계를 벗어나 다른 별까지⋯⋯ 오랜만 산다면야.

그는 눈을 뜨고 한숨을 길게 내쉬었다. 그리고 이마에 난 진땀을 훔쳤다. 가슴이 뛰고 있었다.

로이스가 걱정스러운 얼굴로 그를 살피고 있었다. 그녀의 뇌 속엔 지금 붉은 경고등이 켜졌을 터였다. 그의 생리 수치들이, 체온, 맥박, 혈압, 뇌 혈류, 산소 소비량이, 모두 갑자기 높아졌을 테니.

미지근한 커피를 마저 마시고서, 그는 천천히 일어나 창가로 다가갔다. 내 끼인 봄 하늘이 문득 그의 삶 앞에 펼쳐진 새로운 전망을 확인해주었다. 풍경도 이제는 다른 빛깔과 다른 모습과 다른 뜻을 지니고 있었다.

그는 한숨을 길게 내쉬었다. 그리고 뻐근한 가슴으로 뇌었다, "아, 영생의 전망이 보이는 세상에 살아 있다는 것⋯⋯"

"긴급 뉴스를 말씀드리겠습니다. 긴급 뉴스를 말씀드리겠습니다," 아나운서의 다급한 목소리에 그는 몸을 돌렸다.

"잠시 후 아홉시에 대통령 특별 담화가 있겠습니다. 거듭 말씀드리겠습니다. 잠시 후 아홉시에 대통령 특별 담화가 있겠습니다. 김효준 대통령께서 '세계보건기구'와 '세림'이 추천한 노화 방지 의료 기술 패키지 '팸텔'과 관련하여 국민들에게 담화를 발표하시겠습니다. 여러분들께선 채널을 '국민 방송'에 고정시키시고 김효준 대통령의 특별 담화를 시청해주시기 바랍니다."

그는 벽에 걸린 시계를 보았다. 여덟시 십이분. 그는 커피 잔을 집어든 로이스에게 말했다. "산책 나가자."

"네, 아빠. 점퍼 가지고 올게요." 식당으로 향하면서, 그녀가 물었다. "회색 점퍼 입으실래요?"

"그래," 무심코 대꾸하고서, 그는 잠시 생각했다. "다른 색깔도 있니?"

"그럼요. 핑크 점퍼도 있는데요." 그녀가 밝게 웃었다.

"그래? 그럼 그걸 입자. 오늘은 좀 밝은 걸로……"

좀처럼 놀라지 않는 그녀 얼굴에 놀라움이 어렸다.

3

불광천 하류 한강 가에 있는 공원은 한적했다. 새벽 운동을 한 사람들은 들어가고 아침 산책을 할 사람들은 아직 나오지 않은 시간이었다. 로이스는 슬쩍슬쩍 그를 살피고 있었다. 그에게서 여느 때와는 다른 무엇을 느낀 모양이었다.

'하긴……' 입가에 웃음이 저절로 어리는 것을 느끼면서, 그는 혼자 고개를 끄덕였다.

그랬다. 오늘 아침 그는 달랐다. 어깨가 저절로 펴졌고, 걸음엔 탄력이 있었다. 무슨 영약을 마신 것처럼, 온몸에 기운이 돌았다. 아직 칠십대인 것처럼. 아니, 칠십대엔 이렇지 않았었다. 이런 활력은 육십대에나 있었다.

뉴스 하나가 사람을 이렇게 바꾼 것이었다. 그 뉴스가 정말로 새로운 것도 아니었다. 노인들의 생명을 연장하는 의료 기술은 나온 지 이미 반세기 넘은 기술이었고 보편적으로 시행되고 있었다. 분자 로봇과 같은 극미세 기술들은 현미경 수준에서 몸을 보수하고 있었고 약을 표적 세포들로 날랐고 노폐물들을 이내 몸 밖으로 내보냈다. 그래서 사람의 몸이 받는 상처들과 거기 따른 노화는 최소한의 수준에 머물렀다. 이미 사람들의 평균 수명이 많이 늘어나서, 어지간한 건강을 유지한 사람들에게 100세는 당연히 기대할 수 있는 수명이었다. 뇌의 신경세포들의 노화만 막을 수 있다면, 당장이라도 평균 수명이 150세까지 늘어나리라는 얘기가 나온 지도 여러 해 된 터였다.

영생은 물론 다른 문제였다. 노화를 완전히 막는 일은 그것을 그저 늦추는 일과는 성격이 달랐다. 그렇긴 해도, 유기체가 늙지 않고 영원히 살지 못할 까닭은 없었다. 노화는 유기체에 처음부터 들어간 특질이 아니었다. 유기체들은, 세균에서 사람에 이르기까지, 모두 기계들이고, 사람이 만든 기계들처럼, 닳아서 부서지게 마련이었다. 영구적으로 움직이도록 만들어진 기계들이 아니기 때문이었다. 실은 유기체들이 그리 오래 사는 것이 경이로운 일이었다. 사람이 만든 기계들 가운데 몇십 년 동안 움직이는 기계들이 과연 얼마나 되는가? 유기체들이 더 튼튼하게 만들어지지 않은 것은 생식에 필요한 기간만 살아남도록 자연선택이 유기체들을 만들었기 때문이었다. 자연선택의 관점에선 생식과 자식들 양육에 필요한 기간보다 오래 살아남는 유기체를 만드는 것은 자원의 적절한 배분이 아니었다. 그런 자원은 자식들을 낳고 기르는 데 쓰는 것이 합리적이었다.

따라서 유기체의 몸은 훨씬 튼튼하게 만들 수 있었다. 그런 일은 건물을 새로 짓는 일보다는 허술한 건물을 고쳐서 튼튼하게 만드는 일과 비슷했다. 문제는 사람의 몸이 오랜 진화의 산물이어서 모든 부분들이 아주 잘 조화되었다는 사실이었다. 사람 몸의 한 부분을 조금이라도 고치면, 많은 부분들에 크고 작은 영향들을 미칠 터였다. 그런 영향들을 다 계산해서 사람의 몸을 개량하려면 엄청난 지식이 필요했고, 그런 지식을 이용하는 의료 기술은 나오기가 무척 힘들 터였다.

그런데 문득 상황이 달라진 것이었다. 노화를 늦춰서 생명을 연장하는 기술도 노화를 아예 막아서 실질적으로 영생할 수 있는 기술도 뉴스는 아니었지만, 그 둘을 연결한 패키지는 분명히 뉴스였다. 그런 연결은 노화의 문제를 전혀 다른 맥락 속에 놓았다. 그런 연결을 통해서 지금 사는 사람들도 영생의 가능성을 얻을 수 있게 된 것이었다.

'나처럼 늙은 사람들도 영생의 희망을…… 이제 누구도 영생의 희망을 앗아갈 수는 없겠지. 그것을 어떤 식으로든지 방해하는 정치가는 그날로 정치 생명이……'

"인 더 타운 웨어 아이 워스 본……"* 그의 기분이 전달되었는지, 로이스가 흥얼거렸다. 자신이 태어나기 훨씬 전에 유행했던 노래를.

'이제 네 문제는 해결될 모양이다.' 녀석의 모습을 곁눈질하면서, 그는 생각했다. 영생은 나름의 문제들을, 지금 그로선 상상하기 힘든 문제들을, 불러올 터였지만, 일단은 그가 맞은 문제들을 대부분 해결해줄 터였다.

"앤 히 톨드 어스 오브 히스 라이프……" 가락에 맞춰 몸을 흔들던 녀석이 그의 눈길을 느끼고 그에게 열적은 웃음을 보였다.

4

그들이 아파트 정문을 들어서자, 나이 든 부부가 열심히 얘기하면서 걸어왔다. 로봇 둘이 어색한 걸음으로 따랐다.

---

* 비틀스(The Beatles), 「노란 잠수함(Yellow Submarine)」.

"안 되지." 사내가 손으로 내려치는 시늉을 하면서 화가 난 듯이 말했다. "당연히, 안 되지. 돈이 없다고, 사람을 죽게 내버려둬? 다른 놈들은 다 영원히 살구? 그게 말이 돼? 돈 없어서 의료비용을 대지 못하는 사람들은 당연히 국가에서 대줘야지."

"그럼, 말이 안 되지." 여자가 말을 받았다. "가난한 사람도 사람인데. 누군 오래 살고 싶지 않나?"

그들을 지나치면서, 그는 로봇들을 살폈다. 둘 다 로이스보다 오래된 모형이었다. 그는 혼자 고개를 끄덕였다. '만일 저렇게 가난한 사람들도 '팸텔'을 이용할 수 있게 하지 않는다면……'

그가 거실 텔레비전을 켜자, 청와대의 기자회견장이 화면에 나왔다. 아직 십 분가량 남았지만, 벌써 아나운서는 열을 올리고 있었다. 회견장 연단 뒤쪽에 정부 각료들과 정치인들이 늘어서 있었다. 흰 가운을 입은 사람들도 있었다.

로이스가 건넨 당근즙을 마시면서, 그는 유심히 화면을 살폈다. '무슨 얘기를 하려고, 저러나? 어쨌든, 순발력 하나는 대단하다. 첫 뉴스가 나오자마자…… 야당에선 난리가 났겠다.'

아홉시 정각, 대통령이 나타났다. 박수를 치는 각료들과 여당 정치인들에게 환한 웃음을 보이고서, 대통령은 흰 가운을 입은 사람들과 악수를 했다. 그리고 여유로운 자세로 연단에 섰다.

"존경하고 친애하는 국민 여러분. 여러분께서 이미 신문과 방송을 통해서 아시는 바와 같이, 오늘 우리 앞에 문득 기적과 같은 가능성이 열렸습니다." 서민적인 풍모를 가장 중요한 정치적 재산으로 삼은 정치인답게, 대통령은 높지 않은 목청으로 연설을 시작했다.

"인류는 이제 노화를 늦추는 의료 기술을 갖추었습니다. 그리고 노화를 완전히 막는 의료 기술도 멀지 않은 미래에 나올 것입니다. 따라서 지금 건강하게 사는 사람들은 발전된 노화 억제 기술로 생명을 연장해서 노화 방지 기술이 나올 시점까지 살 수 있습니다. 즉 젊은 몸으로 오래오래 살 수 있게 된 것입니다. 옛날부터 인류의 꿈이었던 영생이 기적적으로 우리 시대에 현실이 되었습니다." 원고를 내려다보던 눈길을 들어, 대통령은 얼굴에 자신감 어린 미소를 띠고서 카메라를 응시했다.

"존경하고 친애하는 국민 여러분, 이 꿈을 우리가 누리려면, 모든 사람들이 필요한 의료 기술의 혜택을 받아야 합니다. 소득과 재산이 적은 사람들도 부유한 사람들과 똑같이 혜택을 받아야 합니다. 그래서 저는 대한민국 대통령으로서 국민 여러분께 엄숙히 약속합니다. 모든 국민들이 기적적인 의료 기술의 혜택을 받아서 영생의 꿈을 누릴 수 있도록 하겠습니다. 그렇게 하기 위해서, 우선 올해부터 모든 가용 자원을 의료 기술의 개발과 보급에 투입하겠습니다. 올해 이천팔십년을 '기적의 해'로 만들겠습니다, 여러분."

대통령에 대한 경멸과 불신에도 불구하고, 그는 대통령의 연설에 가슴이 더워지는 것을 느꼈다. 기자들이 모두 일어나서 박수를 치는 광경을 바라보면서, 그는 나직이 뇌어보았다, "기적의 해."

그럴 듯했다. 국민들에게 호소력을 지닌 구호였다. 그것은 다가오는 선거의 흐름을 쉽게 대통령에게로 돌릴 만했다. 민중주의에 바탕을 둔 정책들을 마구 추진한 덕분에, 대통령의 높았던 인기는 요즈음 아주 낮아졌다. 야당에선 누가 대통령 후보가 되어도, 다음 선거에서 이긴다고 장담하고 있었다. 그런데 오늘 판이 완전히 바뀐 것이었다. 운이 좋다는 얘기가 따른 정치인답게, 대통령에겐 다시 엄청난 운이 따른 것이었다. 그러나 운만은 아니었다. 대통령과 그의 참모들은 중요한 정보를 얻자, 이내 대응해서 영생에로의 길이라는 결정적 논점을 선점한 것이었다. 이제 영생은 선거의 중심적 논점이 될 터였고, 야당이 할일은 없었다. 대통령의 정책을 지지하는 것 말고는.

'흠. 야당은 지금 초상집이 다 됐겠다. 나까지……' 그는 야릇한 웃음을 얼굴에 띠었다. 야당 후보 최만식의 열렬한 지지자인 자신이 지금 마음이 이렇게 바뀌었다면, 다른 사람들이 어떠하리라 상상하는 것은 어렵지 않았다.

"정파를 초월해서 함께 '기적의 해'를 만듭시다"라는 호소로 연설을 마무리한 대통령은 기자들의 질문에 대답하고 있었다. 대통령의 몸짓과 말씨에선 자신감이 우러났다. 며칠 전 핵심 보좌관의 부패 혐의를 인정하고 국민에게 사과할 때의 모습과 하도 대조적이어서, 다른 사람 같았다.

가벼운 한숨을 내쉬고서, 그는 메인 컴퓨터로 다가갔다. 내키지 않는 일이었지만, 해야 했다. 마음을 다잡고서, 그는 '세계보건기구'의 홈페이지를 찾았다. 이것은 로이스에게 맡길 만한 일이 아니었다. 그는 '팸텔'에 관해서 알고 싶은 내용들을 입력하기 시작했다.

마침내 긴 한숨을 내쉬고서, 그는 무거운 몸을 일으켰다. 그의 예상과 다르지 않았다. 뇌의 병적 노화는 예방할 수 있었지만, 뇌의 자연적 노화는 아주 막을 수 없었다. 물론 뇌의 손상된 부분을 재생하는 기술도 아직 연구 단계에 있었다. 그래서 알츠하이머와 같은 병들로 이미 뇌가 손상된 사람들은 새로운 의료 기술에서 혜택을 받을 수 없었다. 이미 뇌의 신경세포들이 거의 다 손상된 그의 아내는 영생으로 가는 열차에 탈 수 없는 것이었다.

그는 곁에서 지켜보는 로이스를 올려다보았다. "로이스, 지금 엄마 보러 가자."

"지금요?" 그녀 얼굴에 가벼운 놀라움이 어렸다. 이어 그녀가 심각한 눈길로 그를 살폈다. 오늘은 그가 그녀를 여러 번 놀라게 하는 날이었다.

"그래. 오후까지 기다릴 수가 없다."

5

그의 아내가 있는 '세레니티 원로시민 클리닉'은 개성 교외에 있었다. 로비를 들어서면서, 그는 불안감 한 줄기가 스치는 것을 느꼈다. 이곳에 올 때마다, 그는 자신이 이곳에 환자로 들어오는 것만은 피해가기를 빌었다. 아무리 안락해도, 병원은 병원이었다.

병원 로비의 커다란 텔레비전엔 '찬성 92 대 반대 6'이라고 나와 있었다. 가까이 다가가서 살펴보니, 예상대로 대통령의 '기적의 해' 사업에 대한 여론 조사 결과였다.

'구십이 퍼센트라. 대단하구나.' 그는 입맛을 다셨다. '이제 선거는 시작되기도 전에 끝난 건가?'

다른 숫자들이 나왔다. '지지 63 대 반대 28.' 며칠 전만 해도, 10퍼센트 대에 머물렀던 대통령 지지율이 한꺼번에 네 배 늘어난 것이었다. 다른 사람에겐 몰라도, 적어도 김효준 대통령에겐 '기적의 해'가 될 모양이었다.

"박 선생님 아니세요?" 그가 엘리베이터로 다가가자, 누가 뒤에서 반겼다.

그는 고개를 돌려 예쁜 얼굴에 웃음을 지어보였다. "안녕, 서니 씨."

"오늘은 일찍 오셨네요?"

그는 고개를 끄덕였다. "시간이 나길래…… 우리 안사람 괜찮아요?"

"네." 그녀가 웃음 띤 얼굴로 고개를 끄덕였다. 그리고 로이스를 돌아보았다. "하이, 로이스."

"하이, 서니."

그도 모르게 그의 마음은 서니와 로이스를 비교하고 있었다. 서니는 최신형 간호 로봇이었다. 그래서 모든 면에서 아주 뛰어났다. 생김새가 사람과 구별하기 힘들 만큼 자연스러웠고 표정도 풍부했고 말씨도 세련되었다. 물론 간호 능력도 뛰어나서, 그녀와 동료인 미라니스는 그의 아내를 포함한 뇌 질환 환자 넷을 어렵지 않게 간호한다고 했다. 서니에 비기면, 로이스는 서울에 올라온 시골뜨기 같았다.

"오늘 병원이 여느 때보다 활기가 찬 것 같은데……" '팸텔'에 대한 로봇들의 반응이 궁금해서, 그는 넌지시 얘기를 꺼냈다.

"좀 그렇죠? 병원 스탭들이 모두 흥분했어요. 모두 영생하게 되었다고 흥분해서……" 그녀가 가볍게 웃었다.

"간호 로봇들은 흥분하지 않고?" 그는 짐짓 농담처럼 물었다.

"저희야 뭐…… 사람들에게 좋은 일이면, 저희에게도 좋죠."

"서니 씨는 외교관이 되었으면 아주 잘했을 것 같은데."

그녀는 환한 웃음을 지었다. "그 말씀 칭찬이시죠?"

6

그가 들어서는 것을 보자, 미라니스가 그에게 고개를 숙여 보이고서 창가에 서서 밖을 내다보는 여인에게로 다가갔다. "이민숙 여사님, 바깥어른께서 오셨어요."

병원 환자복을 입은 그 여인은 반응이 없었다. 돌로 만든 조상처럼 무겁게 서서, 그저 밖을 내다보고만 있었다.

미라니스가 손가락으로 그녀의 어깨를 가볍게 두드리면서 말했다, "이민숙 여사님, 돌아서 보세요. 누가 오셨나 보세요."

그제서야 여인은 천천히 돌아섰다.

표정 씻긴 얼굴이 그의 마음을 후려쳤다. 날마다 보는 얼굴이었지만, 그는 아내의 표정 없는 얼굴이 익숙해지지 않았다. 아무것도 들어오지 않는, 가면 같은 그 얼굴이 그에겐 그녀의 모습에서 가장 견디기 힘든 것이었다. 그녀는 활기찬 여자였었다. 온몸에서 삶의 힘이 샘처럼 솟고. 눈에선 순진한 호기심이 늘 내다보고. 재치가 있어서, 영문학 교수답게 이내 멋진 시구를 인용했고. 금세 나올 준비가 된 섬세한 표정들을 뒤에 감춘 얼굴은 아무리 오래 보아도 질리지 않았고. 이제 그녀 얼굴은 흰 칠판 같았다. 아무것도 씌어지지 않은. 이제 그녀에게 바깥 세상은 거의 존재하지 않았다.

문득 그의 가슴이 기쁨과 고마움으로 저려왔다. 그녀 얼굴에

흐릿한 웃음이 엷게 어렸다. 그를 알아본 것이었다. 그녀의 황
폐한 뇌에 성한 신경세포들이 아직 몇 남아서 그의 기억들을 담
고 있는 것이었다.

그는 슬쩍 안도의 한숨을 내쉬었다. 그에 대한 기억은 그녀가
지닌 마지막 기억이었다. 작년부터는 자신이 낳은 자식들 얼굴
도 알아보지 못했지만, 그녀는 그의 얼굴을 아직까지 알아보았
다. 그를 기억하는 한, 그녀의 뇌는 아주 황폐한 것은 아니었다.

슬픔과 기쁨과 고마움으로 가득한 가슴에서 무엇이 넘칠까
조심스러워하면서, 그는 그녀에게 다가서서 살그머니 안았다.
그리고 반응이 없는 육신을 천천히 쓰다듬었다. "여보, 오늘은
일찍 왔어."

그녀는 여전히 반응이 없었다.

아린 눈가를 슬쩍 손등으로 누르고서, 그는 아내를 두른 팔
을 풀었다. 그리고 로이스의 손에 들린 꽃다발을 가리켰다. "여
보, 오늘은 노랑 장미를 가져왔어."

그의 아내는 기계적 동작으로 꽃다발을 받아 들더니 본능적
으로 꽃다발을 얼굴로 가져가 냄새를 맡았다. 흐릿한 표정이 한
순간 그녀 얼굴에 어렸다, 잊힌 기억 한 토막이 망각의 영역에
서 잠시 나타났다 사라진 듯.

"이민숙 여사님, 꽃을 병에다 꽂죠. 그래야 꽃이 오래가죠."
서니가 그의 아내에게 말하고서 그를 흘긋 살폈다. 그가 고개를
끄덕이자, 서니는 미소를 짓고서 그의 아내를 꽃병들이 놓인 곳

으로 천천히 안내했다.

그러는 동안, 나머지 세 명의 환자들은 그들에게 별다른 관심을 보이지 않았다. 모두 그의 아내와 마찬가지로 치매 환자들이었는데, 표정이 지워진 얼굴로 하던 일을 계속하고 있었다. 한 사람은 바닥에서 레고 조각들로 무엇을 만들고 있었고, 또 한 사람은 침대에 걸터앉아서 멍하니 하늘을 내다보고 있었고, 나머지 사람은 머리에 수건 비슷한 것을 쓴 채 작은 라디오에 귀를 기울이고 있었다.

그 여인들을 보면서, 그는 깊고 너른 심연이 그들과 자신을 갈라놓은 것처럼 느꼈다. 보통 사람들이 그 심연을 넘어 그들에게 다가갈 길은 없었다. 이제 영생으로 가는 길이 열렸으므로, 그 심연은 훨씬 더 깊어지고 넓어질 터였다. 그들은 곧 죽겠지만, 심연의 이쪽에 속한 건강한 사람들은 살고 또 살 터였다.

서니가 시든 꽃들을 뽑아낸 병을 내밀자, 그의 아내는 떨리는 손으로 꽃다발에서 한 송이를 골라내어 거기 꽂았다.

"잘하셨어요," 서니가 칭찬했다. "또 하나 꽂아보세요."

그 간단한 일이 아주 힘든 듯 더듬거리는 아내를 보면서, 그는 입원하기 전날 밤의 그녀 모습을 떠올렸다. 그날 밤 그녀는 유난히 머리가 또렷했었다. 집을 떠난다는 두려움과 슬픔이 그렇게 만들었는지도 몰랐다. 그녀는 자기 생각들을 그에게 더듬더듬 얘기했다. 그녀는 가족들을, 남편인 그와 자식들을, 몰라보게 되는 것을 걱정했다. 그들은 서로 껴안고 울었다. 평생을 같이 한 자신들의 삶이 끝나가는 것을 슬퍼하면서.

그때 말했었다, 잠옷 소매로 그녀의 눈물을 닦아주면서, "우리가 헤어지는 것이, 여보, 오래는 아닐 거야. 우린 어차피 곧 죽을 거고, 그러면 저 세상에서 다시 만나겠지."

별 뜻 없는 얘기였다. 그도 그의 아내도 다음 세상을 믿지 않았다. 그래도 그 말은 묘하게 그들의 마음을 가라앉혀주었다. 적어도 그의 마음을 쓰다듬어주었다. 그 말은 그들의 삶에서 가장 중요한 부분은 그들이 함께 산 세월임을, 그들이 떨어져서 살아야 할 세월은 그리 길지도 중요하지도 않음을, 그리고 죽으면 그들이 어떤 뜻에선 합쳐진 셈임을 확인하는 행위였다.

이제 그들의 운명은 영원히 갈라지는 것이었다. 여생을 함께 살거나 다음 세상에서 만나 함께 사는 대신, 그는 혼자 살고 또 살 터였다. 새로운 사람들을 만나고 새로운 기억들을 만들면서. 그녀의 몸이 흙으로 돌아가는 동안에도.

이미 그가 선 세상과 그녀가 선 세상은 건너기 어려울 만큼 멀어져 있었다. 그 심연을 이어주는 것은 그를 알아본 그녀 얼굴에 어리는 흐릿한 웃음뿐이었다. 그 웃음이 사라지고 다시 떠오르지 않는 순간, 그 두 세상은 영원히 갈라지는 것이었다.

'아직은…… 여보, 당신이 아직은 날 알아보니……' 기운이 다해서 주저앉으려는 선수를 안타까운 마음으로 응원하는 사람처럼, 그는 꽃을 병에 꽂는 아내에게 응원하는 마음을 보냈다.

"잘하셨어요," 그의 아내가 꽃을 다 꽂자, 서니가 칭찬했다.

"참 잘 꽂으셨네요. 아주 보기 좋죠?"

그를 향해 돌아선 그의 아내의 표정 없는 얼굴에 한 줄기 따스한 무엇이 스쳤다.

'십 년 만 빨리 왔어도…… 더도 말고 십 년 만 빨리 왔어도……' 안타까움에 졸아든 가슴으로 그는 한탄했다. 입원한 지 아홉 해가 채 못 되니, 치매를 치료하는 기술이 십 년 만 빨리 나왔으면, 아내도 그럭저럭 그와 함께 살아갈 수 있었을 터였다.

깊은 상실감에 무엇이 날아간 듯한 가슴으로 그는 아내에게 다가갔다. '단 십 년에 이렇게……'

그가 다가서자 그녀가 그를 올려다보았다. 표정 없는 얼굴에 문득 흐릿한 웃음이 어렸다.

7

그와 로이스가 병원 로비에 내려왔을 때, 텔레비전에선 '원로시민연합'의 회원들이 대통령의 '기적의 해' 사업을 적극 지지한다는 성명을 내고 가두시위에 나섰다는 뉴스가 나왔다. 그는 잠시 거기 멈춰 서서 뉴스를 들었다. 온통 '기적의 해'에 관한 애기들이었다.

병원 정문을 나서자, 문득 현기증이 났다. 너무 빨리 돌아가는 세상에 적응하지 못해서 어지러운 것처럼. 날렵하게 그를 부축한 로이스에 몸을 기대고서, 그는 마음을 가다듬었다.

"이건 왜 다는 거지?" 옆에서 누가 물었다.

"원장님께서 달라고 하셨습니다." 다른 누가 대꾸했다.

"원장님?"

"예. 협회에서 지시가 내려왔답니다. 빨리 달라고. 그래서 부랴부랴 만들었습니다."

"협회에서?"

"예."

"하긴. 협회로서야……"

"그렇죠. 히포크라테스 이래 최대의 사건이라고 하잖습니까?"

그는 아직 어지러운 머리를 돌려 그 사람들을 살폈다.

한 사람은 흰 가운을 입었고 다른 사람은 작업복을 입었다. 그들은 병원 건물 정면에 현수막을 다는 사람들을 올려다보고 있었다. 현수막엔 '기적의 해 2080'이라 씌어 있었다.

'세상이 정말로 빠르게 바뀌는구나. 오늘 내가 일어났을 때만 해도…… 반나절이 지나지 않아서 이렇게……' 숨을 깊이 쉬고서, 그는 병원 건물을 올려다보았다. 5층 왼쪽에서부터 세 번째 병실—거기 있었다. 그의 아내가. 이 부산한 '기적의 해'에 끼지 못하고 뒤에 남겨진 그의 아내가.

가슴에 시리게 고인 슬픔을 달래듯 안고서, 그는 아내가 자주 읊었던 시구를 속으로 뇌었다.

> "그래서 삶은 천구백육십삼년보다 좋은 때가 없었지
> —그러나 나에겐 너무 늦었지만—
> 채털리 금지 해제와
> 비틀스 첫 엘피 사이."*

그는 헛기침을 했다. '그러나 나에겐 너무 늦었지만'이란 구절이 가시처럼 목에 걸렸다. 그랬다, 그의 아내에겐 너무 늦은 것이었다. 겨우 십 년 만큼.

"아빠, 이젠 괜찮으세요?" 로이스가 물었다.

"응. 괜찮다."

"그럼 가세요, 아빠."

"그러나 나에겐 너무 늦었지만," 아내의 병실을 올려다보면서, 그는 나직이 뇌었다. 아내를 위한 만가輓歌를.

"우리로선 손해 볼 건 없지," 흰 가운을 입은 사람이 말했다. "돈 벌고. 오래 살고."

"그렇죠," 작업복을 입은 사내가 동의하고서 위를 바라보았다. "됐어. 그대로 고정하고서 내려와."

---

* 필립 라킨(Philip Larkin)의 시, 「기적의 해」.

꿈꾸는 지놈의 노래

1

다람쥐는 운동장 북쪽 가장자리에 멈춰 잠시 둘레를 살폈다. 산자락을 따라 꿩은 자주 내려왔지만, 다람쥐를 본 것은 처음이었다. 녀석의 털 위에 내리는 봄날 햇살이 하도 포근해 보여서, 민구는 창밖으로 손을 내밀 뻔했다.

그는 가슴을 펴고 숨을 깊이 쉬었다. 가슴은 들끓는 감정들로 아직 어지러웠다.

"파이젠. 파이젠이라……" 고개를 천천히 끄덕이면서, 그는 뇌었다.

20세기 말엽에 생명체들의 지놈Genome을 해독하는 기술이 발전하면서, 비용은 빠르게 낮아졌다. 마침내 사람의 지놈이 해독되었다. 자연스럽게 침팬지의 지놈이 다음 목표로 떠올랐다. 침팬지는 사람에게 가장 가까운 종이었다. 사람과 침팬지가 갈라진 것은 겨우 4백만 년에서 5백만 년 전이었고, 사람과 침팬지의 유전자들은 98퍼센트나 같았다. 자연히, 침팬지 지놈의 해독은 사람을 이해하는 데 큰 도움이 될 터였다. 그 일에 매달렸을 많은 팀들 가운데 텍사스의 야심찬 벤처 기업 하나가 맨 먼저 목표를 이룬 것이었다.

'이제 길성이가 보노보 지놈을 끝내면……' 혀로 입술을 훔치면서, 그는 손을 마주 비볐다. 기대로 부푸는 가슴이 실제로 부푸는 듯 뻐근했다.

그의 친구인 언재대학교 최길성 교수는 보노보 지놈을 해독하고 있었다. 보노보는 원래 '피그미 침팬지'라고 불린 침팬지의 아종亞種으로 콩고 강 남안 지역에만 살고 있었다. 콩고 강이 침팬지와 보노보의 분화를 부른 것이다. 보노보 지놈의 해독 자료는 자체로 중요했지만 침팬지 지놈의 해독 자료와 교환될 수도 있었다. '파이젠'의 것이든지, 아니면, 경주에서 '파이젠'에 진 다른 연구소의 것이든지.

침팬지 지놈과 보노보 지놈을 갖추면, 침팬지와 보노보의 공통된 조상 침팬지의 지놈을 합성할 수 있었다. 이어 그렇게 합성된 조상 침팬지의 지놈과 사람의 지놈으로부터 침팬지와 사람의 공통된 조상의 지놈을 합성할 수 있었다. 이른바 '미싱 링크missing link'의 유전자적 모습이 드러나는 것이었다.

그와 최 교수는 이미 그 일을 위한 계획을 구체적으로 세워서 그가 일하는 난곡연구소의 지원까지 얻어낸 터였다. 침팬지 지놈의 해독은 당장 쓸모가 있었지만, '미싱 링크'의 지놈을 합성하는 일은 당장엔 쓸모가 거의 없었다. 지적으로는 흥미롭지만 실제적 용도가 없는 일을 지원할 기관은 드물었는데, 난곡연구소는 바로 그런 종류의 연구들을 지원했다. 평범한 고생물학자이자 실패한 시인인 그도 덕분에 어엿한 일자리를 가질 수 있었다.

다행히, '미싱 링크'의 지놈을 합성하는 사업은 돈이 많이 들지는 않을 터였다. 많은 인원이 드는 것도 아니었고, 컴퓨터 타임을 빼놓으면, 달리 들어갈 비용도 없었다.

눈앞에 선연히 나타났다, 그의 먼 조상의 모습이, 큰 나무들이 많은 아프리카에서 네 발을 쓰며 사는 털 많은 유인원이. 영영 지나가버린 아득한 시절에 대한 그리움이 그의 가슴을 시리게 했다.

시린 물살이 잦아들자, 그는 한숨을 길게 내쉬었다. 그리고 보지 않는 눈길로 내다보던 운동장에 눈길의 초점을 맞추었다. 느긋한 봄날의 햇살은 여전했지만, 다람쥐는 보이지 않았다.

2

"실장님," 전신지가 조심스럽게 불렀다.

"응?" 눈 덮인 운동장을 내다보던 민구가 돌아다보았다.

"이것……" 그녀가 인쇄지를 그에게 보였다. "실장님께서 보셔야 할 것 같아서요."

"그래?" 그는 가볍게 고개를 끄덕였다. 피곤했다. 몸도 마음
도. '미싱 링크'의 지놈을 합성하는 사업은 이제 막바지에 이르
렀고, 그는 깨어 있는 시간을 모두 그 일에 바치고 있었다. 같
은 일에 매달린 사람들이 많을 터였으므로, 한시가 급했다. 경
주에서 둘째는 별 뜻이 없었다.

문득 두려움의 손길이 그의 가슴을 움켜쥐었다. 그녀가 든
것은 신문의 기사를 인쇄한 것이었다. 그는 젊은 조수의 상기되
고 걱정스러운 얼굴을 살폈다.

"실장님께서 빨리 보셔야 될 것 같아서……" 그녀의 손길이
가늘게 떨렸다.

그녀의 가늘고 긴 손가락들이 눈에 들어오면서, 아픔에 가까
운 그리움의 물살이 그의 몸속을 가득 채웠다. 오래전, 다른
곳, 다른 여인의 손에서. 첫사랑은 깊은 각인이었다. 세월이 지
나도 지워지지 않는.

오늘 샌프란시스코의 생명공학 기업 리커버는 사람과 침팬지의
공통된 조상의 지놈을 합성하는 데 성공했다고 발표했다. 이 공통
의 조상은 흔히 '미싱 링크'라고 불려왔는데, 사람과 침팬지가 분
화한 것이 4백만 내지 5백만 년 전이므로, 적어도 5백만 년 전까지
살았던 것으로 추정된다. 수전 크로닌 박사가 주도한 리커버의 연
구팀은 유전자 돌연변이의 속도에 관한 '거스먼 공식'을 사용하여

5백만 년 전에 살았으리라고 추정되는 유인원의 유전자적 모습을 합성했다. 크로닌 박사는 자신이 합성한 유인원이 '미싱 링크'의 실제 모습에 아주 근접하리라고 말했다······

멍한 마음속으로 몸의 먼 구석에서 힘이 밖으로 빠져나가는 듯한 느낌이 흘렀다. 그대로 주저앉고 싶었지만, 신지의 걱정스러운 눈길을 느끼고, 그는 얼굴에 웃음을 올렸다. "우리가 진 것 같구나. 그렇지?"

그녀는 불안한 웃음을 띠면서 고개를 살짝 끄덕였다. 그녀 눈 속에서 감정이 일렁이고 있었다.

문득 마음이 달떴다. '동정? 걱정? 아니면······'

그녀는 그의 눈길을 대담하게 받았다. 들여다볼수록 깊어지는 듯한 눈이었다. 바다처럼. 낯익었다. 오래전, 다른 곳, 다른 여인의 눈에서.

"진 것은 진 것이고," 저절로 나온 한숨이 그리 무겁지는 않았다. "우리가 하던 일은 마저 해야지."

좀 밝아진 얼굴로 그녀가 고개를 끄덕였다. 동정도 걱정도 아닌 감정이 그녀 눈에서 보얀 몸을 드러냈다.

때로는 뻔한 얘기도 쓸모가 있었다. 하긴 이런 상황에선 뻔하지 않은 얘기가 나올 수도 없었다. "다른 사람들도 알고 있나?"

"아직······" 그녀가 고개를 저었다.

"그러면 용수하고 미셸에게도 알려줘. 그리고 다섯시 반에 여기 모이도록 해." 그는 인쇄지를 흔들었다. "이것에 대해 얘기하게."

"네."

"아, 그리고 '발하시'에 예약을 해둬. 저녁 먹으면서, 얘기를 좀 하지."

"네." 그녀 웃음이 환하게 피어났다. 이어 웃음의 송이가 오므라들어 눈 속으로 들어갔다. 빨아들이는 듯한 눈길로 그를 감싸더니, 그녀가 충동적으로 다가섰다. "실장님."

처녀의 풋풋한 냄새가 그의 감각을 덮쳤다. 기억을 일깨우는 익숙한 냄새였다. 오래전, 다른 곳, 다른 여인에게서 맡던. 그는 그녀 등을 토닥거렸다. "신지야, 고맙다. 이제 가서 다른 사람들에게 알려줘라."

"네." 그녀 목소리에 물기가 어렸다.

그녀가 방을 나가자, 그는 나머지 기사를 마저 읽었다. '미싱 링크'의 지놈이 합성되었으니, 다음 목표는 그 지놈을 실제로 디엔에이DNA로 만들어서 '미싱 링크'를 실체화하는 일인데, 유전공학의 빠른 발전을 생각하면, 그 일은 그리 멀지 않은 장래에 실현될 수 있다는 얘기였다. 그런 일은 물론 인간의 존엄성에 대한 위협이 될 수 있으므로, 윤리적 문제를 안고 있으며, 당연히 거센 논란을 부를 터였다. 크로닌 박사는 '미싱 링크'를 디엔에이로 만들어내는 일에 관해서는 직접적으로 언급하지 않은 채, "과학적 연구는 나름의 논리를 지녔다"는 말로 대답을 대신했다고 기자는 썼다.

"나름의 논리라," 아직 살을 시리게 하는 처녀의 냄새를 음미하면서, 그는 뇌었다. 그랬다, 과학엔 나름의 논리가 있었고, 그는 그 논리에 따라 움직이는 존재였다. 그에게 다른 선택은 애초에 주어지지 않았다.

3

젊은 축들이 운동장에 모이고 있었다. 수요일 오후마다, 연구소는 일을 멈추고 직원들이 운동을 하도록 배려했다. 인기가 높은 것은 역시 축구였다. 풀로 덮인 경기장에서 힘껏 달리고 차는 축구보다 육체를 더 즐겁게 하는 운동은 없었다. 누가 공을 차올렸다. 공이 골대 옆으로 날아가자, 누가 부리나케 공을 좇아갔다.

부러움과 서글픔이 살짝 어린 마음으로 민구는 유니폼을 입은 젊은이들을 열린 창으로 내다보았다. 그가 이 운동장에서 공을 찬 지도 오래되었다. 마흔이 넘어서까지 찼는데, 헛발질이 많아지면서, 그는 점점 자신의 나이와 남의 눈길을 의식하게 되었다. 젊은 친구하고 공을 다투다가 머리에 받쳐 코 수술을 받은 뒤엔 마침내 운동장을 떠났다.

'나름으로 화끈하게 은퇴한 셈인데. 벌써 십 년 가까이 되었

구나……'

축구처럼 격렬한 운동을 그만두면, 사람들은 배드민턴이나 탁구와 같은 가벼운 운동으로 바꾸었다. 그러나 그는 그렇게 하는 것이 어쩐지 서글퍼서 아예 그만두었다. 아침에 달리고 휴일에 등산하는 것으로 운동은 충분했다.

'쉰다섯. 이 나이에 내놓을 것은……' 앞에 누가 선 것처럼, 그는 두 손을 펴보였다. '자식 하나 낳지 못했으니……'

누가 호루라기를 불었다. 사람들이 운동장 가운데로 모이기 시작했다.

'자식을 낳지 못한 것이…… 유기체에겐 어쩌면 그것이 가장 큰 실패지.' 그는 두 손을 내려다보았다. 반세기가 고스란히 담긴, 메마른 손이었다. 쉰다섯은 아이를 낳기에 너무 늦은 나이는 아니었다. 그러나 그는 자신이 아이를 낳을 기회는 이미 지나갔다는 것을 알고 있었다. 어쩌면 결혼은 하게 될지도 몰랐다. 더 늙어서 더 외로워지면. 나이 지긋한 여자와. 그러나 젊은 여인을 아내로 맞아 아이를 낳을 수 있는 시절은 지나간 것이었다. 설령 그런 여인이 나온다 해도, 그로선 아이를 낳아 키울 자신이 없었다.

'신지는……' 부르지도 않았는데 슬그머니 고개를 내민 그 생각을 그는 서둘러 밀어 넣었다. 무슨 일이 있어도, 신지는 넘볼 수 없었다. 만일 신지가 보다 적극적으로 나온다면, 그로선 다른 길이 없었다, 그녀를 그녀 엄마에게 돌려보내는 것 말고는.

자꾸 그녀에게로 향하는 생각을 끊으려고, 그는 운동장을 살폈다. 심판의 주의사항을 듣고 서로 악수한 양 팀 선수들이 한데 모여 "파이팅"을 외친 다음 제각기 자기 위치를 찾아가고 있었다. 연구소의 축구팀들은 모두 넷이었는데, 오늘은 '바이오'와 '에이아이'가 붙은 모양이었다. 심판은 행정실의 김인학이 맡은 모양이었다.

다시 눈길이 두 손으로 돌아갔다. '결국 빈손으로…… 내 대에서 대가 끊긴 채……'

호루라기 소리가 나고 경기가 시작되었다. 파란 유니폼의 '바이오'가 먼저 공격하기 시작했다. 그러나 패스 몇 번을 하다, 공을 빼앗겼다. 노랑 유니폼을 입은 '에이아이' 선수들이 소리를 지르면서 앞으로 내달았다.

자기 대에서 대가 끊긴다는 생각은 그의 가슴속을 죄의식의 안개로 채웠다. 생명이 시작된 뒤 거의 40억 년 동안 그의 수많은 선조들 가운데 자식을 낳는 데 실패한 이가 단 하나도 없었다는 사실은 늘 그를 감동시켰다. 이제 그가 몇억 세대를 이어온 그 길고 질긴 가계를 끊은 것이었다.

"실장님," 이용수가 조심스럽게 그를 불렀다.

"응?" 어두운 생각을 마음에서 밀어내면서, 그는 그의 수석 조수를 돌아다보았다. 용수는 컴퓨터 모델링을 전공한 선임연구원이었다.

"결과가 나왔습니다. '올 콤패티블All Compatible'이라고 나왔습니다." 용수의 목소리는 억누른 흥분으로 좀 탁했다.

"그래?" 흥분의 뜨거운 물살이 속에서 차오르더니 온몸으로 퍼져나갔다. 운동장에서 나는 소리가 문득 사라지고 거세게 뛰는 자신의 맥박만 들렸다.

"네." 조심스러운 미소가 용수 얼굴에 어렸다.

"드디어 성공했구만." 용수의 조심스러운 웃음에 환한 웃음으로 답하고서, 그는 실험실로 향했다.

그가 들어서자, 메인 컴퓨터 화면을 들여다보던 신지와 미셸 창이 얼른 물러났다. 둘 다 흥분으로 얼굴이 발그스레하고 눈이 빛났다.

"어디 보자," 혼자 중얼거리면서, 그는 컴퓨터 앞에 앉았다.

'미싱 링크'의 지놈을 합성하는 일은 그리 어려운 일이 아니었다. 침팬지의 지놈과 사람의 지놈이 워낙 비슷했기 때문이었다. 다른 유인원들과 마찬가지로, 침팬지는 염색체가 24쌍이었다. 사람은 염색체가 23쌍이었다. 유인원들의 염색체 두 쌍이 융합되어서 사람 염색체 2번이 된 것이었다. 그것만 빼놓으면, 침팬지와 사람은 지놈에서 다른 점들이 아주 적었다. 그래서 침팬지가 본류고 사람은 아주 작은 집단에서 나온 지류라는 사실을 고려해서 적절한 가중치를 주면, '미싱 링크'의 평균적 지놈은 어렵지 않게 얻을 수 있었다.

문제는 그런 평균적 지놈을 이루는 유전자들이 서로 충돌하지 않아야 한다는 점이었다. 그것을 검증하는 일이 힘들었다.

유전자들 사이의 관계가 워낙 복잡하고 유전자들이 만들어내는 단백질들도 무척 많은데다가 아직 그것들에 관한 지식이 제대로 알려지지 않아서, 유전자들의 공립성을 검증하는 프로그램을 만드는 일이 정말로 어렵고 더딘 부분이었다. 그는 지금도 검증 프로그램을 발전시키고 있었다.

검증 프로그램으로 합성된 지놈을 검증하는 데는 이십 분가량 걸렸다. 마침내 화면에 결론이 떴다: "ALL COMPATIBLE. CONGRATULATIONS."

그는 'CONGRATULATIONS'를 가리켰다. "이거 누가 집어넣은 거야?"

"제가 그랬습니다." 겸연쩍은 얼굴로 용수가 옆머리를 긁었다.

"이런 걸 뭐라 하는지 아나?"

셋이 눈길을 교환했다. 용수가 머뭇거리면서 대꾸했다, "잘 모르겠습니다."

"이걸 '컴퓨터 옆구리 찔러서 절받기'라 하는 거야."

웃음이 터지면서, 실험실은 축제 마당이 되었다.

4

자신도 모르는 새 음악이 마음속으로 스며들어왔다는 것을, 그래서 선율을 따라 흥얼거리고 있다는 것을, 민구는 깨달았다. 잠시 기억을 더듬었다. 「LOVE IS A MANY-SPLENDORED THING」. 20세기의 영화 주제가였다. 나온 뒤 한 세기 넘게 지났는데도, 여전히 불리고 있었다.

그는 선율을 따라서 흥얼거렸다. 그의 가슴속 무슨 현이 울린 듯, 그리움이 길게 울리면서 긴 여운을 남겼다. 작곡한 사람도, 작사한 사람도 오래전에 죽었지만, 노래는 세월에 바래지 않은 채 여전히 사람들의 마음에 울리고 있었다. 뒤에 남길 만한 것이 자신에게는 없다는 생각이 쓸쓸한 바람으로 스쳤다.

"이 노래 좋아하세요?" 손에 잔을 든 채 신지가 물었다.

"응."

"무슨 노래예요?"

"이십세기의 영화 주제간데. '러브 이스 어 메니-스플렌더드 싱'이라고. 제목 그대로야. 사랑을 찬양하는 노래야."

그와 신지는 '발하시'에서 '미싱 링크'의 지놈을 합성하는 데 성공한 것을 자축하고 있었다. 지난 달에 약혼한 용수와 미셸은 오늘 저녁에 용수 부모님을 뵙고 저녁을 들기로 했다면서 일찍 나갔다.

그녀는 잠시 심각한 얼굴로 노래를 따라가더니 진지하게 말했다. "저도 좋은데요."

"영화도 괜찮더라. 그때 영화 기술이 워낙 원시적이어서, 좀 어색한 느낌이 들긴 하지만. 신지야, 무엇 좀 먹을래? 아니면, 술을 좀더 들고 먹을래?"

"술을 좀더 마시고요." 그녀가 잔을 비웠다.

"그래라." 그는 포도주 병을 들어 그녀 잔을 채웠다.

"그런데, 실장님은 왜 저를 싫어하세요?" 새 노래가 시작되자, 그녀가 불쑥 물었다.

그는 그녀를 한참 쳐다보았다. "무슨 얘기를 하냐? 내가 왜 너를 싫어해?"

"싫어하시잖아요? 제가 실장님께 적극적으로 의사 표시를 해도, 실장님은 반응이 없으시잖아요?" 그녀가 도전적 눈길을 던졌다. 술로 발그스레해진 얼굴이 잘 익은 토마토 같았다.

"그건 다르잖아? 난 너를 좋아해." 그의 아랫배에서 뿌듯한 욕정이 고개를 들었다. 죄의식이 섞인 사랑보다 더 강렬한 욕정을 일으키는 것이 있을까? "난 너를 아껴. 사랑한다고 해도, 뭐, 틀린 말은 아냐. 하지만 그건 연인으로서의 사랑은 아니고……"

"그럼 뭐예요?"

"음. 어쩌면," 자신도 모르게 한숨을 쉬고서, 그는 말을 이었다. "네 엄마의 친구로서, 너를 아끼는 거라고 할까?"

"하지만, 전 실장님을 연인으로 갖고 싶어요. 안 놓치게 꼭 껴안고 싶어요." 그녀가 두 손을 마주 잡고 힘을 주었다. "실장님, 제가 섹스어필이 너무 없죠? 그래서 저를 멀리하시는 거죠?"

"이건 섹스어필의 문제가 아냐. 넌 내겐 친딸이나 마찬가지야. 그리고 네 엄마가 나를 믿고 널 맡겼잖아? 널 가르치라고.

널 유혹하라고 한 게 아니잖아?"

"전 엄마에 소속된 존재가 아녜요. 전 이제 다 큰 여자란 말예요. 실장님, 자꾸 엄마 뒤에 숨지 마세요. 비겁해요."

"난 누구 뒤로도 숨지 않는다. 그저…… 신지야, 실은 내일 네 엄마한테 너를 넘겨줄 작정이다."

"뭐라구요?" 이번엔 그녀가 놀랐다.

그는 또박또박 다시 말했다.

"그건 말이 안 돼요."

"말이 되든 안 되든, 이제 '미싱 링크' 사업도 끝났으니, 너도……" 막상 말을 꺼내놓고 보니, 가슴이 새삼 아파서, 그는 말끝을 흐리고 창밖을 내다보았다. 29층 꼭대기 라운지에서 보는 야경은 늘 아름답고 신비로웠다. '저 어둠 속 어디에도 내가 신지를 데리고 숨을 곳이 없다니……'

"실장님."

"응?"

그녀가 그를 빤히 쳐다보았다. "실장님, 실장님 문제가 뭔지 아세요? 실장님은 너무 시대에 뒤떨어졌어요."

그는 고개를 끄덕였다. "그건 맞다."

"저는 저고 엄마는 엄마예요. 실장님이 엄마 연인이었다는 사실이 뭐가 그리 중요해요? 엄마랑 이 년 동안 같이 살았다는 사실이 뭐가 그리 문제가 돼요?"

이번엔 그가 놀랐다. 그는 신지가 자신의 엄마와 그 사이의 관계를 알리라고는 생각지 않았었다. 서둘러 마음을 다잡고서, 그는 나직이 타일렀다, "신지야, 내 말 잘 들어라. 너는 예쁘고 섹시해. 나는 널 좋아하고 사랑해. 나와 네 엄마 사이의 관계도, 네 말대로, 문제가 되진 않아. 사람들이 알면 수군거리겠지만, 그게 뭐 대수냐? 그렇지만, 신지야, 나는 좋은 배우자가 못 돼. 그게 궁극적 문제야. 나는 쉰다섯이다. 재산도 없고 사회적 지위도 없어. 너는 네 아이들에게 좋은 아빠를 갖도록 할 의무가 있어. 알겠니?"

그가 말을 끝냈어도, 그녀는 생각에 잠긴 얼굴로 밖을 내다보고만 있었다.

"내가 널 사랑하니까, 나는 내 이익보다 네 이익을 앞세워야 돼. 맞지?" 헤어짐의 아픔을 미리 맛보면서, 그는 호소했다. "그게 사랑의 역설이다. 지금 나는 네게 가장 큰 위협이 되었어. 내가 자신을 통제하는 데는 한계가 있어. 널 나로부터 지켜주기 위해서, 널 네 엄마한테 돌려보내는 거야."

"그 '사랑의 역설' 때문에 엄마를 그냥 놓아준 거예요?"

그는 잠시 생각했다. "그런 면도 조금은 있겠지. 나보다 좋은 조건을 가진 사람이 나타났다고 네 엄마가 말했고, 그래서 내가 네 엄마 집을 나왔으니까. 네 엄마 판단이 옳았지. 너처럼 예쁘고 똑똑하고 착한 아이를 낳았으니. 그리고 재산과 지위를 가진 남편 덕분에 자신의 정치적 야심을 이루었으니. 나랑 같이 살았으면, 지금 네 엄마가 장관을 하겠니?"

"실장님을 버렸는데도, 엄마를 미워하지 않았어요? 결혼할 때, 엄마가 실장님 팔을 잡고 입장하셨다면서요? 친한 오빠라고 소개하고서요?"

"그런 얘기까지 했니? 네 엄마는 나를 아직 사랑한다는 것을 그런 식으로 표현했어. 자식을 위해서 보다 나은 배우자를 골라야 하기 때문에, 나를 버릴 수밖에 없었지만……"

그녀가 문득 깔깔 웃었다. 웃음소리가 맑았다. 그녀가 잔을 들어 그에게 손짓했다. 그들은 잔을 부딪쳤다.

"실장님, 이거 아세요?" 포도주를 한 모금 마시고서, 그녀가 진지하게 물었다. "그때 실장님께서 못 놓아주겠다고 펄펄 뛰셨으면, 엄마가 그냥 실장님하고 결혼했으리라는 것을요?"

생각지 못했던 아픔이 문득 가슴을 후려쳤다. "무슨 얘기냐?"

"제가 엄마한테 물었거든요. 아빠의 좋은 조건에 마음이 끌렸을 때, 실장님께서 펄펄 뛰셨으면, 어떻게 했겠느냐고요. 그랬더니, 엄마가 그러던데요, 붙잡으면 그냥 주저앉을 생각이었다고요. 정말 사랑한 것은 실장님이었다고요. 그런데 불평 한마디 하지 않고 짐을 싸더래요." 잠시 뜸을 들인 다음, 그녀가 단단한 목소리로 못을 박았다, "그 얘기를 하면서, 엄마가 한숨을 길게 쉬었어요. 그거 아세요?"

그는 그녀가 막 들려준 얘기가 맞다는 것을 알았다. 수연이는 그에게 외치고 있었는지도 모른다, 꼭 붙잡아달라고. 조건이 좋은 배우자를 찾는 암컷의 본능을 이길 수 있도록 도와달라고.

그러나 그는 그녀의 안타까운 외침을 듣지 못했다. 상처 받은 자존심을 감추려고, 사랑의 역설을 되새기기만 했었다. 회한의 물결은 거세게 일었지만, 삼십 년의 세월은 나름으로 한 일이 있어서, 그는 이내 마음을 다잡을 수 있었다.

"솔직히, 몰랐다." 그는 잔을 비웠다.

"지금도 마찬가지예요." 그녀가 잔을 채웠다. "사랑하니까, 떠나보낸다. 실장님, 그건 말이 안 돼요."

"말이 된다." 잠시 생각한 다음, 그는 단호하게 말했다. "만일 그렇지 않다면, 이 세상은 스토커들과 레이피스트들의 자식들로 득실댈 거다. 나는 자식을 낳는 데 실패했지만, 스토커들과 레이피스트들이 보통 사람들보다 더 많은 자손들을 낳는다고 믿을 근거는 없다. 신지야, 그러니 내일 사무실 정리하고 나랑 같이 엄마한테 가자."

그녀는 잠자코 포도주를 마셨다.

그는 순간적으로 결정했다. "그리고 엄마한테 내가 말하마. 이제 장관 그만둘 때가 됐다고. 이제 딸하고 같이 보낼 시간이 얼마 남지 않았다고. 너랑 같이 여행이나 하라고."

5

"내 얘기가 바로 그것입니다. 그 사람들은 존재한 적이 없고,

존재할 권리도 없는 생명체들을 일부러 억지로 만들려는 것입니다. 한마디로, 그 사람들은 괴물을 만들려는 것입니다." 사회자의 왼쪽에 앉은 나이 지긋한 사내가 흥분한 어조로 말했다.

그러자 사회자 오른쪽에 앉은 사내가 이내 말을 받았다, "괴물이라 부르는 것은 지나친 일입니다. '미싱 링크'의 실체화는 사람과 침팬지의 공통된 조상의 평균적 지놈을 갖춘 생명체를 만들려는 과학적 노력입니다. 지금 우리 인류가 지닌 유전자들에 관한 정보를 한데 모아서 평균을 내면, 평균적 유전자들을 지닌 사람의 모습이 나옵니다. 그런 평균적 사람을 괴물이라 부를 수 있을까요?"

지난 달에 '미싱 링크'의 지놈을 합성한 일본의 'MBR'이 그 지놈을 실체화하겠다고 선언했다. 그러자 '미싱 링크'의 지놈을 맨 먼저 합성한 '리커버'도 그 일을 시작하겠다고 선언했다. 침팬지와 사람의 공통된 조상이 컴퓨터에 담긴 유전적 정보 묶음에서 피와 살을 지닌 생명체로 조만간 태어날 터였다.

당연히, 온 세계가 논란에 휩싸였다. 가장 거세게 반발한 것은 물론 종교계였다. 지금 세계적 방송 회사 'AIS'의 시사 토론 프로그램 '줄리 세잘 쇼'에서도 그 일을 놓고 토론이 벌어지고 있었다.

"물론 괴물이죠. 그것은 신이 만드신 생명체들의 목록에 들어 있지 않은 것입니다. 그것을 괴물이라 부르는 것이 왜 문제가 되나요?" 조지 만하임이라고 소개된 종교철학자가 말했다.

"확실한 것은 사람은 신 노릇을 하면 안 된다는 것이죠. 그것은 필연적으로 재앙을 부릅니다."

민구는 잔을 들어 브랜디를 단숨에 마셨다. 목이 먼저 화끈거리더니 이어 속이 따스해졌다. 그러나 가슴의 빈 구석으로는 써늘한 바람만이 소리치며 지나갔다. '신지는 지금 무엇을 할까?'

6

그는 침침한 눈을 들어 창밖을 내다보았다. 눈이 날리고 있었다. 그는 일어나서 창가로 다가갔다. 눈발이 제법 푸짐했다. 어느새 운동장이 눈으로 덮여서 마른 풀줄기들만 눈 위로 고개를 내밀고 있었다.

그는 기지개를 켜고서 어깨를 팔로 주물렀다. 종일 컴퓨터 앞에서 일했더니, 온몸이 쑤셨다.

'좀 느긋하게 해야 되는 것 아닌가?' 그는 자신에게 물었다. '마지막 고비라, 마음이 급할 수밖에 없지만, 그럴수록……'

지금 그는 '루시 지놈' 사업을 마무리하고 있었다. 루시Lucy는 350만 년 전에 살았던 오스트랄로피테쿠스 여인이었다. 에티오피아에서 발견된 그녀의 화석은 잘 보존되었다. 오스트랄로피테쿠스는 '미싱 링크'와 현대 인류 사이에 자리 잡았다. 그래서 한 번 '미싱 링크'의 지놈이 합성되면, 루시의 지놈을 합성하는 것이 필연적으로 다음 목표로 떠오르게 되어 있었다. 실제로 거의 한 세기 전에 진화생물학자 리처드 도킨스는 지놈의 연구가 현생 인류 지놈의 해독, 현생 침팬지 지놈의 해독, '미싱 링크' 지놈의 합성, 루시 지놈의 합성, 루시 지놈의 실체화로 이어지리라고 예언했었다.

루시의 지놈은 이미 합성되었다. 어렵고 더딘 것은 '미싱 링크'의 경우처럼 유전자들의 공립성을 검증하는 프로그램이었다.

푸짐한 눈발이 그의 지치고 쓸쓸한 마음을 부드럽게 쓰다듬고 있었다. 긴 한숨을 내쉬고서, 그는 책상으로 다가가서 서랍을 열었다.

정인형 씨와 김현실 씨의 차남 정수빈 군
박수연 씨의 장녀 전신지 양

신지의 결혼 청첩장이었다. 오늘 받았다. 벌써 댓 번은 꺼내 읽었다. 신지가 청첩장 맨 밑에 쓴 글 때문이었다.

외삼촌께. 엄마한테 한 가지만 부탁했어요. 나를 데리고 식장에 들어갈 사람을 내가 고르겠다고. 제가 외삼촌을 대자, 엄마가 놀라서 제 얼굴을 한참 바라보고만 있었어요. 엄마가 놀랄 때도 있다는 것을 처음 알았어요. 저를 잘 이끌어주신 외삼촌 팔에 의지하고서 새 삶의 터전으로 들어가고 싶어요. 신지 올림

청첩장을 손에 든 채, 그는 창밖을 내다보았다. 눈발이 더 푸짐해진 듯했다. '내 마음에도 저리 푸짐하게 눈발이 날릴 날이 있을까?'

7

민구가 실험실 문을 들어서는데, "빙고" 하고 용수가 외쳤다.

그를 보더니, 용수는 환한 웃음을 지었다. "실장님, 된 것 같습니다."

"그래? 어디?" 그는 메인 컴퓨터로 다가갔다.

화면엔 'ALL COMPATIBLE. MISSION COMPLETED'라고 나와 있었다. 은은한 음악이 나오고 있었다. 용수가 이번엔 사운드까지 넣은 모양이었다.

8

차임이 울렸다. 그는 푸드 디스펜서로 가서 잔을 집어 들었다. 조금 맛보니, 꿀물이었다. 시원한 꿀물이 마른 목을 축여주었다.

오늘 저녁은 과음했다. 그의 연구실 다섯 사람만이 자축하기로 했는데, 어떻게 소문이 퍼졌는지, 다른 연구실들 사람들에다가 행정실 사람들까지 찾아와서, 삼차까지 하고서야 겨우 풀려났다.

그가 소파에 머리를 기대자, 방 안 불빛이 좀 흐려졌다. 이어 음악이 나왔다. 전에 들어본 적이 없는 노래였다. 아마도 20세기 노래일 터였다. 방은 그의 취향에 맞는 음악을 찾아내서 그에게 조심스럽게 선보이고 있었다.

이사 온 지 반 년이 됐으니, 방이 그에 대해서 잘 알만도 했다. 그가 입은 옷에 든 센서들로 그의 몸 상태를 알아내고 그런 상태에서 그가 무엇을 원하는가, 무슨 음식을 먹고 싶고, 무슨 음료를 찾을 것이고, 무슨 음악을 듣고 싶어 하며, 어떤 온도와 습도와 조도가 그의 상태에 맞는가 놀랄 만큼 정확하게 짚어냈다. 방은 그에 대해서 그 자신보다 오히려 잘 알고 있었다.

붉은 술기운에 몸이 둥실 뜨는 기분이었다. 지난 세월이 바람으로 불어와서 살을 씻고 표표히 사라졌다. 늦가을 하늘 아래 빈 들판으로 남은 생애가 누워 있었다. 몇십억 년의 세월이 다 듬어낸, 정교한 육신이 너무 빨리 사라지는 것이었다. 아니었다, 너무 빨리 사라지다니. 누구도 호수에서 떠낸 한 바가지 물을 넘을 수는 없었다. 운이 좋으면, 몇 바가지 물을 호수에 돌려줄 수 있었다. 더러 그처럼 그저 엎지를 수도 있었다.

신혼여행에서 돌아온 신지의 모습이 떠올랐다. 그녀는 호수에서 떠낸 물을 너그럽게 되돌려줄 수 있을 터였다.

　　늙어가는 육신은 이리 아까운데
　　젊음의 그림자 저리 짙어라.

　술기운이 차츰 가시면서, 몸이 다시 가라앉았다. 그는 창 쪽으로 고개를 돌렸다. 방 안 불빛이 아주 낮아지면서, 창이 투명해졌다. 별이 총총한 하늘이 그의 가슴속으로 밀려들어왔다. 어린 시절엔 하늘이 매연에 찌들어서 별을 보기 힘들었던 터라, 맑은 밤하늘은 그에게 늘 경이롭게 다가왔다.

　메인 컴퓨터 화면에 떴던 'MISSION COMPLETED'라는 구절이 다시 떠올랐다. 그 말이 묘하게 마음에 얹혀서 자꾸 생각났다. 그랬다, 임무는 끝난 것이었다. 루시의 지놈은 만들어졌고 유전자들이 서로 부딪치지 않고 실제로 몸을 만들어낼 수 있는 상태가 되었다. 이제 루시는 독특한 정체성을 지닌 존재였다.

　물론 다음 단계는 루시의 지놈을 실체화하는 것이었다. 그러나 그것은 그나 연구소의 능력을 훨씬 넘는 일이었다. 디엔에이로 지놈을 실제로 만들어서 사람의 핵을 제거한 난자에 넣고 그것을 다시 여자의 자궁 속에 넣어서 키워내는 일은 방대한 사업이었다. 난곡연구소로선 그런 일을 할 만한 자금도 기술도 없었다. 게다가 종교계의 거센 반대를 무릅써야 할 터였다.

　'어쩌면 루시는 영영 컴퓨터 속에 든 정보의 패키지로 남을

수도…… 이 세상을, 햇볕이 내리고 바람 부는 이 세상을 맛보지 못하다가……'

문득 가슴이 답답해졌다. 컴퓨터 속에 갇힌 루시의 모습이, 350만 년 전에 에티오피아의 초원을 달렸던 여인이 기계 속에 갇혀 웅크린 모습이 떠올랐다.

루시는 날렵한 여인이었다. 그녀는 엄지와 검지와 중지로 물건을 잡아서 오버핸드로 정확하게 던질 수 있었다. 침팬지는 아직도 언더핸드로 제대로 겨냥하지 못한 채 던지고 있었다. 그녀는 말하지 못했지만 손으로 의사를 전달할 수는 있었을 터였다.

다시 술기운의 물살에 몸이 실렸다. 그 물살이 문득 350만 년의 세월을 거슬렀다. 짙은 그리움으로 살이 시려왔다. 아득한 세상으로 흐른 그의 넋에 아련한 노래가 들려왔다.

　　　내 갇힌 몸은 그리느니
　　　풀밭 적시는 풋풋한 빗방울을
　　　내 머리 스치는 소금기 밴 바람을
　　　땀 찬 한낮의 질주를

　　　여기 이렇게 갇혀
　　　꼭꼭 접힌 내 넋은 그리느니
　　　사랑했던 이들을
　　　그들의 이름들을 목소리를

내 육신에 담긴 사십억 겨울은
사십억 여름은 그리느니
땀 밴 살에 부서지는 햇살을
바람과 서리로 풀리는 흙덩이를

9

"여기 서명하면 됩니까?" 민구는 계약서 아래 밑줄이 쳐진 곳을 가리켰다.

"네. 김 실장님께선 거기 하시면 됩니다. 위에는 소장님께서 하실 겁니다," 행정실에서 국제 업무를 맡은 최석현이 말했다.

그는 계약서 두 부에 조심스럽게 서명했다. 목소리나 얼굴에 드러내지 않으려 애썼지만, 그는 가슴이 뿌듯했다. 자신이 만든 프로그램이 외국에 큰돈을 받고 팔려나가는 것이었다. 그저 돈을 쓰면서 연구하는 것만 알았던 그로선 좀 얼떨떨하기도 했다.

그동안 그는 자신이 합성한 '루시 지놈'을 실체화할 만한 곳을 물색했었다. 일 자체가 어렵고 돈도 많이 드는데 실용적 가치는 뚜렷하지 않았다. 게다가 실체화에 대한 윤리적 논란이 거셀 터였다. 미국에서 '미싱 링크'를 실체화하려는 시도는 종교계의 반대로 어려움을 겪고 있었다. 그래서 명목적 금액만을 받고 제공하겠다고 해도, 선뜻 나서는 데가 없었다. 그가 낙심해서 포기하려는데, 중국의 제약회사에서 사겠다고 나섰다. 그것도 100만 달러를 내고서. 하얼빈에 있는 '동북제약'에선 유전자들의 공립성을 검증하는 프로그램에 눈독을 들인 모양이었다. 그것을 꼭 포함시켜달라고 했다. 그래서 판매 가격은 20만 달러가 늘어났다.

"인센티브가 삼십 퍼센트니, 삼십육만 달러가 되겠네요." 그가 건넨 계약서를 받으면서, 최가 말했다. 웃는 얼굴이었지만, 최의 목소리에는 부러움이 짙게 배어 있었다.

"여러분들이 도와주신 덕분에…… 이번에 최 대리께서 수고 많이 하셨습니다. 인센티브가 나오면, 내가 술 한잔…… 최 대리께는 술 한잔으론 안 되겠다."

따라 웃으면서, 최가 고개를 숙였다. "감사합니다."

문이 닫히자, 그는 창가로 다가갔다. 운동장 마른 풀들을 덮은 서리를 초겨울 햇살이 힘겹게 녹이고 있었다.

"잘 시집보내는 셈이지." 자신에게 이르고서, 그는 고개를 끄덕였다. 알아보니, '동북제약'은 착실한 제약회사였다. 설립된 지 얼마 되지 않은 벤처 기업이었는데, 특허도 여럿 가졌고 야심찬 연구 사업들을 벌인다는 얘기였다.

아득한 옛날 수연이와 함께 결혼식장에 들어서던 때가 떠올랐다. 그때 수연이는 그의 귀에 속삭였었다. "오빠, 고마워. 사랑해."

결혼식장에 들어서면서, 신지도 그의 귀에 속삭였었다, "외삼촌, 고마워요. 사랑해요. 영원히 사랑할 거예요." '영원히'라는 말이 그의 가슴에 길게 울렸었다. 그리 길지 않은 목숨을 가진 생명체들에겐 영원이란 말보다 슬픈 것은 없었다.

이제 루시를 보내는 것이었다. 상상하기 힘들 만큼 아득한 옛적에 따가운 초원의 햇살 아래 땀을 흘리며 달리던 여인이 새 삶을 얻으려 떠나는 것이었다. '내 팔을 잡고서. 수연이처럼. 신지처럼.'

> 내 갇힌 몸은 그리느니
> 풀밭 적시는 풋풋한 빗방울을
> 내 머리 스치는 소금기 밴 바람을
> 땀 찬 한낮의 질주를

이제 그녀는 풋풋한 빗방울도 소금기 밴 바람도 맛볼 수 있을 터였다. '개똥밭에서 뒹굴어도 좋다'는 이 세상을 긴 머리 날리면서 달릴 터였다.

> 어둑한 버추얼 땅에서
> 몸 웅크리고 기다리는 그대여
> 내 비옥한 딸이여
> 이제는 오라

구만리 장공長空에 긴 머리 날리며
내 메마른 살 적시는
호곡號哭의 빗줄기로 오라

한숨을 길게 내쉬고서, 그는 새삼스러운 눈길로 방 안을 둘러보았다. 연구소에 둥지를 튼 지 어느새 스물아홉 해였다. 지식인으로서의 삶을 실질적으로 여기서 보낸 것이었다. 이제 이곳 삶도 루시를 시집보내는 것으로 끝난 것이었다. 'MISSION COMPLETED'—컴퓨터 화면에 뜬 그 구절엔 용수가 생각하지 못한 뜻이 담겼었다.

문이 열렸다. 정현이가 웃음 띤 얼굴로 그를 바라보았다. 바로 선 모습이 말할 수 없이 우아했다. 사람은 두 발로 바로 서는 동물이었다. 사람이 사람이 된 것은 몇백만 년 전 아프리카의 초원에 두 발로 바로 선 덕분이었다. 앳된 그녀 얼굴에 한순간 세 여인의 얼굴이 차례로 겹쳤다.

"실장님, 소장님께서 지금 시간이 나셨답니다."

"그래? 알았다." 그는 웃음 담긴 눈길로 그녀를 바라보았다. 고왔다. 350만 년 동안의 성 선택은 루시로부터 그녀를 만들어낼 수 있었다. 그는 하마터면 덧붙일 뻔했다, '참 곱다.' 그는 책상 서랍을 열고 흰 봉투를 꺼내 웃옷 안주머니에 넣었다.

거부한 자

1

"그 사람이 어디서 밤을 보내는지 당신이 우리에게 알려줄 수 있다, 그런 얘긴가?" 회의를 주재하던 대사제가 물었다.

"예, 그렇습니다."

긴 수염을 쓰다듬으면서, 대사제는 잠시 생각했다. "그러면 그 대가로 무엇을 받고 싶은가?"

"돈을 좀 받고 싶습니다." 한순간 머뭇거리고서, 그는 그 말을 입 밖으로 밀어냈다. 더러운 무엇을 뱉어낸 것처럼, 입 안이 더럽게 느껴졌다.

경멸의 표정이 대사제의 혈색 좋은 얼굴을 스쳤다. 천천히 고개를 끄덕이면서, 대사제가 다시 물었다. "얼마나 받고 싶은가?"

속내를 드러내지 않도록 조심하면서, 그는 공손한 태도로 대꾸했다. "어르신께서 주시는 대로 받겠습니다."

대사제의 눈 속에 차가운 미소가 어렸다. "내가 주는 대로 받겠다고?"

"예. 어르신께서 주시는 대로 받겠습니다."

"내가 주는 대로 받겠다. 그러면……" 그의 지친 얼굴과 초라한 행색을 살피면서, 대사제가 잠시 생각했다. "은전 서른 닢이면 되겠나?"

분노가 울컥 솟구쳐서, 그는 급히 고개를 숙이고 헛기침으로 표정을 감췄다. 지금 대사제는 그가 미천한 범죄자의 소재를 알려주는 것처럼 얘기하고 있었다. 대사제들과 원로들이 다 모여서 꾸미는 음모의 대상이 아니라. 마음을 다잡고서, 그는 고개를 조아렸다. "감사합니다. 저에게는 과분한 돈입니다."

대사제가 옆에 선 시종을 돌아다보았다. "이 사람에게 은전 서른 닢을 줘라."

시종이 돈을 가지러 떠나자, 대사제는 득의 가득한 웃음을 얼굴에 올리고 좌중을 둘러보았다. 모인 대사제들과 원로들이 모두 고개를 끄덕여서 사제의 웃음에 답했다.

"이름이 유다라 했나?"

"예. 그렇습니다." 앞에 모아 쥔 두 손으로 배를 지그시 눌러 속에서 이는 시뻘건 불길을 누르면서, 그는 고개 숙이고 공손하게 대꾸했다.

"이 유다라는 사람 덕분에 문제 하나가 풀렸습니다, 가야파 대사제님." 대사제 옆에 앉은 원로가 웃음 띤 얼굴로 대사제에게 말했다.

자신의 이름에 담긴 경멸과 혐오에 그는 몸이 부르르 떨렸다. 그는 고개를 숙인 채 이를 악물었다. '이자들이 내 이름을 제대로 안다면…… 유다 이스가리옷이라는 이름을 이 비굴한 자들이 안다면……'

이스가리옷은 '암살자'를 뜻했다. 역시 이스가리옷이라는 이름을 가졌던 그의 아버지는 로마의 압제에 가장 용감하게 대항하는 암살단에 속했다. 로마에 굴종하여 신전을 유지하는 사두가이파도, 종교적 문제에 간섭 받지 않으면 외국의 압제도 선뜻 받아들이는 바리사이파도 그는 깊이 경멸했다. 그는 로마의 압제를 깨뜨리고 이스라엘 사람들을 구해낼 구세주를 기다리는 사람이었다.

시종이 돈 주머니를 가져오자, 대사제가 턱으로 그를 가리켰다.

돈 주머니가 보기보다 묵직했다. 하긴 은전 서른 닢은 작은 돈이 아니었다.

"세어보게나. 하나님을 모신 사제와 거래할 때도, 돈은 세는 거라네." 자신의 얘기가 재미있다고 생각했는지, 대사제가 고개를 뒤로 젖히고 큰 소리를 웃었다. 화답하는 다른 사람들의 웃음소리가 그의 귀에 따갑게 닿았다.

2

그는 억지로 수프를 삼켰다. 식욕이 전혀 없었다. 자신이 구세주를 배신했다는 생각이 마음을 짓누르고 있었다. 이유야 어쨌든, 배신은 배신이었다. 게다가 신전의 대사제에게서 받은 돈이 소화되지 않은 음식처럼 그의 뱃속에 얹혀 있었다.

예수는 겉으로는 여느 때와 다름없는 듯했다. 그러나 그에게는 예수의 마음이 평안하지 못한 것처럼 느껴졌다. 낯빛에 생기가 없고, 후광처럼 몸에서 나오던 밝은 기운도 느껴지지 않았다.

다른 제자들은 쾌활했다. 하긴 지금은 가장 큰 축제 기간이었다.

그는 그들에게 가벼운 경멸을 품고 있었다. 스스로 생각하고 판단할 줄 모르는 사람들이었다. 그들은 어린애들처럼 그저 스승의 말씀만 따르는 것으로 만족했다. 그러나 오늘은 그들의 생각 없는 쾌활함이 오히려 반가웠다.

늘 예수 바로 곁에 앉는 요한이 예수 앞에 놓인 음식들을 살피더니 스승의 얼굴을 올려다보았다. "스승님, 오늘은 음식을 안 드시네요?"

예수는 겨우 몇 순가락 뜬 수프 사발을 내려다보더니, 좀 서글픈 웃음을 얼굴에 띠고 부드러운 눈길로 요한의 얼굴을 쓰다듬었다. "괜찮다."

다른 제자들이 얘기를 멈추고 예수와 예수 앞에 그대로 놓인 음식들을 살폈다.

"식욕이 없으시더라도, 좀 드셔야 할 텐데······" 베드로가 조심스럽게 말하고서, 예수의 얼굴을 살폈다.

다른 제자들이 고개를 끄덕였다.

"스승님, 어디 편찮으신가요?" 다시 요한이 물었다.

"아니다." 예수는 고개를 저었다. 그리고 숟가락을 집었다가 다시 내려놓더니 문득 정색하고 제자들을 둘러보았다.

아직 숟가락을 놀리던 식탁 끝의 제자들도 손놀림을 멈추고 스승의 얼굴을 살폈다.

"모두 잘 들어라." 식탁을 내려다보면서, 예수는 가라앉은 목소리로 말했다. "내 분명히 말한다, 너희 가운데 하나가 나를 배신할 것이다."

놀라움으로 그는 입이 저절로 벌어졌다. 이어 두려움의 검은 손이 가슴을 아프게 움켜쥐었다. '발각되었나?'

예수는 여전히 식탁을 내려다보고 있었다. 식탁 위에 내린 정적이 하도 무거워서, 제자들은 모두 힘겹게 숨을 쉬는 듯했다.

그는 급히 따져보았다. 예수가 그의 계획이나 그의 배신을 알아차렸을 가능성은 아주 작았다. 신전의 사제들이나 원로들 가운데 예수에게 그의 배신을 알릴 만한 사람은 없었다. 그렇게 할 동기도 없었고 방법도 없었다. 그의 배신의 핵심이 예수의 소재를 그들에게 제보하겠다는 것이었으니, 당연한 얘기였다.

예수가 신전 쪽 사람들 사이에 첩자를 심어두었을 가능성도 없었다. 그런 첩자가 있다면, 예수의 돈 주머니를 관리하는 그가 맨 먼저 알았을 터였다. 우연히 그의 배신을 알게 된 사람이 예수에게 알렸을 것 같지도 않았다. 가난한 사람들 사이에선 인기가 높았지만, 예수는 요즈음 예루살렘 사람들로부터 떨어져 지내고 있었다.

그는 시침을 떼기로 마음먹었다. 예수가 그를 배신자로 지목하면, 아니라고 대답하기로 작정했다. 거짓말은 그의 천성에 맞지 않았고, 구세주인 스승에게 거짓말하는 것은 중대한 죄악이었다. 그러나 그가 지금 하려는 일은 무엇보다도 중요했다. 그 일만 이룰 수 있다면, 모든 죄악을 저질러도 정당화될 만큼. 그는 지금 로마 사람들의 압제를 깨뜨리고 이스라엘 사람들을 구원하려는 것이었다. 사소한 일에 마음을 쓸 상황이 아니었다. 어떤 뜻에서는, 그의 배신은 구세주를 위한 일이었다. 구세주가 지금 행동에 나설 계기를 만들려는 것이 그의 의도였으므로, 그는 이 세상의 가장 큰 뜻에 봉사하는 셈이었다.

이제 제자들은 모두 예수를 흘끔거리거나 서로 쳐다보면서 수군거리고 있었다. 뜻밖의 얘기에 모두 당황하는 낯빛이었다.

요한이 조심스럽게 헛기침을 하더니, 근심스러운 얼굴로 예수에게 물었다. "스승님, 저는 아니겠지요?"

그는 요한에게 경멸이 담긴 눈길을 던졌다. '저는 아니겠지요?'라니. 자기가 모르면, 누가 안단 말인가? 배신은 의지에서 나온 행위였다. 외부의 힘이 결정하는 운명이 아니었다. 물론 그렇게 어린 점을 스승은 좋아하셨지만.

"스승님, 저는 아니겠지요?" 이번에는 베드로가 조심스럽게 물었다.

'아, 베드로.' 눈길을 흘긋 천장에 던지면서, 그는 속으로 탄식했다. '늘 예측할 수 있는 베드로. 하긴 바로 그렇게 예측할 수 있다는 점이 베드로의 가장 큰 장점이지.' 요한이 하면, 베드로는 늘 그대로 따랐다. 열두 제자들 가운데 예수를 먼저 따랐던 요한과 야고보 형제와 베드로가 핵심을 이루었는데, 그 셋의 실질적 지도자는 가장 어린 요한이었다.

베드로가 묻자, 나머지 제자들이 차례로 스승에게 물었다. 무슨 의식처럼. 예수는 제자들의 물음에 대답하지 않고 여전히 식탁을 내려다보고 있었다.

그는 그들의 철없는 물음을 아득한 마음으로 들었다. '스승님, 저는 아니겠지요?' 그들에 대한 경멸이 쓴물처럼 속에서 치밀어, 그는 벽에 걸린 등을 보지 않는 눈길로 바라보았다.

"지금 나와 함께 그릇에 손을 넣은 사람이 바로 나를 배신할 것이다." 마침내 예수가 대답했다. 여느 때처럼, 예수 말씀은 이내 알아듣기 어려웠다. 예수는 늘 직접 설명하지 않고 다른 사물에 빗대어 말했다.

"이제 '사람의 아들'은 성서에 기록된 대로 죽음의 길로 가겠지만, '사람의 아들'을 배반한 그 사람은 화를 입을 것이다." 예수는 힘주어 말했다. "그 사람은 차라리 세상에 태어나지 않았더라면, 나았을 것이다."

등불에 비친 예수의 얼굴에 한순간 단단한 무엇이 어렸다.

제자들에게는 늘 온화한 모습을 보인 스승인지라, 그는 그 단단한 낯빛에서 아픔에 가까운 놀람과 두려움을 느꼈다. 이제 분명해졌다. 스승은 알고 있었다. 어떻게 알았는지 그로선 짐작할 수도 없었지만, 스승은 이미 알고 있었다, 그가 배신자라는 것을. 그리고 그의 배신에 대한 벌로 혹독한 운명을 마련했다는 것을.

예수가 고개를 들어 제자들을 둘러보았다. 한순간 어렸던 단단한 낯빛 대신 온화한 기운이 도는 얼굴이었다.

"스승님, 저는 아니겠지요?" 예수의 눈길이 그에게 머문 순간, 그의 입에서 저절로 물음이 나왔다. 가슴이 걷잡을 수 없이 뛰고 있었다.

예수는 그를 잔잔한 눈길로 바라보았다.

"스승님, 저는 아니겠지요?" 애원에 가까운 목소리로 그는 물었다. 그의 배신은 배신이 아니었다. 돈을 받고 스승을 파는 그 더러운 일을 할 만큼 그는 자신의 믿음에 충실한 것이었다. 구세주인 스승이 그것을 모를 리 없었다.

예수의 눈길이 깊어졌다. 아득한 무엇을 품은 듯. "그것은 네 말이다."

3

"사람들이 많은데," 시몬이 혼잣소리로 중얼거렸다. 시몬은 그와 함께 온 신전 수위대의 우두머리였다.

시몬은 예수와 함께 있는 사람들이 많다는 것이 걱정되는 모양이었다. 그럴 만도 했다. 그들이 예수를 굳이 밤에 붙잡으려고 하는 것도 소란을 피하기 위함이니. 열이 넘는 제자들이 저항한다면, 일이 간단치 않을 터였다. 뒤쪽에서 기다리는 대사제들과 원로들에게 일을 깔끔하게 처리해서 좋은 인상을 주고 싶을 터였다.

"누가 그자인가?" 보아즈가 그를 돌아다보면서 물었다. 보아즈는 가야파의 시종이었는데, 몸집이 크고 우락부락해보였다.

이곳 게세마니는 어두웠다. 올리브 산의 자락에 있는 정원인데, 밤이면 인적이 끊기는 곳이었다. 큰 고목에 걸린 횃불 하나가 한데 모인 사람들을 비추고 있었다. 누가 누구인지 분간하기가 어려워서, 그가 가리켜도 사람들이 예수를 알아보기 어려울 터였다.

"너무 어두워서, 내가 가리켜도 당신들이 알아보기 힘들겠소," 그는 시몬과 보아즈에게 말했다. "그러니 내가 예수께 다가가서 입을 맞추겠소. 그러면 당신들이 알아볼 수 있지 않겠소?"

"그게 좋겠군," 시몬이 동의하자, 보아즈가 고개를 끄덕였다.

그는 천천히 예수와 제자들이 모여 선 곳으로 다가갔다. 그들은 아직 모르는 듯했다. 신전 쪽 사람들이 몰려온 줄을.

가슴이 거세게 뛰는데, 속이 빈 듯하고, 다리에 기운이 없었다. 마음을 다잡으려 애쓰면서, 그는 예수에게 다가갔다.

예수는 아직 잠에서 덜 깬 듯한 제자들에게 무엇을 간곡히 얘기하고 있었다.

"스승님, 저 왔습니다."

예수가 천천히 고개를 돌려 그를 바라보았다. 그가 그 순간에 나타날 줄 알고 있었던 것 같은 눈길이었다.

그 눈길을 감당할 수 없어, 그는 성큼 예수에게로 다가서서 예수의 손에 입을 맞추었다. 가슴만 거세게 뛸 뿐, 아무 생각도 나지 않았다. 두려움도, 득의도, 회한도 없었다. 그저 이 힘든 순간이 빨리 지나가기를 바라는 마음뿐이었다.

"자, 일어나라. 이제 네가 할 일을 해야지."

그의 마음이 문득 환해지면서, 귀에 쿵쿵 울리던 맥박 소리 대신, 천사들의 음악처럼 조화된 가락이 귀에 가득 찼다. '아, 스승님께서는 다 알고 계셨구나. 내가 당신의 뜻을 펴는 도구임을.'

4

예수의 몰골은 말이 아니었다. 팔이 단단히 묶여서, 제대로 움직이기도 어려웠다. 이마와 뺨에는 상처가 났고, 얼굴은 더러웠다. 옷은 더럽고, 소매는 찢겨졌다. 예수를 붙잡아간 사람들에게 밤새 시달린 모습이 너무 측은했다.

그래도 예수를 바라보는 그의 가슴에는 기쁨과 자랑이 가득했다. 예수의 추레한 몰골에선 묘한 위엄이 후광처럼 나와서, 예수가 비범한 존재임을 말해주고 있었다.

그것을 느꼈는지, 예수를 심문하는 신전 쪽 사람들은 낯빛이 초조했고 목소리가 날카롭고 높았다.

"자, 당신도 들었소, 증인들의 얘기를. 이제 말해보시오, 당신이 정말로 그리스도인가?" 가야파가 추궁했다.

"내가 그렇다고 말해도, 당신들은 내 말을 믿지 않을 것이오. 내가 그렇지 않다고 해도, 당신들은 믿지 않을 것이오. 지금 내가 그렇지 않느냐고 물어보아도, 당신들은 대답하지 않을 것이오." 입 안이 바싹 말랐는지, 예수의 목소리는 여느 때처럼 맑게 나오지 않았다.

그는 그렇게 야박한 사람들에 대해서 불끈 화가 치밀었다. 자신들이 지금 박해하는 사람이 바로 구세주라는 것을 모른다 하더라도, 누구에게나 최소한의 대접을 해주는 것이 도리라는 사실은 알 터였다. 그러나 그는 그들에게 향하는 분노를 다독거려 속으로 넣었다. 따지고 보면, 그들도 구세주의 뜻에 따라 움직이고 있었다. 비록 그들은 모르지만, 그들도 구세주의 뜻을 펴는 데 필요한 도구였다.

예수가 묶인 두 팔을 치켜들었다. "이제부터 '사람의 아들'은 전능하신 하나님의 오른편에 앉게 될 것이오."

연못에 던져진 돌처럼, '사람의 아들'이란 말이 법정을 흔들었다. 사람들이 웅성거리기 시작했다. 이스라엘 사람들에게 그 말보다 더 흥분되는 말은 없었다.

"그러면, 네가 '사람의 아들'이란 말이냐? 미친 놈," 방청하던 사람들 가운데 하나가 외쳤다.

바보스러운 웃음이 사람들 사이에서 싯누런 꽃처럼 피어올랐다.

가야파가 황급히 손을 들고 사람들에게 외쳤다, "조용히들 하시오. 여기는 죄인을 재판하는 법정이라는 것을 잊지 마시오."

예수는 자세도 낯빛도 바꾸지 않았다. 사람들의 시끄러운 조롱이 파도처럼 밀려와서는 예수의 몸에서 나오는 기운에 밀려 사그라졌다.

"내 묻겠소," 가야파가 멀리까지 들리는 목소리로 물었다. "당신은 스스로 하나님의 아들이라고 얘기하는 것인가?"

"내가 하나님의 아들이라는 것은 당신들이 말했다."

그 말을 듣는 순간, 그의 가슴이 한 번 거르고 뛰었다. 드디어 구세주가 자신의 모습을 이 세상에 드러낸 것이었다. 여기까지 이르도록 하는 것이 구세주의 도구인 그의 몫이었다. 이제부터는 다른 자들이 구세주의 도구가 될 터였다. 사람들의 미친 웃음과 야유를 마음 한구석으로 들으면서, 그는 한숨을 길게 내쉬었다. 그리고 나직이 중얼거렸다, "할렐루야."

5

신전 사람들이 예수를 끌고 총독 관저로 몰려가자, 그는 서둘러 집으로 돌아갔다. 그리고 가야파 대사제에게서 받은 돈 주머니를 들고 가야파의 집으로 향했다. 마음이 급했다. 한시라도 빨리 돈 주머니를 대사제에게 넘겨주고 싶었다. 그것이 그의 손에 남아 있는 한, 그의 마음이 편할 수는 없었다. 이유와 사정이 어떻든, 배신은 배신이고, 더러움은 더러움이었다.

마침 그에게 돈 주머니를 건넸던 대사제의 시종이 너른 대사제의 집을 지키고 있었다.

"안녕하십니까?"

그의 인사에 시종은 의아한 눈길로 그를 살피더니 고개를 끄덕였다. "여긴 웬 일이오?"

"제가 받았던 돈을 돌려드리려고 왔습니다."

시종이 믿기지 않는다는 얼굴로 되물었다, "돈을 돌려준다고?"

"예."

시종이 그의 손에 들린 돈 주머니를 한참 바라다보았다. 이윽고 시종이 고개 들어 그를 살폈다. 시종의 눈에 담긴 경멸과 혐오에 측은이 더해졌다. 정신이 좀 이상한 사람으로 보인 모양이었다. "그래, 돈이 싫다는 얘기요?"

"이 돈은 이제 제 할 일을 다했습니다. 그러니 제 주인에게 돌아가는 것이 옳죠. 이 돈을 받으시죠." 그는 한 걸음 나서면서 돈 주머니를 내밀었다.

시종이 한 걸음 물러서면서, 두 손을 들어 그를 막았다. "그 돈을 지금 내가 받을 수는 없습니다. 대사제께서 당신에게 주라고 한 돈인데, 내가 어떻게……"

그는 시종 앞에 돈 꾸러미를 내려놓았다. "은전 서른 닢이 그대로 들었습니다. 대사제께서 말씀하신 것처럼, 돈은 세어보아야 합니다. 세어보시죠."

"왜 이러는 거요?" 시종이 곤혹스러운 얼굴로 물었다. "왜 이제 와서 돈을 돌려주겠다고 그러는 거요?"

"이 돈은 제 할 일을 다한 돈입니다. 이 세상 모든 것들이 다 제 할 일이 있는 겁니다. 내가 어저께 이 돈을 받은 것도, 지금 이 돈을 돌려드리는 것도, 다 정해진 일입니다."

"제발 이러지 말고 돈을 갖고 돌아가시오." 시종의 얘기는 애원에 가까웠다.

그는 한숨을 길게 내쉬었다. 마침내 더러움이 씻겨나간 속은 빈 것처럼 가볍고 후련했다. 그는 몸을 돌리면서 시종에게 말했다. "모든 것이 주님의 뜻입니다. 그렇지 않습니까?"

6

가야파의 집에서 나오자, 그는 가벼운 걸음으로 예수가 붙잡혀간 총독 관저로 향했다. 바삐 걸었더니, 목이 말랐다. 마침 길모퉁이에 술집이 보였다.

술집은 한산했다. 손님은 창가 자리에 앉은 사내 둘뿐이었다.

주인에게 포도주를 청하고서, 그는 느긋한 마음으로 어제부터 오늘까지 일어난 일들을 돌아다보았다. 일은 그의 계획대로 나아가고 있었다.

'이제 총독이 심판하겠지. 틀림없이 신전 쪽 사람들의 얘기만을 듣고, 예수에게 부당한 벌을 내리겠지. 그분이 구세주인 줄 모르고서. 그러면 그분께서 불의를 더 참지 못하시고서, 로마 사람들의 죄를 다스리시겠지. 마침내 '주님의 왕국'이 세워지는구나.'

그는 주인이 가져온 포도주를 한 모금 마셨다. 술 맛도 좋았다. 그가 느긋하게 한숨을 내쉬는데, 옆자리 장사꾼들의 얘기가 그의 마음속으로 들어왔다.

"……빌라도가 그 사람을……"

그는 퍼뜩 긴장해서, 그들의 얘기에 귀를 기울였다. 사투리가 아닌 그리스 말을 유창하게 쓰는 것으로 보아, 두 사람 다 이곳에 사는 유대인들은 아닌 듯했다.

"이번에 일을 처리하는 것을 보고, 빌라도를 다시 봤어. 빌라도로서야 골치 아픈 일인데, 헤로데 안티파스에게 슬쩍 떠넘기는 솜씨가 보통이 아냐. 여기 예루살렘에서 일어난 일인데, 그 예수라는 사람이 갈릴래아 출신이라고 헤로데에게 알아서 처리하라니." 나이 든 사내가 고개를 젖히고 껄껄 웃었다.

"예. 빌라도가 이번에는 잘 처리한 것 같습니다." 젊은 사내가 맞장구를 쳤다.

"지금 빌라도는 아주 곤란한 처지에 있거든. 빌라도는 세야누스 사람이야. 지금 모든 지방의 태수들이 다 세야누스 사람들로 채워졌는데, 우리 태수만 아니야. 세야누스가 로마 제국의 실권자이긴 하지만, 일단 행정 체계에서는 유대 총독은 시리아 태수의 지휘를 받거든. 그러니 빌라도가 무슨 실수를 하면, 이내 위험해질 수도 있지. 빌라도도 물론 그것을 잘 알겠지."

"헤로데는 느닷없이 뜨거운 감자를 안았네요?"

"그렇지. 과월절過越節을 지내려고 예루살렘에 들어왔다가, 좋은 선물을 받은 셈이지. 하하하."

"헤로데는 어떻게 할까요?"

"글쎄. 그냥 놓아주기는 힘들겠지. 그 예수라는 사람이 워낙 미움을 많이 받고 있으니까. 앙숙인 바리사이파하고 사두가이파가 이 일에서만은 손을 잡았으니. 그렇다고 처형하면, 그 갈릴래아 사람을 따르는 사람들이 가만히 있지 않겠지. 갈릴래아를 다스리는 사람이 예루살렘까지 와서 기껏 자기 지역 사람을 처형한다면, 누가 좋게 보겠나?"

그의 가슴이 뜨끔했다. 일이 뜻밖의 방향으로 흐르고 있었다. 만일 헤로데가 예수를 처형한다면, 구세주의 분노는 신전쪽 사람들과 헤로데에게로 향할 터였다. 로마 사람들이 아니고. 자칫하면, 유대 사람들끼리 싸워서 로마의 통치를 더 튼튼하게 만들 것이었다.

"……권위가 없거든. 첫 아내와 이혼하고 자기 동생 아내와 결혼했는데, 그것을 부도덕하다고 비난한 사람을 죽였어. 그 사람이 예언자로 불리고 정치적으로도 영향력이 있는 사람이었는데, 아까 피디아스의 얘기를 들어보니, 그 사람하고 예수라는 사람은 혈연적 관계가 있다던데."

"아, 그랬습니까?"

"원래 헤로데 왕가는 유대인들이 아냐."

"그렇습니까? 헤로데 왕가 사람들은 독실한 유대교 신자들이 아닙니까?"

"유대교를 믿지만, 원래 유대 사람들은 아냐. 헤로데 왕의 부모가 에돔 사람들이었다지, 아마. 별것 아니지만, 유대인들이 워낙 배타적이라서, 여기선 그것도 무시 못할 고려사항이 되거든."

더 듣고 있을 기분이 아니어서, 그는 서둘러 포도주 잔을 비우고 일어섰다.

밖으로 나오니 정신이 어찔했다. 세상이 빙그르르 도는 듯했다. '내가 너무 교만했었나? 혼자서 세상을 바꾸어보겠다고 나선 것이 너무 교만한 생각이었나? 구세주를 내 뜻대로 움직여보겠다고 나선 것이……'

7

"형님, 손님이 오셨습니다." 필립보가 말했다.

그는 무거운 눈을 뜨고 동생에게로 고개를 돌렸다.

"시몬 형님께서 오셨습니다."

그는 고개를 끄덕였다.

헛기침을 하면서, 시몬이 방으로 들어섰다. "유다, 어떤가? 별일 없지?"

"응. 별일 없네." 그는 쓸쓸한 웃음을 얼굴에 띠었다. "자네는 어떤가?"

"나도 뭐…… 무엇을 하고 있었나?" 어둑한 방 안을 둘러보면서, 시몬이 가볍게 물었다. 시몬이 혁명당원이었으므로, 둘은 생각이 비슷했고, 자연히, 예수의 열두 제자들 가운에 서로 친한 사이였다.

"기도하고 있었네. 마음이 어지러워서, 영……"

그의 마음은 빌라도가 예수를 헤로데에게 넘겼다는 얘기에 크게 흔들렸다. 몸도 좋지 않았다. 예수를 배신하기로 마음먹은 뒤로 마음이 하도 고달파서, 몸까지 따라서 지친 듯했다. 그래서 간밤에도 잠자리가 뒤숭숭했고, 닭이 울기도 전에 잠이 깨자, 아예 일어나서 기도를 시작한 터였다.

"형님, 무엇을 좀 드셔야죠?" 필립보가 조심스럽게 물었다.

"아직 아침을 들지 않았나?' 시몬이 그와 필립보를 번갈아 살폈다.

"예. 기도하시느라……"

"이럴 때일수록 든든히 먹어야 하네. 필립보, 아침 차려서 갖고 오게. 나는 포도주 한 잔 주고."

"예. 형님," 필립보는 반갑게 대꾸하고서 돌아섰다.

"유다, 오늘 스승님께서 재판 받으시는 것 알지?"

"그래? 난 아직…… 어디서 재판을 받으시나?"

"총독 관저에서."

"총독 관저?" 그는 자세를 고쳐 앉았다. "총독이 스승님을 헤로데 안티파스에게 넘겼다고 하던데?"

"응. 그런데 헤로데가 무슨 이유에선지 스승님을 다시 총독에게 넘겼다는 얘기야. 옷도 새로 입혀서 스승님을 총독 관저로 모셨다고 하던데."

어저께 술집에서 들은 얘기가 떠올랐다. 헤로데 안티파스도 바보는 아닌 모양이었다. 빌라도가 넘긴 공을 되넘긴 것이었다.

"아, 그랬나?" 긴 가뭄에 지친 나무에 물이 오르듯, 그의 마음을 희망이 채우기 시작했다. 신의 뜻은 예측할 수 없는 방식으로 이루어지는 것이었다. "그러면 빌라도가 스승님을 재판하신다는 얘기가 되네?"

"그렇지. 잘된 일인지 아닌지, 잘 모르겠어." 수심 어린 얼굴로 시몬이 대꾸했다. "무사히 나오셔야 할 텐데. 저자들이 워낙 악독해서……"

필립보가 상을 들고 들어왔다. "형님, 여기……"

문득 식욕이 돋았다.

8

"너희는 이 사람이 백성들을 줄곧 선동했다고 끌고 왔다." 빌라도가 예수를 가리켰다. "그래서 너희가 보는 앞에서 내가 직접 이 사람을 심문했다. 그러나 너희가 고발한 내용을 증명할 것을 찾지 못했다." 잠시 말을 멈추고, 빌라도는 사람들을 둘러보았다.

아무도 대꾸하지 않았다. 사람들은 빌라도의 눈길을 피하거나 서로 쳐다보았다.

"이 예수라는 사람이 갈릴래아 사람이라 하기에, 이 사람을 헤로데 안티파스에게 보냈었다. 헤로데가 갈릴래아의 수령이어서, 이 사람의 행적에 대해서 잘 알리라 생각했던 것이다. 그러나 헤로데는 이 사람을 그냥 내게로 돌려보냈다. 그것도 좋은 옷을 입혀서." 사람들이 말뜻을 새길 시간을 준 다음, 빌라도는 말을 이었다, "그렇다면, 헤로데도 이 사람의 죄를 찾지 못했다는 얘기가 된다. 그렇지 않은가?"

이번에도 사람들은 반응이 없었다. 따가운 햇살이 내리는 광장에 화를 풀 길을 찾지 못한 사람들의 후텁지근한 침묵이 무겁게 어렸다.

이름 모를 감정들이 들끓는 가슴을 간신히 가라앉히면서, 그는 스승을 살폈다. 예수는 자세도 낯빛도 흐트러짐이 없었다. 마치 남의 재판을 방청하는 것처럼. 그런 스승에게 그는 가슴 벅찬 자랑과 고마움을 느꼈다.

"너희가 고발한 죄상들은 사형에 해당하는 것들이었다. 보다시피, 나는 그런 죄상들을 찾지 못했다. 로마 황제를 대신해서 법을 공정하게 시행하는 총독으로서, 나는 죄상이 드러나지 않은 사람에게 벌을 줄 수 없다. 다만," 잠시 뜸을 들이면서, 빌라도는 사람들을 다시 둘러보았다. "이 사람이 오랫동안 이곳에서 말썽을 일으킨 것은 분명하다. 앞으로 말썽을 일으키지 말라고 경고하는 뜻에서, 매를 몇 대 때릴 생각이다."

사람들 사이에서 분노의 웅성거림이 일었다. 소리는 낮았지만, 무거운 파도처럼 그 웅성거림은 병사들과 관리들 몇만을 데리고 연단 위에 선 총독에게로 밀려들었다.

"죄인을 죽이시오." 대사제들이 모인 쪽에서 누가 외쳤다. 그 소리가 기름에 댄 불씨였다. 곳곳에서 짐승스러운 외침이 터졌다. "죄인을 죽이시오."

한순간 빌라도의 얼굴에 당혹스러운 기색이 스쳤다. 그러나 총독은 이내 냉정과 위엄을 되찾았다. "좋다. 이 사람의 죄상이 밝혀진 것이 없지만, 너희 주장대로 이 사람이 죽을 죄를 지었다 치자. 그렇다 하더라도, 나는 이 사람을 놓아주고 싶다. 지금은 너희의 가장 큰 명절이다. 이런 명절에는 죽을죄를 지은 죄수 하나를 백성들의 뜻에 따라 놓아줄 수 있다. 이 사람을 놓아주는 것이 어떠한가?"

사람들이 다시 웅성거렸다. 총독의 제안이 뜻밖이었던 모양이었다.

그도 뜻밖의 제안에 마음이 어지러웠다. 그것은 현명한 제안이었다. 그러나 그 제안은 그의 계획을 단숨에 무너뜨릴 터였다. 지금 예수는 불의한 로마 사람들에 의해 박해를 받아야 했다. 그래야 '사람의 아들'로 행동에 나서서 로마의 압제를 깨뜨리고 이스라엘 사람들을 자유롭게 만들 수 있을 터였다.

"저 사람이 아니라 바라빠를 풀어주시오." 대사제들이 모인 쪽에서 누가 다시 외쳤다. 그러자 사람들이 따라서 외치기 시작했다. "바라빠, 바라빠……"

그의 몸 깊은 곳에서 분노의 불길이 솟구쳤다. 코에서 단내가 났다. 이 어리석고 사악한 무리들은 옳은 말씀과 좋은 일만을 한 예수 대신 살인까지 한 도둑을 살리라고 외치는 것이었다. 짐승들처럼 외치는 그들을 보자, 분노는 문득 증오로 바뀌

210

었다. '이제 너희는 보게 될 것이다. 너희가 죽이라고 외치는 사람이 누구인지. 그때엔……'

"자아, 조용히." 빌라도가 손을 들어 소란을 막았다. "여기선 예수라는 사람은 내가 아는 한 큰 죄를 저지른 적이 없다. 살인을 한 적은 물론 없다. 그것은 너희도 인정했다. 반면에, 바라빠의 죄에 대해선 나도 잘 안다. 그는 사람들을 선동해서 폭동을 일으켰고 살인까지 한 도둑이다. 이 두 사람 가운데 누가 사면을 받을 자격이 있는가?"

"바라빠입니다." 대사제들이 모인 곳에서 누가 외쳤다.

"바라빠, 바라빠." 다시 사람들이 외쳤다. 따가운 햇살을 받아 그들의 광기가 익어가는 듯했다.

빌라도는 난감한 낯빛이었다. 이성을 잃은 군중을 설득하는 일이 쉽지 않음을 새삼 깨달은 듯했다. 빌라도는 옆에 선 보좌관에게 나직이 무어라 지시했다. 그 보좌관이 급히 자리를 떴다.

"바라빠, 바라빠." 그 사이에도 미친 군중은 바라빠가 구세주이기라도 한 것처럼 외쳐댔다.

빌라도가 다시 손을 들어 소란을 가라앉혔다. "너희 뜻이 그렇다면, 이렇게 하는 것은 어떻겠는가? 지금 감옥에 있는 바라빠를 사면하겠다. 그리고 이 예수라는 사람은 매를 몇 대 때려서 경고하고 끝내겠다. 어떠한가?"

서로 부딪치는 감정들로 그의 가슴이 어지러웠다. 스승이 이 끔찍한 자리에서 벗어나는 것은 다행이었다. 그러나 그렇게 되면, 그의 계획은 틀어질 터였다. 스승에게 큰 욕을 보이고서, 얻는 것은 하나도 없을 터였다.

"저 예수란 자는 십자가에 못 박아 죽여야 합니다." 누가 외쳤다. 아까 그 목소리였다. 신전 쪽 사람들의 뜻을 누가 대변하는 모양이었다.

그는 그 사람을 저주하면서도 마음 한쪽으로는 다행스러웠다. 과정이야 어찌 되었든, 빌라도가 예수를 죽이려 든다면, 예수는 '사람의 아들'로서 로마 사람들을 몰아낼 터였다. 빌라도가 공정한 재판을 했다는 사실도 그리 큰 문제는 아닐 터였다.

"옳소." 누가 받았다. "십자가에 못 박아 죽여야 합니다."

그러자 모두 합창하기 시작했다, "십자가, 십자가……"

빌라도가 다시 손을 들었다. "이 사람의 죄가 과연 무엇인가? 이 사람이 지은 죄를 하나만이라도 말해보라."

"십자가, 십자가……" 군중의 함성이 빌라도에게 파도처럼 밀려들었다.

그때 급히 떠났던 총독 보좌관이 돌아와서 총독의 귀에 대고 속삭였다. 빌라도의 낯빛이 어두워졌다.

"십자가, 십자가……"

군중의 광기 어린 함성에 그의 마음이 어찔했다. 그는 졸아든 마음으로 총독의 얼굴을 살폈다.

빌라도는 다시 보좌관에게 무어라고 말했다. 보좌관이 다시 떠났다.

212

"십자가, 십자가……" 군중의 함성에 힘이 점점 많이 실리고 있었다. 이제 총독의 권위로도 진정시키기가 쉽지 않을 만큼 사람마다 얼굴이 광기로 달아올라 있었다.

"위대하고 공정하신 로마 황제를 대신한 총독으로서 나는 공정하게 재판을 했다. 나는 이 사람 예수에게서 죽을죄를 밝혀내지 못했다. 너희도 그렇다. 더구나 지금은 너희의 명절이어서, 설령 이 사람이 죽을죄를 지었다 하더라도, 이 사람을 풀어줄 수 있다. 그러나 너희는 그것을 바라지 않는다. 다스리는 자는 다스림을 받는 자들의 뜻을 살펴야 한다."

"옳소," 누가 외치자, 박수 소리와 함성이 일었다.

보좌관이 세숫대야를 들고 와서 총독 앞에 내려놓았다.

"너희의 뜻이 그러하니, 나는 이 사람을 너희에게 넘긴다. 나는 이 사람이 흘릴 피에 대해서 책임이 없다." 빌라도는 보좌관에게 예수를 군중에게 넘기라고 손짓을 한 다음, 대야에 손을 씻었다.

9

"네가 정말 하나님의 아들이라면, 십자가에서 내려와봐라," 누가 조롱했다. 바보스러운 웃음소리가 따랐다.

그는 마른침을 삼켰다. 당혹스러운 마음에 절망이 점점 짙은 그림자를 드리우고 있었다.

예수는 혼자 괴로워하고 있었다. 병사들에게 이끌려 총독 관저를 떠나 십자가에 못 박힐 때까지, 육신의 아픔도 군중의 조롱도 참아냈다. 이해할 수 없는 일이었다. 헤아리기 힘들 만큼 다른 사람들을 위해 이적을 행한 사람이, 정작 자신의 때가 왔는데도, 고통과 불의를 그저 참아내고 있었다. 불의한 사람들을 벌하고 '주님의 왕국'을 세울 '사람의 아들'에게는 너무 어울리지 않는 일이었다.

예감의 검은 손길이 그의 가슴을 차갑게 움켜쥐었다. 그는 몸을 부르르 떨었다. '스승님, 당신은 누구십니까?'

10

절망한 마음은 평화스러웠다. 전에 이와 비슷한 마음을 지녔던 적이 있었다. 사막에서의 고행에서 아무것도 얻지 못하고 다시 속세로 돌아오던 때, 그는 절망이 주는 평화를, 평화와 비슷한 무엇을, 맛보았었다.

더 바랄 것이 없어졌을 때 찾는 마음의 상태는 바라던 것을 다 얻었을 때의 그것과 모든 면들에서 똑같을 터였다. 단 하나만 빼놓고는. 다 얻은 자는 신을 바라보고 선 것이고 다 잃은 자는 신에게 등을 돌리고 선 것이었다.

절망은 사람이 마지막으로 할 수 있는 선택이었다. 그것은 신의 질서를 거부하는 것이었다. 스승이 그에게 돈 주머니를 맡기던 날이 생각났다.

그에게 돈 주머니를 맡기면서, 스승은 어진 눈길로 그의 얼굴을 어루만졌다. "너는 마음의 결이 너무 곧다. 결이 너무 곧으면, 쪼개지기 쉬우니라." 그가 무어라 대꾸하기 전에 스승은 덧붙였다, "무슨 일이 있어도, 절망하지 말아라. 사람에게 절망은 궁극적 죄악이니라. 신에 대한 믿음을 잃는 것보다 더 큰 죄악이 어디 있겠는가?"

스승이 십자가 위에서 죽었을 때도, 그 비참한 광경을 다 지켜보았을 때도, 그는 완전히 절망하진 않았었다. 스승은 그가 바라던 '사람의 아들'이 아닐 수도 있었다. 그러나 스승이 부활했을 때, 그는 완전한 절망과 마주서야 했다. 이제 '사람의 아들'은 나오지 않을 것이었다. 아니, 나온 것이었다. 다만 그가 그리도 간절하게 바라온 '사람의 아들'과는 전혀 다른 '사람의 아들'이 나온 것이었다.

스승은 말 속에 말을 감추었고 뜻 속에 뜻을 감추었다. 사람인 그는 그렇게 감추어진 것들을 몰랐을 따름이다.

'당신은 말씀하셨습니다, "내가 세상에 평화를 주러 온 줄로 생각하지 말아라. 평화가 아닌 칼을 주러 왔다." 그러나 사람의 육신과 영혼을 가진 저희가 어찌 알 수 있겠습니까, 당신의 칼이 육신을 베는 칼이 아니라 마음을 베는 칼임을…… 날카로움

이 아니라 부드러움으로 베는 칼임을……'

한숨을 길게 내쉬고서, 그는 하늘을 우러렀다. 하늘 어디에 계실 스승에게 작별 인사를 드리려는 것처럼. 그리고 딛고 선 바위 아래를 내려다보았다. 저 아래 올망졸망한 무덤들이 보였다. 낯선 땅에서 죽어 고향으로 돌아가지 못한 이방인들의 무덤들이었다.

그의 얼굴에 흐릿한 웃음기가 어렸다. 속하지 못하는 사람들 사이에 살과 뼈를 묻는 것은 영원히 받아들여지지 못할 그에게 걸맞은 일이었다. 그가 바란 것은 당장 실현될 인간의 질서였다. '사람의 아들'이란 존재로 상징된 이 땅의 질서였다. 십자가에 매달려 괴로워하면서 죽은 스승이 보여준, 먼 뒷날에 실현될 신의 질서가 아니었다.

그는 그 신의 질서를 거부한 것이었다. 그리고 그 벌로 '주님의 왕국'에서 영원히 이방인으로 남을 터였다.

하마터면, 스승에게 '용서하소서'라고 말할 뻔했다. 용서해달라는 말은 온전한 절망을 허무는 일이었다. 사람인 그에게 온전한 것이 있다면 절망뿐이었다. 숨을 깊이 쉬고서, 그는 바위 너머로 걸음을 내디뎠다.

우리가 걷지 않은 길

1

홀긋 벽시계를 살피고서, 그는 리모컨을 집어 들었다. 텔레비전 화면이 밝아지자, 비행기 위에서 웃으면서 손을 흔드는 대통령이 나왔다.

"이번 박근혜 대통령의 유럽 오 개국 순방은……"

잠시 화면을 살피다가, 그는 부엌으로 향했다. 국 냄비가 놓인 가스레인지의 불을 켜고 불길의 세기를 살핀 다음, 식탁 위 음식 그릇들의 뚜껑을 열기 시작했다. 그제서야 아내가 나가면서 한 말이 떠올랐다, "나박김치는 냉장고에 있어요."

그가 냉장고 쪽으로 몸을 돌리는데, 전화기가 울렸다. 가슴에 문득 그늘이 덮이는 것을 느끼면서, 그는 서둘러 수화기를 들었다. "여보세요?"

"인명 씨?"

지긋한 여자 목소리의 임자를 찾아 마음이 바쁜 사이에도, 안도감이 따스하게 가슴에 번졌다. 그를 이름만으로 불렀다면, 아내와 관련된 나쁜 소식을 전하려는 사람은 아닐 터였다.

"예," 조심스럽게 대꾸하고서야, 그는 목소리의 임자를 기억해냈다. "아, 누님이세요?"

"오랜만이네요. 그래, 잘 지냈어요?"

"예. 그럭저럭…… 누님도 잘 지내셨죠?"

"나도 그럭저럭……" 그녀가 밝게 웃었다. "나이가 드니까, 아프지 않은 데가 없네."

"저도 그렇습니다."

"밖에 나갔으리라고 생각했는데. 이 좋은 봄날에 왜 밖에 나가지 않고……?"

"그렇게 됐습니다. 안식구가 여고 동창회에 나가고 전 집을 지키고 있습니다."

그녀 웃음소리는 늘 듣기 좋았다. "점심은 드셨나?"

"안식구가 차려놓은 음식을 데우는 참인데요."

"그랬어요?" 잠시 뜸을 들인 다음, 문득 가라앉은 목소리로 그녀가 말을 이었다. "내가 전화한 건, 실은…… 영주가 죽었어요. 인명 씨에겐 알려야 될 것 같아서……"

"영주가요?" 외마디 말이 먼저 나오고 이어 높은 파도가 그의 머릿속을 한 바퀴 돌았다. "언제요?"

"지지난 주에. 뉴욕서 장례 치르고 어저께 돌아왔어요."

"어떻게 갑자기……" 거의 기계적으로 묻는 사이에도, 눈앞에 심상들이 어지럽게 어른거려서 영주의 모습이 제대로 자리잡지 못했다.

"암으로. 유방암으로."

부어 오른 듯한 가슴과 텅 빈 듯한 마음이 묘하게 박자가 어긋나서, 그는 세상과 자신 사이에 틈이 생긴 듯한 느낌이 들었다. "아직…… 저보다 세 살 아래니까, 이제 예순셋인데. 요즘 예순셋은……"

"정말 그렇죠? 칠십도 못 살고 죽었으니, 얼마나 아까워." 평안도 말씨의 억양이 아직 남은 그녀 목소리에 물기가 배어 있었다.

"누님께서 영주가 잘 산다고 하길래, 전…… 아이들도 다 잘 여의고, 재미있게 산다고 하길래……"

"인명 씨, 나 많이 울었어요." 울음기 밴 그의 목소리가 그녀의 자제심을 무너뜨린 듯, 그녀가 울먹였다. "어찌나 눈물이 나는지. 영주 죽은 게 슬프고. 우리 젊었던 때가 그립고."

적절한 대꾸를 찾지 못한 채, 그는 전화기에 대고 고개만 끄덕였다.

"그럼, 인명 씨, 건강 조심하고."

"예. 누님도…… 며칠 뒤 피로가 회복되실 때쯤 제가 전화할게요. 누님 뵌 지도 오래됐는데, 한번 만나서 옛날 얘기도 하고……"

"그래요. 북창동에서 어울리던 그때 얘기 좀 해요."

어쩐지 미진한 마음이어서, 그는 선뜻 전화를 끊지 못했다. 그녀도 그런 듯했다. 그들에게 가까웠던 여인을 얘기하면서, 비록 창백한 기억 속에서나마, 한순간 그들은 젊었던 시절을 되살았다. 그래서 만날 시간과 장소까지 정하고서야 전화를 끝냈다.

그는 가스레인지의 불을 끄고 냄비를 식탁으로 날랐다. 뚜껑을 열자, 구수한 콩나물국 냄새가 풍기면서 식욕이 일었다. 누구에게랄 것 없이 감사하는 마음으로 그는 국물을 떠서 마셨다. "아, 좋다."

그가 '누님'이라 부르는 미시즈 서가 전화를 걸어서 영주가 미국으로 떠났다고 했을 때, 그는 자신이 무엇을 잃었나 새삼 깨달았다. 그리고 자신이 얼마나 어리석고 비겁했는가도. 견디기 어려워, 그는 그 길로 집을 나섰다. 가슴이 다듬잇돌에 짓눌린 듯했다. 기차나 버스를 타고 움직일 때는 좀 견딜 만했지만, 땅에 발을 디디면, 어찌 해야 할지 몰랐다. 무엇보다도, 아무것도 먹을 수 없었다. 음식점에서 상을 받으면, 아무리 애써도, 한 숟가락을 넘길 수 없었다. 국물을 몇 숟가락 떠먹고서 슬그머니 일어나 계산을 하고 문득 날카로워진 주인의 눈길을 피해 도망치듯 나오곤 했다. 꼬박 나흘 동안 물만 마셨다. 여관 방 거울에 비친 까맣게 탄 얼굴 너머에 죽음의 그림자가 어른거렸다.

닷새째 되는 날, 그는 대천에서 성주로 가는 버스를 탔다. 그저 아픔을 덜기 위해 떠도는 사람에게 성주사지聖住寺址는 반가운

목적지가 되었다. 통일신라시대에 세워진 절터는 이제 밭이었다. 봄바람에 물결치는 파란 보리밭 사이에 석탑 셋이 남아 있었다. 부처님 오신 날 가까운 때였다. 세월에 노곤해진 탑들에 화사한 지등紙燈들이 걸려 있었으니. 나이 든 여인이 보리밭에서 김을 매고 있었다.

절터를 둘러보는 그의 가슴을 더운 감동이 가득 채웠다. 바람과 서리에 씻겨 부드러워진 탑들은 오래전에 사라진 절의 그루터기처럼 보리들과 사람들에게 축복을 내렸고. 보리들과 사람들은 스스럼없이 그 축복을 받았다. 석탑의 초월적 세계와 보리밭에서 김 매는 여인의 세속적 세계가 조화를 이룬 시공이었다. 절터를 가난한 사람들에게 밭으로 내준 것보다 중생을 제도하려고 자신의 성불을 늦춘다는 보살의 염원에 더 걸맞은 것이 어디 있겠는가?

기척을 느낀 여인이 고개를 돌렸을 때, 그는 문득 갯벌로 밀려들어오는 탁한 바닷물처럼 식욕이 돌아오는 것을 느꼈다. 보리밭을 스친 한 무더기 바람이 소금기 밴 갯바람으로 닿았다.

그녀의 집은 예닐곱 채 되는 작은 마을의 한쪽에 있었다. 그녀는 그에게 마루에 앉으라고 권하고서 컴컴한 부엌으로 들어가더니 잠시 뒤에 소반을 들고 나왔다. 반찬이 너무 없다면서 미안한 낯으로 그녀가 마루에 내려놓은 소반엔 밥그릇, 물 대접, 무 강지 접시가 있었다. 물에 말아서 강지와 함께 먹은 그 찬밥은 그의 평생에서 가장 맛있었던 식사였다.

2

그 작은 꽃은 수수하면서도 밝은 얼굴로 그의 애틋한 눈길을 받았다. 젊은 날의 영주처럼. 고개를 들어 그는 둘레를 살폈다. 아직 철이 일러, 다른 꽃들은 보이지 않았다. 이 산줄기는 아주 메말라서 풀들이 우거지지 않는데, 어찌 된 일인지, 애기똥풀이 잘 자랐다. 제철이면, 작은 군락을 이루어 풀밭이 노랬다.

나오던 한숨을 되삼키고, 그는 천천히 일어섰다. 영주에 관한 기억들은 봄철과 관련된 것들이 많았다. 처음 만난 날, 북창동 골목을 지나다가, 그는 충동적으로 꽃가게 앞에 놓인 수선화 화분을 들어서 그녀에게 건넸다. 그의 기억 속에서 수선화와 놀라서 기뻐하던 그녀 얼굴은 늘 하나로 묶였다. 그녀는 봄철에 미국으로 떠났다. 그리고 이 봄에 그는 그녀의 죽음을 들은 것이었다.

그는 산줄기를 따라 난 길을 오르기 시작했다. 산줄기는 수색에서 연신내까지 뻗었다. 일요일 오후면 그는 연신내에 있는 기원에 나갔다. 수색역에서 지하철을 타고서 연신내역에서 내리면 편했는데, 영주 소식을 들은 터라, 오늘은 그냥 차를 탈 마음이 아니었다. 힘든 산길을 타면서 땀을 흘리면, 가슴에 무겁게 얹힌 무엇이 내려갈 것만 같았다.

영주는 미시즈 서의 사촌 동생이었다. 미시즈 서는 북창동에 있었던 외국 상사의 한국 지사에서 일했는데, 그 회사와 그의 회사 사이에 거래가 있었다. 무역부에서 일했던 그는 그 회사를 자주 찾았고 지사장 비서였던 그녀와 꽤 친했었다. 그때 영주는 자기 아버지 회사에서 일했고.

작은 봉우리 두 개를 넘고서, 그는 가쁜 숨을 돌렸다. 바로 아래에 작은 운동장이 있었고, 사람들이 열심히 몸을 풀고 있었다. 두 사람을 빼고는 모두 여자들이었다. 그는 가볍게 고개를 끄덕였다. 여자들이 그렇게 밖에 나와서 운동을 하는 것은 일단 좋은 현상이었다. 사람들에게 경제적으로나 심리적으로나 여유가 있다는 얘기였다.

그러다가 그가 일자리를 잃었다. 화이트칼라 노동조합을 만들려다 실패하고서, 혼자 책임을 진 것이었다. 일이 안 되려니, 그때 '오일 쇼크'가 닥쳤다. 이내 찾으리라 생각했던 일자리가 문득 아득해졌다.

어느 날, 그녀가 어렵게 얘기를 꺼냈다. 집안에서 강권해서 선을 보았다고. 상대는 미국에 있는 의사라고 했다. 그녀가 원한 것은 그들 사이의 관계를 자기 부모에게 밝혀서 허락을 받는 것이었다. 이제 그녀 처지에선 결혼을 늦출 수 없다는 얘기였다.

눈 내리는 밤이었다. 짙은 눈발을 받으면서, 그는 북창동의 찻집에서 서강의 하숙집까지 걸어갔다. 이튿날 그는 미시즈 서에게 얘기했다, 미국에 있는 의사와 결혼하는 것이 영주로선 훨씬 나은 길이 아니겠느냐고.

그는 다시 걷기 시작했다. 운동장을 지나 작은 봉우리를 넘자, 봄 냄새가 그를 감쌌다. 아직 억세어지지 않은 풀들, 연두색 나뭇잎들, 작은 풀꽃들, 화사한 철쭉꽃들, 그리고 산새들의 맑은 소리들 사이로 들리는 탁한 꿩의 목청—모든 것들이 영주와 함께 지냈던 봄철들을 되살렸다. 그는 그 기억들이 매무새를 고치면서 의식 속에 자리 잡는 것을 막지 않았다. 그저 숨이 자라는 데까지 걸음을 빨리 했다. 마음의 아픔을 견디는 데는 몸이 고달픈 것보다 나은 게 없었다.

그때 그는 자신이 미시즈 서에게 한 얘기들이 진심이라고 믿었다. 분명히 그는 자신의 절실한 욕망보다 사랑하는 여인의 궁극적 행복을 앞세웠다. 그러나 뒤에 냉정한 마음으로 살폈을 때, 그는 자신의 단념이 순수한 자기희생이 아니었음을, 그녀와 혼담이 있던 사내에 대한 열등감이 거기 섞였음을, 인정할 수밖에 없었다. 만일 그의 자신감이 흔들리지 않았다면, 아마도 그는 달리 행동했을 터였다. 그 생각이 줄곧 그를 괴롭혔다.

연인을 위한 자기희생은 건강했다. 따지고 보면, 그런 자기희생은 삶을 가능하게 하는 힘이었다. 그래서 자기희생에 따르는 슬픔도 건강했다. 슬픔은 의식을 지닌 생명체들이 상실의 충격에 대응하는 길이었다. 잃을 수 없는 것들을 잃었다는, 받아들일 수 없는 사실을 받아들이는 길이었다. 슬픔을 통해서 사람은 상실과 화해하고 살아가는 것이었다. 자연히, 연인을 위해서 자신의 사랑을 포기한 상처는 깨끗이 나았다.

열등감에서 나온 상처는 달랐다. 열등감은 본질적으로 자기중심적 감정이었다. 그것은 자기보다 나은 상대와 겨루어서 손해를 보지 않도록 하는 기능을 지녔다. 그의 열등감은 연인의 행복을 위해서 절실한 사랑을 포기하도록 그를 설득한 것이 아니라 그저 강한 연적과 겨루는 것을 두려워하도록 만들었다. 어쩔 수 없이, 그것에서 나온 상처는 깨끗이 아물지 않았고 동상에 걸린 살처럼 생각날 때마다 가려워지는 검붉은 부위를 그의 마음에 남겼다.

길이 갈라지는 곳에 이르자, 그는 멈춰 서서 숨을 돌렸다. 오른쪽 샛길로 내려가면, 새절역에서 지하철을 타고 연신내역까지 갈 수 있었고, 그대로 가면, 연신내까지 걸어가야 했다.

'어느 길로 간다?' 그는 두 길을 번갈아 살폈다. 새절역으로 내려가면, 훨씬 덜 힘들고 바둑도 몇 판 둘 수 있었다. 산길을 그대로 타면, 힘도 많이 들고 바둑을 둘 시간도 없었다. 그래도 지금은 지칠 때까지 걷고 싶었다. 한참 망설인 끝에, 매사에 무리하지 말라는 아내의 당부를 떠올리고, 새절역으로 내려가는 길을 골랐다.

그가 아스팔트 골목길을 내려가는데, 저만큼 가게에서 운동복 차림의 중년 사내가 물건 꾸러미를 들고 나왔다. 그들의 눈길이 마주치자, 사내가 그를 알아보고 걸음을 멈췄다.

"협신전자 이 전무님 아니세요?"

그제서야 그는 그 사내를 알아보았다. "전자연구소……"

"예, 맞습니다. 저 전자연구소에서 일했던 박진용입니다."
사내가 반갑게 대꾸했다.

3

그가 박진용과 함께 호프집에서 나왔을 때, 해는 이미 산등성이에 걸려 있었다. 그와 박은 오래전에 잠깐 만났던 사이여서 그냥 길에서 안부나 묻고 헤어질 만했다. 그러나 박이 그와 만난 것을 정말로 반기는 듯해서, 그냥 악수하고 헤어지기가 좀 그랬다.

그가 아직 전무였을 때, 그의 회사가 새 제품을 개발하는 과정에서 전자연구소의 도움을 받은 적이 있었다. 박은 연구소에서 그의 회사에 파견된 연구원이었다. 박은 일도 잘했고 성격도 좋았다. 사업이 성공적으로 끝나자, 그는 박에게 따로 답례를 했고 연구소에도 박을 칭찬하는 편지를 보냈다.

박은 그 뒤에 미국에서 공부하고 돌아와 지금은 대학에서 가르치고 있다고 했다. 그가 작년에 물러났다고 하자, 박은 이내 자기가 가르치는 졸업반 학생들에게 최고경영자의 경험을 얘기해달라고 했다. 못할 것도 없다 싶어서, 그는 받아들였고, 그들은 곧 다시 만나서 계획을 확정하기로 했다.

박과 헤어져 새절역으로 가면서, 그는 박의 제안에 대해 생각했다. 박이 거듭 얘기한 대로, 경영자로서의 경험은 그냥 썩이기 아까운 지식이었다. 특히 한국의 기업 풍토에 관한 지식들은 젊은이들이 경영학 교과서에서 얻기 어려운 것들이었다.

생각할수록 그럴 듯해서, 그는 가슴이 부풀었다. 전혀 생각지 못했던 가능성이 문득 눈앞에 열린 것이었다. 박이 제안한 세미나는 그의 경험과 지식을 활용할 길을 찾는 단서가 될 수 있었다. 작년 시월에 사장 자리에서 물러난 뒤, 그는 갑자기 몸이 늙고 의욕도 떨어지는 것을 느꼈었다. 이제 마음에 활력을 불어넣고 제이의 인생을 설계할 단서를 잡은 셈이었다.

그 모든 것이 우연히 길에서 안면이 있는 사람을 만난 데서 비롯한 것이었다. 그리고 그런 만남은 그가 연신내로 뻗은 산길 대신 이리로 내려오는 길을 고른 데서 나왔다. 만일 그가 다른 길을 골랐다면, 그는 박을 만나지 못했을 뿐 아니라 다른 자질구레한 일들을 겪었을 터였고, 그런 작은 차이들이 그의 삶을 조금 다르게 만들었을 터였다. 새절역으로 가는 길을 고른 그는 연신내로 가는 산길을 골랐을 그와는 상당히 다른 사람이었다.

'나비 효과라고 해야 하나?' 그런 생각은 자연스럽게 그가 평생 자신에게 던진 물음을 다시 불러냈다. '만일 내가 영주하고……?'

아마도 그들은 그런대로 잘 살았을 터였다. 그녀로선 그와의 삶이 실재의 삶보다 물질적으로는 덜 풍요로웠겠지만, 그로선 그것 때문에 그녀가 덜 행복했으리라고 인정할 생각은 없었다.

그러나 그녀와 꾸렸을 삶의 구체적 모습을 상상하는 일은 너무 어려웠다. 바로 그것이 혼돈 이론이 가리키는 것이었다. 현상들은 너무 복잡해서 예측할 수 없었다. 모든 현상들은 초기 조건에 아주 예민하게 의존했다. 그래서 처음에 나온 아주 작은 차이도 시간이 지나면 아주 큰 차이를 낳았다. 지금 그와 영주가 꾸렸을 삶의 구체적 모습을 상상하는 일은 실질적으로 불가능했다.

그러나 그런 상황이 무질서를 뜻하는 것은 아니었다. 혼돈스러운 현상엔 나름의 질서가 있었다. 모든 현상들은 인과율의 엄격한 지배를 받아 결정론적으로 나오기 때문이었다. 현상이 초기 조건에 예민하게 의존하고 예측하려는 시도 자체가 결과에 영향을 미치므로, 그것을 예측하기가 힘들 따름이었다.

바로 거기에 문제가 있었다. 그 논리에 따르면, 그는 자신이 그렇게도 사랑한 여인으로부터 스스로 물러나게 되어 있었다. 그의 유전자들과 그가 받은 교육은 그로 하여금 자신이 사랑하는 사람의 이익을 자신의 이익보다 앞세우도록 만들었다. 그리고 그런 성향은 늘 그의 판단에 작용했다. 그래서 그를 평생 지켜본 사람이 있다면, 그 사람은 그런 성향이 만들어낸 질서를 그의 혼란스러운 행적에서 읽어낼 수 있을 터였다.

실제로 적잖은 사람들이 그의 행적에서 그런 질서를 읽어냈다. 그것이 그가 회사 회장의 신임을 얻은 계기였다. 덕분에 칠년 동안 사장 노릇을 했고, 회사 경영권이 회장에서 장남으로 승계되도록 하는 일을 무난하게 마칠 수 있었다. 처음 그가 후계자 문제를 꺼냈을 때, 창업자인 회장은 그가 무슨 음모를 꾸미는가 의심하고서 무척 서운해했었다. 그는 새 사장이 회사를 맡으면, 자신도 물러나게 된다는 점을 지적했다. 그리고 가족회사의 후계 구도에서 가장 큰 문제는 창업자가 경영권을 내놓기 싫어한다는 사실임을 지적하고서, 경영학자들의 연구 결과는 이세에게 경영권을 빨리 넘길수록 결과가 좋다는 것을 보여주었다고 덧붙였다. 회장은 처음엔 반신반의했지만, 그가 한국의 재벌들의 예를 들자, 진지하게 후계자 문제를 고려하기 시작했다.

그는 그렇게 무난하게 경영권 승계가 이루어지도록 해서 회사의 안정을 다진 일을 가장 큰 보람으로 삼았다. 그리고 그 업적은 필요할 때는 선뜻 자기 이익을 버리는 그의 성향 덕분에 가능했다. 그러니 그로선 영주와의 삶과 그런 업적을 함께 누리는 것은 어려웠다. 그가 일관되게 살아온 것도 아니고 늘 그렇게 이타적으로 판단한 것도 아니지만, 그래도 그의 그런 성향은 그의 삶에 나름의 질서를 부여했을 터이다. 그래도……

그는 아쉬운 마음으로 산길을 돌아보았다. 해는 능선 너머로 기울고 있었다. 나른한 햇살 속으로 뻗은 그 걷지 않은 산길에 대한 아쉬움이 서늘한 기운으로 가슴을 훑었다. 꿩 울음 속에 철쭉꽃들이 화사하게 피고 풀섶엔 애기똥풀이 수수하고 밝은 웃음을 짓는 그 산길을 따라가면, 어느 봉우리 너머 오래전에 잃은 연인과의 꿈같은 삶이 문득 시작될 것처럼.

4

"어서 오게. 오늘은 좀 늦었네?" 그가 '정석기원'에 들어서
자, 원장 김현태씨가 반겼다.

"예. 오다가 아는 사람을 만나서……" 소주병과 안주가 든
비닐봉지를 탁자에 내려놓고서, 그는 둘러보았다.

낯선 손님과 바둑을 두던 최송규가 손을 들었다. "형님, 오늘
은 늦었네요."

"그렇게 됐어요." 최에게 고개를 끄덕이고서, 그는 김 씨에게
물었다, "박 사장은 안 나왔나요?"

"아, 오늘 동서가 이사한다고. 늦어도 나온다고 했는데, 글
쎄……"

기원은 한산했다. 최와 두는 사내에다 안쪽에서 두는 사내
둘뿐이었다.

'일요일이니, 근처 아파트들에서 단골들이 나올 만도 한
데……' 그는 속으로 혀를 찼다.

이제 기원은 사라지는 곳이었다. 기원에 나오는 대신 집에서
인터넷으로 두는 사람들이 늘어났다. 보다 근본적 요인은 젊은
사람들이 바둑을 두지 않는다는 사실이었다. 바둑은 전자 게임

과 경쟁할 수 없었다. 게임이 바둑보다 훨씬 배우기 쉽고 훨씬 자극적이었다. 이젠 서울의 큰 대학 근처에서도 기원을 찾기가 어려웠다.

그래도 김 씨는 태연했다. 그가 대학을 나와서 첫 회사에 들어갔을 때, 김 씨는 경리과장이었다. 그는 세 해 만에 회사에서 나왔지만, 김 씨는 상무까지 올랐다. 그리고 그동안 착실히 모은 돈으로 이곳에 작은 빌딩을 지었다. 기원은 맨 위 4층에 있었는데, 김 씨의 빌딩 관리사무실이기도 했다.

"무엇을 그리 열심히 보십니까?"

손에 붉은 볼펜을 든 채, 김 씨는 열심히 책을 들여다보고 있었다.

"이거?" 김 씨가 살이 붙지 않는 얼굴에 마른 웃음을 띠었다. "박 대통령이 공약을 얼마나 이행했나, 한번 따져보는 건데."

"그래요?"

"이거 박근혜 대통령이 선거 때 내놓은 공약집이거든." 김 씨가 손가락으로 책을 톡톡 두드렸다.

"원장님 경리과장 하실 때 결산하시던 습관이 아직 남으신 겁니까?" 김 씨가 회사에서 '돌다리를 두드려보고도 안 건너는 사람'이라는 평을 들었음을 떠올리고서, 그는 싱긋 웃었다. 그만큼 김 씨는 불확실성을 싫어했다. 그래서 김 씨에게 바둑을 이기려면, 패를 거는 것이 상책이었다. 성격이 그러한지라, 김 씨는 패를 유난히 싫어했고, 어지간한 패감은 듣지 않고 패를 해소했다. "선거 때 후보들이 한 약속들을 다 지키면, 나라가 거덜난다는 얘기도 있던데……"

"뭐 그런 면도 없진 않지만, 그래도 공약은 지키는 게 원칙 아닌가?"

"그렇긴 한데요." 좀 심드렁한 대꾸를 했지만, 그는 마음 한쪽에서 호기심이 꿈틀거리는 것을 느꼈다. "그래, 얼마나 지켰습디까?"

"내가 채점을 좀 해봤는데……" 김 씨가 책을 돌려서 그 앞으로 밀어놓았다.

'국민과의 계약'이란 제목 아래 '변화와 희망을 위한 7대 개혁 과제'라는 설명이 나와 있었다. 이어 과제들이 나와 있었고, 그 옆에 김 씨가 붉은 볼펜으로 매긴 점수가 있었다. 점수가 그리 높지는 않았다. 그는 고개를 끄덕였다. 역시 경제가 문제였다.

"이 사장도 한번 채점해보지."

"제가요?" 싱긋 웃으면서, 그는 김 씨가 내민 볼펜을 받아 들었다. 그리고 김 씨가 방을 정리하는 동안, 선 채로 채점을 했다.

"그래, 이 사장이 보기엔 어떤가?" 종이컵의 뜨거운 물을 불어서 마시면서, 김 씨가 물었다.

"제 생각도 원장님 생각과 별로 다르진 않네요. 그런데 이거 '좋은 교육을 받도록 하겠습니다'라는 공약은 제가 보기엔 '우'는 주어야 될 것 같은데요?"

"그거? 입시 지옥은 여전한데, 뭐. 과외도 그렇고."

234

"그래도 학생 선발을 대학에 맡긴 것은 잘한 일 아닙니까? 교육 문제를 해결은 못했어도, 사회적 비용은 조금이나마 줄인 것 같은데요?"

"그렇게 봐야 하나?"

최와 두던 손님이 책상 앞으로 다가왔다.

"가시려구요?" 그 사람의 얼굴을 살피면서, 김 씨가 물었다.

그 사람이 고개를 끄덕이고서, 주머니에서 돈을 꺼냈다.

그 사이 최가 탁자로 다가와서 봉지를 들여다보더니 오징어 포를 꺼냈다. "형님, 뭐 하쇼?"

최는 김 씨의 이종사촌 동생이었다. 전에는 작은 주물 공장을 운영했는데, 외환위기 때 부도를 냈다고 했다. 지금은 김 씨의 심부름을 하면서 용돈을 타 쓰는 눈치였다.

"이거 박 대통령 공약집인데, 공약을 얼마나 이행했는가……"

"박근혜 공약요? 그걸 뭐 평가하고 자시고 합니까? 한마디로 낙제 점수지," 최가 내뱉었다.

그가 멀거니 쳐다보자, 최가 덧붙였다. "아, 그동안 한 게 뭐 있습니까? 한 거라곤 뻔질나게 외국에 나다닌 거뿐인데."

"내놓을 만한 건 없지." 김 씨가 대꾸했다. "그래도 큰 잘못 저지른 건 없잖아? 본인 얘기대로, 대과 없이 끝내는 거지."

"대과 없이 끝내다니, 아니, 그게 대통령이 할 소리요?" 이번엔 정말로 부아가 치민 듯, 목에 굵은 힘줄이 돋았다.

"그건 그래." 김 씨가 고개를 끄덕였다. "그래도 손학규가 된 것보다야 나았을 거 아냐?"

"낫긴 뭐가 낫습니까? 손학규가 대통령이 되었으면, 지금 우리나라 자알 됐습니다. 손학규는 화끈하게 했을 겁니다." 부아가 가라앉지 않은 낯으로 최가 봉지를 집어 들었다. "쇠주나 합시다."

"왜, 한판 안 두실래요?"

"바둑 둘 맛 안 납니다. 손학규나 이명박이가 대통령이 됐으면, 지금쯤 우리나란……"

김 씨는 남은 손님들에게 다가가서 얘기를 건네더니, 정수기에서 컵에 물을 따라 가져갔다.

"한잔합시다." 최는 스스럼없이 술 봉지를 들고 내실로 들어갔다.

김 씨도 최를 따랐다. "이 사장, 들어가지."

"예." 그래도 그의 눈길은 선거 공약집에 머물렀다. '만일 손학규나 이명박이 대통령이 됐다면, 과연 지금보다 나았을까?'

잠시 생각하고서, 그는 고개를 저었다. 그러나 최와 같은 사람에겐 얘기가 다를 터였다. 주물 공장을 하다가 파산해서 벌써 십 몇 년 동안 변변한 일자리를 찾지 못한 사람에게 '화끈한' 무엇을 약속한 정치인이 얼마나 매력적이었겠는가. 개혁을 외친 손학규 대통령이나 경제 회복을 외친 이명박 대통령이 존재하는 세상은, 우리 사회가 걷지 않은 그 길은, 지금 최에게 얼마나 매혹적으로 다가오겠는가.

"아, 형님, 들어오지 않고 뭐 하세요?"

"지금 들어가요." 그는 선거 공약집을 덮고 한쪽에 놓인 신문을 집어 그 위에 얹었다. 누렇게 바랜 신문이었다. 가벼운 호기심에서 그는 다시 그 신문을 집어서 폈다.

"박근혜 후보 당선." 큼직한 글씨로 박힌 헤드라인이 지난 대통령 선거 다음 날 신문임을 알려주었다. 그 아래에 좀 작은 글씨로 나와 있었다. "손학규 후보에 330여만 표차로 승리."

다시 신문을 접어 공약집 위에 놓고, 그는 두 손으로 꼭꼭 눌렀다. 다짐이라도 하는 것처럼. '누가 알겠는가, 만일 우리가 다른 길을 걸었다면, 세상이 어떻게 달라졌을지.'

그는 창밖을 내다보았다. 곧 사라질 것의 안타까운 아름다움으로 피어난 노을을 산등성이가 조심스럽게 떠받치고 있었다. 슬픔보다는 연민에 가까운 무엇이 가슴에 고이는 것을 느끼면서, 그는 평양에서 태어나 뉴욕에 묻힌 여인이 힘겹게 걸은 길을 떠올렸다. '누가 알랴만……'

정의의 문제

1

"어떻게 이런 일이 다 일어나나?" 보고서를 살피던 눈길을 들어 나를 올려다보면서, 부장이 물었다. 마치 내가 이번 일에 무슨 연관이라도 있다는 듯, 짜증이 밴 눈길이었다.

막상 대꾸하려니, 대꾸하기 어려운 물음이었다. 게다가 내가 무슨 대꾸를 하더라도, 부장의 짜증은 더욱 커질 터였다. 나는 뒷머리를 긁적거리면서 얼버무렸다, "글쎄 말입니다."

"세상이 어지러우니까, 별일이 다⋯⋯" 고개를 젓고서, 부장은 다시 내가 급히 만들어 올린 보고서를 내려다보았다.

요즈음 우리 은행 사람들은 모두 신경이 곤두서 있었다. 원래 작은 은행인데다 영업 상태가 좋지 않아서, '유라시안 벤처 그룹'이라는 영국계 금융 그룹이 인수하기로 된 터였다. 당연히, 모두 불안했다. 그런 판에 엉뚱한 사고가 터졌으니, 부장이 짜증을 내는 것도 무리가 아니었다.

옆에 선 부부장이 입맛을 다셨다. "김 대리, 도대체 이런 사고가 어떻게 일어나지? 이런 사고도 일어날 수 있나?"

"그러게 말입니다," 나는 조심스럽게 맞장구를 쳤다.

"내사 은행에서 잔뼈가 굵었지만, 이런 사고는 처음 보네. 사람도 아니고 기계가 이런 엉뚱한 짓을 하다니……"

"아이티IT 쪽 사람들 얘기로는 프로그램에 문제가 있었던 것 같다고……" 그냥 있기가 무엇해서, 나는 하나마나한 얘기를 했다.

지난 주말에 서전 서방동 지점의 현금 자동지급기가 오작동해서 고객들이 요구한 금액들의 곱절씩을 현금으로 지급했다. 그 현금 자동지급기에 미리 들어가는 현금은 하루에 3천만 원이었는데, 마침 추석을 앞둔 주말이어서, 지점은 9천만 원을 넣었다. 요구한 금액보다 곱절이 지급된다는 것이 알려지자, 사람들이 몰려들었고, 그 많은 금액이 토요일 오전에 바닥이 났다. 비교적 늦게 현금을 인출한 고객들은 모두 일회 인출 한도인 백만 원을 꺼내갔다.

손가락으로 책상을 두드리더니, 부장이 한숨을 길게 내쉬었다. "그럼, 상무님께 보고하지. 김 대리, 아이티 쪽에 계속 알아봐, 오작동 원인을."

"예. 알겠습니다."

"요새는 기계도 못 믿을 세상이야," 부부장이 한마디 거들었다.

2

"흠." 부장이 고개를 끄덕였다. "한 사람만 초과 지급분을 반환했단 얘기지?"

"예."

"그러면 사천오백만 원에서 십만 원만 건지고, 나머진다……" 부장이 고개를 들어 나와 부부장을 번갈아 살폈다.

"예. 아직까지 자진 반환된 것은 그것뿐입니다."

"이게 한국적 현실야. 정직한 사람 하나에, 몇 명이야 도대체, 백십삼 명, 속이 검은 백십삼 명, 이게 한국적 현실야." 부장은 마땅치 않은 상황을 '한국적 현실'이라 부르곤 했다.

"반환한 사람이 하나라도 있다는 것이 기적입니다." 부부장이 무거운 목소리로 받았다. "요즘 세상에서……"

인성에 관한 한, 부부장은 비관론자였다. 그는 지점들과 영업부에서 오래 근무했었는데, 돈이 부족하다고 항의하는 고객들은 많았지만, 천 원짜리든 만 원짜리든 한 장 더 받았다고 돌려주는 사람은 아직 보지 못했다고 말하곤 했다.

"지금 지점에서 전화를 걸어 사정을 얘기하고 돌려달라고 하니까, 반환하는 사람들이 늘어날 것도 같습니다." 내가 조심스럽게 말하자, 부부장이 이내 고개를 저었다.

"김 대리, 순진하긴. 아, 한국 사람들이 어떤 사람들인데. 순순히 돈을 내놓을 것 같아?"

"지점에서 전화로 얘기하고 공문을 띄워서 설득하면, 좀 걷히겠지. 걷히지 않는 돈은 소송으로 받아내고. 그러니까, 변호사는 소송하면 우리가 돈을 받아낼 수 있다는 얘기지?" 부장이 내게 물었다.

"예. 받아낼 수 있을 것이라고 자신 있게 얘기했습니다."

부부장이 고개를 갸웃했다. "그렇게 간단찮을걸."

손가락으로 책상을 두드리면서, 부장이 고개를 끄덕였다. "일단 주머니에 들어온 돈을 사람들이 순순히 내놓을 리 없겠지만, 소송을 하면…… 변호사가 그렇게 자신하는 근거는 뭔가?"

"기록이 있으니까요. 누구에게 얼마 지급되었는가, 기록이 있고. 아이티 쪽에서 요구액보다 꼭 곱절씩 현금이 나갔다는 사실을 증명할 증거들을 내놓으면……"

"그게 쉬울까?" 부부장이 다시 고개를 갸웃했다.

"사진도 있잖습니까? 모두 현금을 세어보고 놀라서 다시 세어보는 것이 다 사진에 찍혔는데요. 뒤에 소문을 듣고 일부러 찾아온 고객들이 정말로 곱절을 받고 나서 좋아하는 장면들은…… 일부러 그렇게 찍기도 어려울 만큼 생생하던데요."

"몰카구먼, 몰카," 부장이 웃음기 없는 웃음을 지었다.

"예. 그리고 몇 사람은 몇백만 원씩 요구하기도 했습니다. 욕심에 눈이 멀어서, 일시 지불 한도액이 백만 원인 것을 잊었던 거죠."

"공돈을 보면, 사람들은 다 같아," 부부장이 고개를 끄덕였다.

"그러면, 김 대리, 일단 소송할 준비를 하지."

"예. 알겠습니다."

"아이티 쪽 사람들은 뭐라고 하나?"

"아직 별 얘기 없습니다. 최선을 다하고 있다, 시간이 좀 걸릴 것 같다, 그런 얘깁니다."

"흐흥," 부부장이 코웃음을 쳤다. "작은 에이티엠ATM의 프로그램을 점검하는 건데, 이틀이 지나도 오작동의 원인을 못 찾았다? 그 친구들 뭘 주무르고 있는 것 아냐?"

부부장은 음모론의 열렬한 신봉자였다. 그는 한국에서 유통되는 음모론들은 죄다 알고 대부분 믿는 듯했다.

나는 음모론에 대해 대체로 회의적이었지만, 부부장의 얘기를 가볍게 듣지는 않았다. 그에겐 은행 안에서 누구보다도 먼저 노무현 대통령의 등장을 예측한 '실적'이 있었다. 민주당 대통령 후보 경선에서 노무현 후보가 떠오르리라는 그의 예측도 물론 음모론에 바탕을 둔 것이었다. 어쨌든, 아이티 쪽에서 하는 일에 대한 그의 의심엔 나도 동의했다.

"예. 지금쯤은 원인이 밝혀졌어야 하는데……"

"이번 사고가 말야, 김 대리, 우리 에이티엠이 오작동한 데서 시작했다는 것이 소송에 영향을 미치진 않을까?" 부장이 물었다.

"박진환 변호사 말씀은 영향이 없을 것이랍니다. 우리가 기계의 오작동으로 초과 지급되었다는 사실만 충분히 밝히면, 그리고 우리 쪽에 무슨 과실이 없다면, 이번 사고가 우리 기계의 오작동 때문이었다는 사실이 영향을 미치진 않을 것이랍니다."

"제삼자가 기계를 조작했을 가능성은? 만일 제삼자가 기계를 조작했다면, 소송에 어떻게 영향을 미칠까?"

"그러면, 우리의 입장이 강화되는 것 아닌가요?" 부부장이 말했다. "우리의 과실이 아니라는 것이 밝혀지니까."

"그럴 것 같은데요," 나도 조심스럽게 동의했다.

부장이 고개를 끄덕였다. "그러면, 그렇게 하지. 지점에서 고객들을 설득하는 일은 그대로 진행하되, 끝까지 초과 지급액을 반환하지 못하겠다고 하는 고객들에 대해선 소송을 한다. 오케이?"

3

"겨우 여섯 사람이 돈을 더 받았다고 인정했단 말이지? 백 명이 넘는 사람들 중에서?" 부장이 고개를 저었다. "하긴 그게 한국적 현실이지."

"따지고 보면, 여섯 사람이라도 인정한 것이 대단한 겁니다," 뻣뻣한 뒷목을 주무르면서, 부부장이 말했다. "고객들의 입장에선 일단 잡아떼고 볼 상황이잖습니까?"

"상황이 예상보다 어려운 것 같습니다," 상황을 낙관했던 터라, 나는 좀 겸연쩍은 마음으로 보고했다. "서방동 지점 차장하고 얘길 해봤는데요, 더 받은 돈을 반환하라고 얘기를 하면, 돈을 더 받지 않았다고 잡아떼고, 그러지 말라고 얘기하면, '아니, 당신 지금 나를 사기꾼으로 모는 거야'라고 화를 낸답니다."

"당연하지. 돈을 더 받았다고 인정하면, 주머니에 들어온 공돈을 잃는 것만이 아니라, 자신이 비양심적인 사람이라는 것을 인정하는 것 아냐? 나라도 일단 잡아떼겠다." 부부장이 거들었다.

"그런 것 같습니다. 그래서 자진해서 반환할 사람은 적을 것 같습니다. 지금 일주일이 지났는데, 겨우 여섯이 인정했습니다. 아무래도 나머지는 소송까지 가야 할 것 같습니다. 지점 차장의 의견은 그렇습니다."

나는 부장이 다시 '한국적 현실'을 들먹이려나 했는데, 그는 그냥 씁쓰레하게 입맛만 다셨다.

4

다음 날은 토요일이었다. 나는 아침 일찍 아파트 뒷산의 공원으로 올라갔다. 시간이 늘 부족한 은행원에겐 주말 새벽의 달리기는 가장 즐거운 일과들 가운데 하나였다. 산 중턱을 깎아 만든 공원인데, 운동장이 제법 넓어서, 달리기엔 더할 나위 없이 좋았다.

공원을 들어서자, 내 눈길은 공원 철책 바로 밖에 혼자 선 감나무로 끌렸다. 더러 단풍이 들기 시작한 잎새들 사이에 감 하나가 아직 그대로 달려 있다는 것을 확인하자, 가벼운 안도의 한숨이 나왔다. 이제 제법 발그스레해진 그 열매는 한 주를 더 버틴 것이었다.

아직 덜 자란 감나무여서, 올해 열린 감들은 그리 많지 않았다. 한 스물 정도. 그래도 제법 감들이 꼴을 갖추었고, 몇 주 전부터 노르스름해지기 시작했다. 그리고 차츰 주황빛을 띠면서 탐스러워졌다.

그러다 지난주에 감들이 모두 사라졌다. 꼭대기에 달린 작은 녀석 하나를 빼놓고. 더러 붉게 물들기 시작한 잎새들만 달고 있는 감나무를 보자, 가슴에 혐오, 분노, 서글픔, 그리고 체념이 뒤섞인 야릇한 감정이 고여서 달리기에서 즐거움을 앗아갔다.

내 마음을 그리도 어둡게 한 것은 그 감들이 그 자리에서 먹을 수 없는 땡감들이었다는 사실이었다. 그 열매들에 손을 대도록 한 것은 목이 마르거나 배가 고픈 사람이 탐스러운 열매에 손을 뻗도록 만든 단순하고 건강한 식욕이 아니었다. 모두 따서 집에까지 가져가도록 만든 탐욕이었다.

그 자리에서 한 개 따먹는 것과 모두 따서 집에 가져가는 것 사이엔 큰 차이가 있었다. 그 점을 옛 사람들은 잘 인식했다. 초등학교 일학년 여름 방학을 외가에서 보내면서, 나는 외할머니에게서 그것을 자세히 배웠다. '서리'에는 섬세한 규칙들이 있었다. 다른 사람들의 작물들을 허락 없이 먹을 수 있는 한도는 그 자리에서 자신의 간절한 욕구를 충족하는 데 필요한 양이었다. 그 자리에서 먹은 것 말고 따로 갖고 가면, 그것은 이미서리가 아니라 도둑질이었다. 먹지 못할 땡감들을 스무 개씩이나 따서 집에 가져간 것은 '서리'가 아니었다.

청계천변에 심어진 사과나무들에 달렸던 몇천 개의 사과들 가운데 가을까지 달린 것이 스무 개 남짓하다는 신문 기사가 생각났다. 제대로 자라지 않은 사과는 먹지 못하는 것이었다. 덜 자란 감은 우려서라도 먹지만, 덜 자란 사과는 그냥 버리는 것이었다. 그러니 그것은 탐욕의 문제만도 아니었다.

신선한 새벽 공기를 마시면서, 나는 느긋한 마음으로 운동장을 돌았다. 내 생각은 어쩔 수 없이 오작동한 현금 자동지급기에서 가욋돈을 받은 은행 고객들에게로 끌렸다. 그들은 거의 다정직한 사람들일 터였다. 적어도 자신들이 정직하다고 여겼을 터였다. 그들 가운데 공원에 있는 감나무에서 익지도 않은 감들을 모조리 따갈 만한 사람은 많아도 한둘일 터였다. 만일 아이가 감을 탐내면, 하나쯤 따줄 정도였을 터였다. 그래서 오작동한 기계 때문에 정상적 방식으로 가욋돈을 받은 일은 그들의 불운이었다. 그런 상황에서 보통 사람들이 유혹을 물리치고 일부러 은행을 찾아 돈을 반환하기를 기대할 수는 없었다.

고등학교 다닐 때였다. 해수욕장으로 가는 기차에서 지갑을 주웠는데, 상당한 돈이 들어 있었다. 파출소 순경이 지갑을 받아 열어보더니, 놀라서 외쳤다. "어, 돈이 들었네." 그때 나는 깨달았다, 파출소에 신고된 지갑들엔 현금이 든 적이 드물다는 것을.

나는 내 자신의 도덕성에 대해선 자신이 있었다. 만일 내가 그 고객들의 처지에 놓였다면, 나는 망설이지 않고 은행에 신고했을 터였다. 그러나 그런 태도는 내가 은행원이라는 사실과 관련이 있을지도 몰랐다.

어쨌든, 그 고객들은 불운했다, 그들의 도덕성을 시험 받는 처지에 놓였다는 점에서. 게다가 그것은 보기보다는 어려운 시험이었다. 그것은 '한국적 현실'이 아니라 보편적 상황일 터였다. 세상 사람들 모두가 그런 시험을 치른다면, 과연 몇 퍼센트의 사람들이 합격할지 나는 자신할 수 없었다.

운동장을 열 바퀴 돈 다음, 가을 햇살에 몸을 말리는 열매에 마지막 눈길을 주고서, 나는 공원을 달려 나왔다.

5

"아이티 쪽에 공문을 하나 보내는 것이 어떨까?" 부부장이 물었다.

현금 자동지급기의 오작동의 원인에 대해서 경영정보부에선 아직 공식적 설명이 없었다. 당연히, 부부장의 의심은 한결 깊어졌다. 나도 점점 의심이 들기 시작했다. 이제 경영정보부의 의견서를 빼놓고는, 소송 서류도 거의 다 갖춰진 터였다.

"그렇게 하는 것이 좋을 것 같습니다. 그래야 무슨 근거가 남죠, 우리가 기술적 측면에 대해서도⋯⋯"

"그렇지. 그러면, 김 대리, 아이티 쪽에 보내는 공문을 작성해서 함께 올리지." 부부장이 서류를 내 앞으로 밀어놓았다.

은행 안에서 오가는 문서들은 대부분 그렇게 책임을 떠넘기거나 나중에 일이 터졌을 때 자신을 보호하기 위한 것들이라는 생각을 하면서, 내가 서류를 집어 드는데, 부장이 들어왔다. 눈길이 마주치자, 부장은 우리에게 자기 책상으로 오라고 손짓했다.

"회의는 끝났습니까?" 부장 책상 앞으로 다가서면서, 부부장이 물었다.

부장이 고개를 끄덕이고서 의자를 돌려 잠시 창밖을 내다보았다. "소송을 하지 않기로 결정이 났는데⋯⋯"

"예? 소송을 하지 않는다구요?"

부장이 고개를 끄덕였다.

"그러면 초과 지급된 금액은 어떻게 하나요?"

"회사가 손해 보기로⋯⋯" 여전히 창밖을 내다보면서, 부장이 씁쓰레하게 말했다.

"조선 공사 삼 일이라니, 원⋯⋯" 불만이 가득하면, 부부장 얼굴은 오히려 환해지는 듯했다. "왜 그만두기로 했습니까?"

"영업 쪽에서 반대야. 우리가 소송을 하면, 주민들이 적대적이 된다는 거라." 부장이 의자를 돌려 우리를 바라보았다. "좋은 얘기가 나올 린 없잖아? 그리고 서방동은 하나의 대규모 아파트로 이루어진 동네야. 주민들이 잘 뭉칠 수 있는 동네지. 우리 은행 배척 운동이라도 나오게 되면, 우리는 거기서 영업을 못하게 된다는 거라. 지역 본부장이 그걸 걱정한다는 얘기야. 일리가 있는 얘기라서, 누구도 반대하지 못했어. 돈 몇천만 원 때문에 그런 위험을 부담할 순 없잖아?"

나는 속으로 고개를 끄덕였다. 우리가 소송을 했을 때 나올 주민들의 반응은 호의적이 아닐 터였다. 백 명이 넘는 사람들이 모여서 불평을 해대면, 얘기가 심각해질 수 있었다.

"이게 한국적 현실야." 부장이 손가락으로 책상을 두드렸다. "실정법보다 '떼법'이 앞서고, 헌법보다 '국민정서법'이 더 권위가 있는 사회잖아?"

부부장이 고개를 끄덕였다. "맞습니다. 선택의 여지가 없는 것 같습니다."

"그러면, 부장님, 이미 초과 지급액을 반환한 사람들은 어떻게 하나요?"

부장이 나를 쳐다보았다. "어떻게 하다니?"

"원칙대로 한다면, 이번에 초과 지급된 사람들은 모두 같이 취급해야 하잖습니까? 그러면, 초과 지급액을 이미 반환한 고객들에게 그 돈을 돌려주어야 한다는 얘기가 되잖습니까?"

"그것도 그런데." 부장이 이마를 찌푸렸다. "얘기가 간단치 않네."

"그렇지만, 일단 들어온 돈을 다시 내주는 것은……" 부부
장이 어정쩡한 얼굴로 나를 돌아보았다. "그렇게 내줄 근거가
없잖아? 이런 상황에 대한 규정이 있을까? 내 생각엔 없을 것
같은데."

"그건 최 부부장 얘기가 맞는 것 같은데. 우리 회사 돈을 소
유권이 없는 사람들에게 내준다는 것이 되잖아? 자초지종이야
어떻든. 그렇잖아?"

"그렇지만…… 정직하게 돈을 반환한 사람이나 은행의 권고
에 따라 돈을 반환한 사람들은 손해를 보고, 법적으로 은행의
돈인데도 돈을 내놓지 못하겠다고 버틴 사람은 이익을 보는 것
이…… 제 생각엔 여러 가지로 문제가 될 것 같습니다."

6

"부부장님, 저 고문 변호사 사무실에 갔다 오겠습니다."

"그래?" 앞에 놓인 서류를 왼손으로 문지르면서, 부부장은
가늠하는 눈길로 나를 잠시 살폈다.

"사정을 설명하고……"

부부장이 고개를 끄덕였다. "그렇게 하지. 그리고 말야, 김
대리."

"예?"

"그 일에 대해 너무 마음을 쓰지 말아," 그가 달래는 어조로 말했다. "김 대리 얘기 다 옳아. 형평에서 문제가 있어. 하지만, 우리가 남의 돈을 받은 것은 아니잖아? 그리고 그 사람들에게 다시 돌려주려고 해도, 규정이 없잖아? 법적으로는 엄연히 우리 돈인데. 그렇잖아?"

"예. 알겠습니다."

"김 대리가 하자는 것은 일을 만드는 거야. 은행 일은 그렇게 하면, 문제가 생겨."

"예. 부부장님 말씀 잘 알겠습니다. 그럼 전……" 나는 인사하고 돌아섰다.

승강기를 기다리면서, 나는 마음을 가라앉히려 애썼다. 부부장 얘기가 옳았다. 길이 없었다. 규정은 규정이었다.

'나도 할 만큼 했으니, 이제……' 나는 자신에게 일렀다.

정말로 할 만큼 한 것이었다. 자진해서 초과 지급액을 은행에 반환한 사람들의 돈을 돌려주어야 형평에 맞는다는 얘기를 벌써 부장에게 두 번이나 했고 부부장에겐 대여섯 차례나 한 터였다. 심지어 자진해서 반환한 사람들이 돈을 돌려달라고 항의하는 사태가 나올지 모른다는 얘기까지 했다. 옳은 일을 위해서도 사람이 할 수 있는 것에는 한계가 있을 수밖에 없었다. 촘촘한 규정들에 따라 움직이는 은행에서 일개 대리가 할 수 있는 것은 그리 많지 않았다.

'여기서 접기로 하자,' 승강기에 타면서, 나는 자신에게 일렀다. 그리고 악의가 담긴 손길로 '닫힘' 단추를 힘주어 찍었다.

7

고문 변호사는 자리에 없었다. 그래서 나는 사무장에게 소송을 하지 않기로 결정된 경위를 설명했다.

사무장은 건성으로 듣더니, 고문 변호사의 비서 노릇을 하는 여직원에게 얘기했다. 여직원도 간단히 알았다고 대꾸했다. 그것으로 끝이었다.

좀 싱거운 생각이 들어, 나는 사무장에게 초과 지급액을 자진해서 은행에 반환한 사람들의 얘기를 꺼냈다.

사무장은 여전히 건성으로 듣더니, 아무 문제가 없다고 잘라 말했다. 원래 은행 돈인데, 무슨 문제가 생기겠느냐는 얘기였다. 형평이나 정의의 문제엔 생각이 전혀 미치지 않는 듯했다.

나는 가벼운 한숨을 내쉬고 자리에서 일어섰다. 이 법무법인 사무실에 올 때마다 느끼는 것은, 법을 다루는 사무실인데도, 정의라는 개념이 들어설 자리가 없는 듯하다는 사실이었다. 그저 소송에서 이기고 지는 것만을 생각하고 얘기할 따름이었다. 하긴 정의라는 개념을 생각하면서 일을 처리하는 것은 비현실적일 터였다.

내가 처음 은행에 들어와 수원 지점에 배치되었을 때, 지점장이 말했었다. "은행원에게 돈이 돈으로 보이면, 안 되네. 은행원에겐 돈이 일거리로 보여야 되네. 돈이 돈으로 보이면, 사고가 나거든." 아마도 정의라는 말이 자주 들리는 법률회사 사무실은 소송에서 많이 이기기 힘들 터였다. 하긴 법을 다루는 사람들만이 그러하겠는가? 어느 곳이나 각박한 세상에서 정의는 사치스러운 개념일 수밖에 없었다.

문제는 내가 사치를 좋아한다는 점이었다. 나는 전문가들이나 실무자들이 사치라고 여기는 정의, 형평, 너그러움, 인권과 같은 가치들이 본질적 중요성을 지녔을 뿐 아니라 그런 가치들의 추구가 사람들이 흔히 생각하는 것처럼 그렇게 비현실적이지 않다고 여겼다.

이번 일만 해도 그랬다. 내 생각엔 우리 은행이 고를 수 있는 길은 하나였다. 소송을 해서 초과 지급액을 모두 거두어들이는 길뿐이었다. 선택의 여지가 없었다. 그렇게 하지 않으면, 은행의 재산을 함부로 관리해서 은행의 진정한 주인들인 주주들의 이익을 해칠 터였다. 만일 소송이 비현실적이라고 판단한다면, 형평의 원칙을 고려해서, 초과 지급액을 자진해서 또는 은행의 독촉을 받고 반환한 고객들에게 돈을 돌려주어야 했다. 그렇게 하지 않으면, 정직하거나 사리를 아는 사람들이 손해를 보고 부정직하고 떼를 쓰는 사람들이 이익을 볼 터였다. 그렇게 정직과 합리적 행태를 벌하고 부정직과 비합리적 행태를 보상하는 것은 사회의 틀을 허무는 짓이었다. 은행이 무슨 주장들을 내세우든, 그것이 궁극적 결과였다.

부장과 부부장은 그것이 사소한 일이라고 판단했다. 어떤 뜻에선 사소한 일이었다. 그러나 다른 뜻에선 그것은 결코 사소한 일이 아니었다. 내 생각엔 정의에 관한 문제는 어느 것도 사소할 수 없었다.

사무장하고 여직원에게 인사하고서, 나는 사무실을 한 바퀴 둘러보았다. 모두 심각한 얼굴로 바쁘게 일하고 있었다. 너른 사무실 어디에도 정의나 형평이 들어설 틈은 보이지 않았다. 어쩐지 실없는 사람처럼 느껴져서, 나는 서둘러 사무실을 나왔다.

8

법무법인 사무실에서 나오니, 네시 오십분이었다. 시간이 어정쩡했다. 사무실에 들어가면, 바로 퇴근하게 될 터였다. 사무실에 돌아가야 할 만큼 급한 일도 없었다. 나는 그대로 퇴근하기로 했다. 일찍 집에 들어가서, 공원에 올라가 몇 바퀴 도는 것도 괜찮은 생각이었다. 땀을 흘리면, 마음에 낀 앙금이 좀 씻길 터였다.

공원으로 들어서면서, 눈길이 감나무로 끌리는 것을 느끼고, 나는 싱긋 웃었다. 감나무 근처에 사람들이 모여 있었다. 다투는 것처럼, 높은 소리들이 났다.

아무리 찾아도 감이 보이지 않았다. 열매들을 다 잃은 나무
가 문득 쓸쓸해 보였다.

'세상, 참. 그예 누가 따간 모양이구나.' 하나 남은 열매도 얼
마 못 가리라고 생각했던 터라 그런지, 체념이 쉽게 가슴에 자
리 잡았다.

모인 사람들 가까이 가자, 상황이 이내 파악되었다. 나무 의
자들 둘레에 음료수 상자들과 막걸리 병들이 널려 있었고, 한쪽
에선 휴대용 버너 위에서 냄비가 찌개 냄새를 풍겼다. 한 스무
명 되었는데, 족구를 하고 막걸리를 들던 참인 듯했다. 언쟁은
노인과 장년 사이에 벌어졌는데, 장년의 손에 감이 들려 있었
다. 족구하던 사람들 가운데 하나가 감을 땄고, 그것을 보고 노
인이 나무라면서, 언쟁이 벌어진 모양이었다.

경우가 경우인지라, 노인은 당당했다. 감을 손에 쥔 사람도
동료들 앞에서 밀리는 꼴을 보이지 않으려고 소리를 높이고 있
었다.

나는 노인이 술을 마신 사람들에게 봉변할까 걱정이 되었다.
둘러선 사람들 가운데 말리려는 사람은 없고 한마디씩 동료를
두둔하고 있었다. 둘레엔 사람들이 있었지만, 가까이 다가올
엄두도 못 내고 그저 구경만 하고 있었다. 공원 저쪽 끝 철망으
로 둘러싸인 풋살 경기장에서 학생들이 내는 소리들이 아련히
들려왔다.

나는 가까이 다가가서, 틈을 보아, 노인에게 말했다. "어르신, 어르신 말씀 이분들도 다 알아들으셨을 테니까, 그만 저하고 같이 가십시다."

그 자리에서 빠져나올 계기가 생긴 것이 반가운 듯, 노인이 선뜻 나를 따랐다. 나는 노인을 앞세우고 술 냄새 풍기는 사람들의 적대적 눈길들을 헤쳤다.

"야, 감 맛있다." 감을 딴 사람이 뻗대던 기세를 꺾기 싫어 땡감을 씹은 모양이었다.

"늙으면, 곱게 집에나 박혀 있지, 왜 운동장에 나와서 자기 일도 아닌데 나서는 거여?" 누가 한마디 보탰다.

노인이 고개를 돌리려는 것을 나는 서둘러 막았다. "어르신, 그냥 가십시다."

"자아, 기분 전환하자. 한판 더 붙자." 누가 제안했다.

서넛이 동의하면서, 그쪽도 분위기가 가라앉기 시작했다.

안도의 한숨을 내쉬면서, 나는 노인을 살폈다. 일흔 가까이 되어 보였는데, 마른 체구에 자세가 꼿꼿했다.

이곳 공원을 찾는 사람들의 공중도덕은 높다고 할 수 없었다. 운동하는 사람들은 으레 술판을 벌렸다. 여름이면, 식구들이 다 나와 평상들을 차지하고서 버너에 고기를 구워먹고 술을 마시는 모습이 흔했다. 아이들이 노는 데 큰 개들을 풀어놓는 일은 하도 흔해서, 처음엔 말리던 나도 이제는 포기한 터였다.

그러나 내 마음을 어둡게 한 것은 그런 '한국적 현실'이 아니었다. 그렇게 공중도덕을 어기는 사람들을 억제하려는 사람들이 그리도 드물다는 사실이었다. 모두 대수롭지 않게 여겼다. 그래서 노인처럼 용감하게 잘못을 나무라는 사람을 보면, 그리도 고마웠다. 노인과 같은 사람들은 사회의 정의나 질서 같은 공공재를 만들어내는 사람들이었다. 그렇게 공공재를 만들어내는 사람들에 대해서 사람들은 고마워할 줄을 몰랐다. 바로 거기에 이 사회의 문제가 있었다.

나는 흘긋 돌아다보았다. 아까 구경만 하던 사람들은 다시 열심히 운동 기구들에 매달려 있었다. 그들에게 향한 눈길에 가벼운 분노와 경멸이 담기는 것을 느끼고, 나는 쓴웃음을 지었다. 노인 혼자서 무리를 지은 사람들에 둘러싸여 감을 딴 사람의 잘못을 따졌을 때, 그들 가운데 누구도 노인에게 도덕적 성원을 보내지 않았다. 누가, 어른이든 아이든, 사내든 부인이든, 노인에게 다가가서 기웃거리기라도 했으면, 노인에게 작지 않은 도움이 되었을 터였다. 그 작은 노력도 하지 않는 '무임승차자들'이 제 마음이 쪼그라들었음은 깨닫지 못한 채 하루라도 오래 살겠다고 몸 가꾸기에 그리도 열심히 매달리고 있었다.

그 사람들에 대한 내 판단이 너무 격하다는 것을 나는 알고 있었다. 이 세상에서 개인이 공공재를 생산하는 일은 그리도 힘들었다. 하긴 개인들이 만들어내기 힘들기 때문에 정부가 존재하는 것이었다. 그래도 노인 혼자서 그 많은 사람들에 둘러싸여 잘못을 꾸짖을 때 바라보기만 하면서도 부끄러움을 느끼지 못하는 사람들에게 너그러운 눈길을 보내기는 힘들었다.

9

그날 저녁 나는 은행의 내부 통신망에 글을 올렸다. 먼저 사고 경위를 설명하고 은행이 초과 지급금에 대한 반환 소송을 포기한 사정을 밝혔다.

"……사정이 그러하므로, 우리 은행이 현금 자동지급기의 오작동으로 초과 지급된 금액들을 포기하기로 한 것은 현실적 결정으로 보인다. 그러나 그것이 원칙에 어긋나는 편법이라는 점은 분명하다. 당연히, 그 결정은 깔끔하게 마무리되기 어렵다.

당장 문제가 되는 것은 스스로 초과 지급액을 은행에 반환한 고객과 은행의 반환 요구를 받고 선선히 반환한 고객들에 대한 우리 은행의 태도다. 초과 지급액의 반환을 거부한 고객들에 대한 소송을 포기하고 고객들이 자진해서 반환한 금액은 그대로 은행의 재산으로 삼음으로써, 우리 은행은 정직한 고객들을 벌하고 정직치 못한 고객들에겐 포상한 셈이다. 이것은 분명히 형평과 정의에서 문제가 있는 조치다.

자진해서 초과지급액을 반환한 분들은 우리 은행의 좋은 고객들일 뿐 아니라 좋은 시민들이기도 하다. 그들의 칭찬 받을 행위를 그렇게 벌하는 것이 어떻게 우리 사회나 우리 은행에 도움이 될 수 있겠는가? 도덕적 행동은 사회의 수준을 높인다는 점에서 공공재라 할 수 있다. 서방동 지점의 훌륭한 고객들은 이 사회에 공공재를 보탠 것이다. 남의 재산을 우연히 손에 넣었을 때, 그것을 주인에게 돌려주는 일보다 이 사회의 틀을 튼튼하게 하는 일도 드물다. 그러나 우리 은행은 그런 행위의 고귀함을 깨닫지 못하고 고마워할 줄도 모른다. 우리 은행의 직원들은 모두 규정 뒤로 숨은 '무임승차자들'이다.

지금 우리가 해야 할 일은 그렇게 정직한 고객들에게 그들이 반환한 돈을 되돌려주는 것이다. 그렇게 해야 형평과 정의의 원칙에 어긋나지 않는다. 물론 이내 반론이 나올 것이다. 실제로 "그 돈은 엄연히 은행의 돈이므로, 그렇게 반환할 근거가 없다"는 지적이 나왔다. 그러나 반환을 거부한 고객들이 지닌 돈도 엄연히 은행의 돈이다. 그 돈을 반환하라는 소송을 포기한 것도 실은 은행의 재산을 지키도록 한 규정에 어긋난다. 따라서 우리가 규정 뒤로 숨을 수는 없다.

합리적 방안은 은행의 통지를 받고 초과 지급액을 반환한 고객들에게 그 돈을 되돌려주는 것이다. 아울러, 스스로 은행에 반환한 고객인 이영순씨에게는 해당 금액과 함께 별도로 감사의 뜻을 전해야 할 것이다. 이런 방안은 좀 번잡스럽지만 그런 번잡스러움을 넘는 가치를 지녔다.

이번 일은 사소하게 보이지만 결코 사소하지 않다. 본질적으

로 정의의 문제이기 때문이다. 아무리 사소한 것에 관한 것일지
라도, 정의의 문제는 결코 사소할 수 없다."

다시 읽어보니, 좀 과격한 표현들이 눈에 띄었다. 그것들을
좀 부드럽게 다듬고 나서, 나는 잠시 망설였다. 이런 일은 처음
이었다. 눈앞에 어이없어 하는 부장의 얼굴과 '내 그럴 줄 알았
다'는 표정을 올린 부부장의 얼굴이 어른거렸다. '눈 감고 절벽
에서 뛰어내리는 심정'이란 진부한 표현이 그리도 생생하게 다
가왔다.

10

"나는 지금까지 검사부는 일을 처리하는 부서로 알았는데,
이제 보니까 일을 만드는 부서더구먼," 상무의 높지 않은 목소
리엔 야유가 가득했다.

몸을 옹송그렸던 부장이 나를 흘긋 살피더니 상무에게 고개
를 조아렸다. "죄송합니다. 제가 부족해서……"

내부 통신망에 글을 올릴 때까지만 해도, 나는 그것이 부를
폭풍을 제대로 예상하지 못했었다. 폭풍은 일찍 닥쳤다. 글을
올린 지 얼마 되지 않아서, 부장과 부부장의 전화가 걸려왔다.
그리고 댓글이 붙기 시작했다. 퇴근한 뒤 내부 통신망을 읽는

사람들이 그렇게 많을 줄은 몰랐었다. 그리고 내가 출근하자, 부장은 더 말하지 않고 상무 방으로 나를 몰고 온 것이었다.

"은행은 큰 조직이야. 조직에선 경영진이 의사 결정을 하면, 그대로 따라서 일사불란하게 움직여야 돼. 도대체 자네는 자네가 누구라고 생각하나? 경영진의 의사 결정에 공개적으로 반대하게?"

대꾸를 기대한 물음이 아님을 잘 알았으므로, 나는 그저 고개만 더 숙였다.

"은행은 팀웍이야, 팀웍. 팀웍이 깨진 은행은 생존할 수가 없어. 무슨 얘긴지 알겠나?"

"예."

"우리 은행이 당연히 우리 돈인 돈을 그냥 보유하겠다고 하는데, 자네가 왜 나서서 왈가왈부하느냐 말야?"

"정의의 문제이기 때문입니다." 나도 모르게 내뱉고서, 나는 아차 싶었다.

"뭐, 정의의 문제?" 상무가 놀라서 큰 목소리를 냈다.

"예."

"그게 무슨 얘긴가?"

"정의의 문제는 특정 개인들의 문제가 아니라 모든 사람들의 문제라고 생각합니다. 정의가 워낙 중요한 것이기 때문에, 일단 정의의 문제가 나오면, 모든 사람들이 당사자들이라고 생각합니다." 내친걸음이라, 나는 상무를 바로 보면서 대꾸했다.

"그래, 자네 말대로 정의의 문제이기 때문에, 경영진의 결정에도 불구하고 통신망에 불복한다는 사실을 띄웠다, 그런 얘긴가?"

"그건 아닙니다. 저는 다만……"

"아니면, 뭔가?"

"저는 다만 이번 사고에 대응하는 데서, 원칙이 정해지면, 그 원칙을 끝까지 적용해야 문제가 덜 생긴다고 판단했습니다. 초과 지급금에 대한 소유권을 포기한다면, 그것을 모든 고객들에게 적용해야 한다고 판단했습니다. 스스로 반환한 정직한 고객과 은행의 요구에 순순히 응해서 반환한 고객들이 피해를 보는 것은 정의에 어긋나는 일이라고 판단해서……"

"지금 내가 얘기하는 것은 자네가 무엇이 정의라고 판단했느냐 하는 것이 아니야. 자네 판단만이 옳다고 공개적으로 경영진의 결정을 비방한 것이 문제라는 것이야. 방금 내가 팀워 얘기를 했지?"

"예."

"바로 그거야. 자네는 지금 혼자서 영웅 노릇을 하는 거야."

나는 본능적으로 느꼈다, 여기서 밀리면, 끝장이라는 것을. 그래서 나는 버텼다. 상무의 얘기에 조목조목 반론을 펴면서. 심지어 내가 제안한 방식대로 하지 않으면, 문제가 더 커질 수밖에 없다는 얘기까지 했다.

마침내 상무가 두 손을 들었다. "얘기가 통하지 않는구먼. 나가보게."

11

어제까지 나는 비교적 한직인 검사부의 이름 없는 대리였다. 오늘 아침 나는 은행 안에선 유명 인사가 되어 있었다. 만나는 사람마다 한마디씩 했다. 내 글에 대한 댓글들도 대부분 내게 호의적이었다.

나는 오후엔 '스타'가 되었다. 서전에서 발행되는 석간신문 '서전일보'가 이번 사고와 함께 내 글을 요약해서 보도한 것이었다. 이어 급히 열린 간부회의에서 내가 제안한 방안대로 반환된 초과 지급금을 고객들에게 돌려주기로 결정되었다. 댓글들은 더 늘어났다. 나에게 '올해의 제안상'을 줘야 한다는 글까지 올랐다. 예전에 같이 근무한 적이 있는 선배 여행원의 글이었다.

연말에 나는 '올해의 제안상'을 받지 못했다. 은근히 기대를 했던 터라, 속으론 실망이 작지 않았다.

대신 구조 조정에 따른 감원 대상에 포함되었다. 우리 은행을 인수한 '유라시안 벤처 그룹'이 10퍼센트의 인원 감축을 요구한 것이었다. 새 경영진이 부임하기 전에 스스로 인원을 줄이라는 얘기였다.

부장과 부부장은 무척 미안해했다. 하지만 상무가 감원 대상 자들을 고르는 기준들 가운데 하나로 "팀웍을 해치는 자"를 꼽으면서 전형적 인물로 "검사부 김성현"을 들었기 때문에 어쩔 수 없었다고 해명했다.

12

비행하기에 딱 좋은 날씨였다. 검푸른 겨울 하늘이 유혹하듯 품을 드러냈다. 뒷짐 진 자세로 몸을 젖히면서, 나는 느긋한 한숨을 내쉬었다.

'이제 내 삶에서 새로운 장章이 시작되는 거지,' 인천 공항에 나오면서 열 번 넘게 한 생각이 다시 떠올랐다.

구조 조정을 위한 감원 대상에 내가 포함되었다는 통지를 받았을 때, 나는 별다른 얘기 없이 경영진의 결정을 받아들였다. 내 태도가 예상과 달리 싹싹했던지, 부장이 의아한 눈길로 내 얼굴을 살폈다. 나는 잘 알았다, 상무가 나를 지목한 터에 부장에게 항의하는 것이 부질없음을. 그리고 우리 은행을 인수한 금융 그룹이 10퍼센트를 감원하라 지시한 터라, 어차피 부서마다 줄일 사람들의 수가 할당되었을 터였고, 우리 검사부에서도 누군가 나가야 했다. '내가 아니면 네가 나가야 한다'는 상황에서 억울하다는 내 하소를 들어줄 사람은 없을 터였다.

은행에서 밀려나오자, 나는 전국 해안을 한 바퀴 돌았다. 마음을 가라앉히고 가슴을 비우는 데는 겨울 바다보다 좋은 것이 없을 듯했다.

'한번 부딪쳐보자'는 생각이 든 것은 동해안 북쪽까지 올라갔다 서울로 돌아올 때였다. 버스가 힘들게 눈 덮인 한계령을 넘은 순간, 문득 몸에 힘이 고이는 느낌이 들었다. 아직은 먼 봄을 먼저 느낀 겨울나무에 수액이 도는 것처럼.

서울에 닿자, 나는 새로 부임한 은행장에게 편지를 썼다. 서방동 지점의 현금 자동지급기의 오작동으로 시작된 사고가 나의 퇴출로 끝나게 된 과정을 소상히 밝혔다. 나는 그 일이 궁극적으로 '정의의 문제'라고 주장하고 "정의의 문제는 아무리 사소한 일이라도 결코 사소할 수 없다고 저는 아직도 믿습니다"라는 구절로 글을 끝냈다.

그 다음 주에 은행장이 나를 보자고 했다. 인도계 영국인인 은행장은 호의적이었다. 내 편지를 꺼내놓고 몇 가지 물었다. 주로 내가 내부 통신망에 올린 글과 관련된 물음들이었다.

은행장은 고개를 끄덕이더니 웃으면서 말했다, "당신의 퇴출은 전임자가 결정한 일입니다. 그리고 나는 전임자의 판단을 존중해야 합니다. 우리 은행이 당신의 퇴출 결정을 번복하기는 어렵습니다."

억지로 얼굴에 웃음을 올리면서, 나는 담담하게 대답했다,

"알겠습니다. 어려운 일이라는 것은 알고 있었습니다. 한번 시도해볼 만하다고 판단했을 따름입니다. 이렇게 저를 만나주셔서 감사합니다."

내가 일어서려 하자, 은행장이 손짓으로 말렸다. 그리고 웃으면서 말했다. "이 은행에 복직은 힘들지만, 우리 '유라시안 벤처 그룹'은 다른 은행들도 가졌습니다. 그리고 정의의 문제를 생각할 수 있는 젊은이는 어떤 조직에서도 필요한 사람입니다. 우리 '유라시안 벤처 그룹'처럼 범지구적 기업에선 특히 그렇습니다."

내 가슴이 문득 부풀어 올랐다. '환희의 송가'가 귀를 가득 채웠다.

"싱가포르에서 근무할 생각은 없습니까?"

"싱가포르…… 은행장님, 싱가포르는 동아시아의 금융 허브입니다. 그곳에서 일한다면, 은행원인 저로서는 큰 행운일 것입니다."

"좋습니다. 내가 그동안 당신이 일할 만한 자리를 알아봤습니다."

새로 일할 곳에 관한 은행장의 설명을 듣고 나서, 내가 고맙다고 인사하자, 은행장은 싱긋 웃으면서 말했다. "당신에 대한 대우도 정의의 문제지요."

"열한시 십분에 싱가포르로 가는……" 탑승 안내 방송이 나왔다.

나는 다시 몸을 뒤로 젖히면서 두 주먹에 힘을 주었다. 그리고 나직이 뇌었다, "정의의 문제라."

서울, 2029년 겨울

1

안전띠를 매고 나서도, 나는 한참 그냥 앉아 있었다. 마음의 준비가 필요한 것처럼. 여느 때보다 일찍 일어났지만, 몸은 가벼웠다. 그러나 지금 마음속에서 들끓는 감정들은 제대로 통제할 자신이 없었다.

찬찬히 마음속을 들여다보았다. 가장 두드러진 감정의 조류는 역시 죄책감이었다. 부모의 유골이 있는 추모공원을 좀더 자주 찾지 않았다는, 그들의 갑작스러운 죽음을 보다 깊이 슬퍼하지 못했다는, 그들을 부모로 가진 것을 부끄러워했다는, 내 삶에서 무엇이 잘못되면 그들을 탓했다는……

따지고 보면, 마음의 준비가 필요했다. 숨을 몇 번 깊이 쉬고 이마를 가린 머리를 뒤로 쓸어 넘겼다. 시동 버튼을 누르고 인식 패널에 손바닥을 댔다.

콘솔 화면에 목적지 메뉴가 떴다. 물론 추모공원은 메뉴 속에 없었다.

"국화 추모공원."

"국화 추모공원으로 모시겠습니다."

아무리 자주 들어도 어쩐지 마음에 부자연스럽게 닿는 인공 목청의 뒷맛을 지우기 위해 음악을 틀면서, 나는 한가한 물음을 떠올렸다. '작년에 추모공원에 다녀온 뒤 삼백육십오 일 동안에 찾은 곳들이 얼마나 될까? 회사하고 집을 빼고, 하루에 두 곳만 잡아도……'

차는 이미 움직이고 있었다. 아직 나간 차들이 드물어서, 아파트 지하주차장은 복잡했지만, 차는 불필요한 동작 없이 효율적으로 차들 사이를 빠져나갔다.

파일럿카가 처음 나오자, 나는 이내 샀다. 저 혼자 다 알아서 움직이는 차니 당연히 큰돈이 들었지만, 운전 사고를 거의 없앤다는 얘기를 듣고서, 다른 일 제쳐놓고 샀다. 광고를 그대로 믿는 것이 현명한 적은 없겠지만, 이번만은 달랐다. 편리하고 안전하고 시간을 절약했다. 이제는 정부와 보험회사까지 나서서 파일럿카를 사고, 정체, 그리고 연료 낭비를 줄이는 길로 선전하고 있었다. 실은 사고율에서 재래식 차들과 파일럿카 사이의 대조가 워낙 두드러져서, 그런 선전이 필요 없었다. 덕분에 '퓨쳐리스트'는 사람들이 가장 탐내는 물건이 되었고 대기자 리스트가 한없이 길다고 했다.

차가 아파트 단지를 빠져나와 큰길로 접어드는 것을 보고서, 나는 의자에 몸을 기대고 눈을 감았다. 스테레오에서 나오는 토미 송의 부드러운 목소리가 마음을 씻었다. 마음 뒤쪽에서 거무스레한 잠기가 안개처럼 다가왔다.

2

차임이 나를 깨웠을 때, 차는 추모공원의 지하주차장에 닿아 있었다. 6시 42분이었다. 50분가량 잔 셈인데, 몸도 마음도 아까보다 훨씬 가뿐했다. 활기찬 내 걸음이 텅 빈 주차장의 적막을 서슴없이 깨뜨렸다.

이곳은 방문객들의 마음을 가볍게 하도록 꾸며졌다. 모든 것들이 밝고 푹신하고 고급스러웠다. 이름은 추모공원이지만, 그래도 납골당은 납골당이었다. 유골 가루들이 배어 들어와서 눈에 보이지 않는 먼지로 구석구석에 앉은 듯한 느낌이 들었다. 아무리 여러 번 찾아와도, 이곳이 마음에 편하게 다가올 것 같지는 않았다.

나는 로비에 있는 커다란 플라스틱 화초들에게 비판적 눈길을 보냈다. 그리고 이내 눈길을 누그러뜨렸다. 문제는 이곳이 아니라 나 자신에게 있었다.

이곳은 늘 열려 있었다. 일 년 삼백육십오 일, 하루 스물네 시간. 나는 그 점이 마음에 들었다. 휴일이 있거나 방문 금지 시간이 있다면, 죽음의 그림자가 덮이고 망각의 과정이 시작될 것만 같았다.

잠기가 덜 가신 경비원의 눈길을 받으며, 나는 엘리베이터를 탔다. 엘리베이터 옆 벽에 붙은 장미꽃 사진이 눈길을 끌었다. "추억의 꽃 한 송이"라는 문구가 그 아래에 씌어 있었다. 그제서야 나는 빈손임을 깨달았다. 차임이 울리고 문이 열렸다. 25층까지 온 것이었다. 잠시 망설이다가, 다시 1층을 눌렀다.

플라스틱 조화를 파는 가게엔 점원이 없었다. 아까 그 경비원에게 부탁했더니, 어디론가 전화를 했고, 곧 점원이 나타났다. 나는 이곳에 대한 인식을 바꿨다. 이 시간에 이내 점원이 나타난다면, 경영이 잘 된다는 얘기였다. 그리고 그것은 여기 모셔진 유골들을 잘 관리한다는 얘기이기도 했다. 나는 새빨간 장미꽃 한 다발을 샀다. 아주 잘 만들어져서, 만져보아야 조화인지 알 수 있었다.

그들은 얼굴에 밝은 웃음을 띠고서 나를 맞았다. 아직 젊은 얼굴로. 그들이 신혼여행에서 찍은 사진이었다. 베링 해협이었다고 엄마가 말했었다. 그들은 남들이 잘 안 가는 곳들을 찾아다녔다. 분명히 평범한 부부는 아니었다.

나는 아빠 얼굴을 살폈다. 내 가슴의 벽을 아프게 씻는 자책과 회한의 물살을 재울 무엇을 찾는 것처럼.

그러나 남성적 아름다움이 살짝 어린 그녀 얼굴은 그저 행복한 미소만을 내게 내밀었다. 사랑하는 여인을 마침내 아내로 맞은 남편의 미소만을.

나도 모르게 한숨이 나왔다. 따지고 보면, 그녀는 좋은 아빠였다. 늘 자상하고 늘 너그럽고. 그러나 레즈비언 커플의 자식이라고 동무들에게서 놀림 받는 계집애에게, 아빠의 보살핌이 무슨 큰 뜻이 있었겠는가? 늘 피를 흘리는 마음속 상처를 그녀가 무엇으로 치료할 수 있었겠는가? 얼마나 열심히 기도했던가, 엄마가 아빠를 사랑하지 않게 되기를, 그래서 아빠와 이혼하기를. 엄마는 엄마였다. 나와 엄마는 핏줄로 이어진 사이였다. 아빠는 남이었다. 십대가 된 뒤로는 내가 맞은 모든 문제들을 아빠 탓으로 돌리고 아빠를 더 미워하려고 무던히도 애를 썼다. 그의 너그러움이 얼마나 나를 화나게 했던가.

세월이 지나면, 철이 들고 아빠를 그렇게 미워하지 않게 되었을 터였다. 그러나 캄차카로 가는 여객기가 추락했을 때, 나는 겨우 열일곱이었다.

부모가 죽은 뒤에야 부모를 그리게 된다고 했다. 그 얘기보다 더 맞는 얘기가 있을까?

나는 유리문을 열고 사진 아래에 놓인 좀 바랜 조화들 옆에 들고 온 장미를 놓았다. 그리고 손수건으로 대충 먼지를 닦았다. 손수건이 이내 새까매졌다. 세월이 흐르면, 남는 건 먼지밖에 없는 듯했다. 사진을 바로 놓고서, 나는 아빠 얼굴을 살폈다.

"아빠," 나도 모르게 내 입에서 말이 나왔다. 내 목소리는 이

내 복도의 정적 속으로 흡수되었다. 그래도 내 몸속엔 여운이 길게 울렸다. 몸속에 오래 얹혔던 무엇이 마침내 밖으로 나온 듯, 속이 시원해지는 느낌이 들었다.

중학교에 들어간 뒤로 나는 그녀를 '아빠'라고 부른 적이 없었다. 중학교 입학식이 치러진 운동장에 서서, 나는 그녀를 '아빠'라고 부르지 않겠다고 다짐했었다. 그리고 그 나이의 계집애다운 영악함으로 그녀를 '아빠'라 부르지 않고 견디면서 동시에 내가 그녀를 '아빠'라 부르지 않는다는 사실을 그녀가 늘 의식하도록 하는 데 성공했다. 그녀에 대한 나의 적대적 태도는 그녀에게 얼마나 깊은 상처들을 남겼을까?

"아빠." 나는 다시 불렀다.

그녀는 밝게 웃었다, 내가 말하려는 것이 무엇인지 벌써 아는 것처럼.

그래도 나는 마음속으로 그녀에게 말했다, '아빠, 나는 이제 내 생부生父를 찾을 거예요. 이젠 그 잘난 정액만을 넘겨주고서 자기 자식이 누군지 어떻게 사는지 신경 쓰지 않는 그 사람을 만날 준비가 됐거든요.'

그녀가 고개를 끄덕이는 듯했다.

'어차피 한 번은 만나는 게…… 내가 어떤 사람인지 아는 데 도움이 될 거거든요. 뭐, 꼭 그런 이유가 아니라도, 이젠 그 사람을 만나서 정리할 것은 정리하고 싶거든요. 아빠, 약속할게요. 아빠가 자식 때문에 부끄러워할 일은 없을 거예요. 아빠 절

278

잘 키우셨잖아요. 어쩌면, 아시겠지만…… 저는 아빠한테서 많이 배웠어요.'

어디서 얘기가 그렇게 줄줄 나오는지 나도 놀랐다. 그녀에게 하고 싶었던 얘기가 많았으니, 하긴 당연했지만.

나는 엄마에게로 눈길을 돌렸다. '엄마, 내 생부를 찾게 되면, 다시 들를게. 그 배스타드bastard가 어떤 인간인지 엄마한테 알려줄게.'

3

차는 여의도에 있는 회사 지하주차장에 8시 23분에 닿았다. 시간에 여유가 있었으므로, 나는 좀 떨어진 곳에 있는 해장국집으로 갔다. 콩나물 해장국을 시킨 다음, 핸드컴으로 뉴스를 보았다. '뉴스 나우'의 톱 뉴스는 '루너 미션'의 발진이 카운트다운에 들어갔다는 얘기였다. 날씨가 좋아서, 발진이 순조로우리라는 예상이 이어졌다. '루너 미션'은 달 표면에 대한민국의 기지를 세우는 사업이었다. 이번에 발진하는 팀은 월면 기지의 후보지를 탐사하는 임무를 지녔다고 했다.

'무사히 임무를 마치고……' 나는 작은 화면에 나온 로켓의 모습에 고개를 끄덕여 보였다. 내 부모가 항공 사고로 목숨을 잃은 뒤로, 비행기나 로켓을 보면, 나는 거의 무의식적으로 무사하기를 비는 습관이 생겼다. 누구에게 비는지조차 모르는 채.

해장국이 나왔다. 뜨거운 국물이 감기 기운으로 깔깔한 목을 달래는 것을 즐기면서, 나는 다음 뉴스를 보았다. 북한의 최고 지도자인 김명훈이 5주째 모습을 드러내지 않는다는 얘기였다. 그가 중요한 공식 행사들에 나오지 않은 까닭을 추측한 기사들이 이어졌다.

나는 고개를 저었다. '도무지 알 수 없는 사람들이야. 언제까지 저렇게……'

남북한이 연방을 이룬 지 세 해가 지났는데도, 북한에서 실제로 일어나는 일들은 남한엔 거의 알려지지 않았다. 북한의 정치 지도자들이 무슨 생각을 하는지 무슨 계략을 꾸미는지 여전히 짙은 안개에 가려져 있었다. 그들의 행동도 받아들이기 힘들었다. 늘 남한의 도움을 받으면서도, 고마워하는 기색이 전혀 없었다. 주민들을 굶주리게 하면서도, 뭐가 그리 잘났는지, 거드름을 피우고 남한 사람들을 얕보았다. 하긴 아직도 북한이 낙원이라고 입에 게거품을 무는 사람들이 많으니까, 그들을 탓할 수만도 없었다.

그러나저러나, 통일은 여전히 요원했다. 양쪽 정치 지도자들은 늘 "통일은 우리의 지상 목표"라고 외쳤지만, 실제로 그것을 이루려 애쓰는 적은 드물었다. 직장 동료 한진구의 말대로, 남한 지도자들이나 북한 지도자들이나 통일이 되어 자신들의 권력을 내놓는 것을 바라지 않는지도 몰랐다.

숟가락을 내려놓고 이마의 땀을 닦는데, 전화벨이 울렸다. '식스밀 마운티니어스'의 아서 박이었다. "네, 김서경입니다."

"안녕하세요? '식스밀' 아서 박입니다."

"안녕하세요?"

"서경 씨, 지금 전화 받으실 수 있어요?"

"네. 말씀하세요."

"출발 일자가 확정됐어요. 십이월 십구일에 떠나는 걸로……"

"아, 그래요?" 더운 흥분의 물살이 배에서부터 올라왔다. 드디어 칸-텡그리를 찾아가는 것이었다.

'식스밀 마운티니어스'는 아마추어 등산가들의 모임이었다. 이름이 가리키는 대로, 6천 미터급 봉우리들을 골라서 올랐다. 칸-텡그리는 6,995미터여서, 지금까지 우리 회원들이 오른 봉우리들 가운데는 가장 높았다. 게다가 한겨울에 오르는 터라, 나로선 흥분과 두려움을 함께 느낄 수밖에 없었다.

"모레 모이는데, 서경 씨도 거기 나오시는 게 좋을 텐데. 시간이 어떠세요?"

"모레요?"

"예."

"나갈게요. 몇 시에……?"

"우리는 오후에 좀 일찍 모이지만, 서경 씨는 회사 일 마치고 오세요. 마지막 점검을 하는 모임이니까, 뭐 특별한 건 없고……"

"알았어요. 고마워요."

내가 진지한 등산가라는 것을 알자, 장성욱 팀장은 우리 팀에서 내는 잡지에 등산에 관한 기사를 싣자고 했다. '식스밀 마운티니어스'에서 올해엔 톈산 산맥의 주봉을 목표로 잡았다는 얘기를 듣더니, 내 등반 비용을 회사에서 대도록 주선했다. 덕분에 이번엔 좀 여유 있게 준비할 수 있었다.

4

눈길이 저절로 창밖 하늘로 끌렸다. 들뜬 마음은 기구처럼 싸늘히 개인 하늘 속으로 솟아 서쪽으로 서쪽으로 날고 있었다. 눈앞에 어른거렸다, 위성이 굽어본 톈산 산맥의 모습이. 마침내 그곳을 찾아가는 것이었다. 눈 덮인 봉우리를 한겨울에. 지난 한 해 동안의 내 일상적 활동들이 모두 이 등반을 위한 준비였던 것처럼 느껴졌다.

들뜬 모습이 눈에 뜨였는지, 옆자리의 허성 선배가 흘긋 쳐다보았다. 무어라고 한마디 할 듯했는데, 마지막 순간에 그만두고 다시 모니터 화면으로 눈길을 돌렸다.

이 직업은 그것이 좋았다. 어떤 꼭지든지 처음부터 끝까지 나 혼자 하므로, 동료들과 호흡을 맞추면서 협력할 필요가 거의 없었다.

전화벨이 혼란스럽게 들뜬 내 마음을 붙잡아 앉혔다. 최영소였다. "여보세요."

"난데. 전화 받을 수 있어?"

'난데'라는 말이 내 마음의 성감대를 간지럽게 했다. 세 해 동안 동거하다가 헤어진 지 두 해인데도, 그는 전화하면 늘 '난데'로 시작했다. 아직도 나를 '내 여자'로 여기는 모양이었다. 사내란 다 그런지도 모른다. 어쨌든, 나는 그게 싫지 않았다. 아니, 실은 묘하게 내 마음의 성감대를 발그스레하게 달궜다.

"응." 문득 솟구친 흥분의 물살을 가까스로 누르면서, 나는 심드렁한 목소리를 냈다.

"찾았어."

"뭘?" 다시 심드렁한 목소리를 냈다. 한 손으로 가슴을 누르면서. 가슴이 거세게 뛰고 있었다.

"자기 것하고 매치되는 디엔에이." 나직한 목소리에 자랑과 기대가 배어 있었다.

"정말?" 나도 모르게 큰 소리를 내고서 흠칫 옆을 보았다.

다행히, 허 선배는 모른 체 화면만 들여다보았다. 좋은 사내다. 내겐 성적 매력이 없는 사람이지만, 직장 동료로는 더 바랄 것이 없는 사람이다.

"그래. 매치가 확실해. 나이도 비슷하구."

솟구치던 흥분의 물살이 문득 잔잔해지면서 더운 기운이 아랫배 쪽으로 퍼져나갔다. 마침내 찾아낸 것이었다. 내 생부를.

그 배스타드를.

"서경아?' 내가 대꾸가 없자, 그가 물었다.

"응. 고마워. 나 지금 너무……"

"알아."

'알긴 뭘 알아?' 하는 핀잔이 목까지 올라왔지만, 용케 참았다. 큰 위험을 안고서 쉽지 않은 일을 해준 옛 사내에게 할 얘기는 아니었다.

영소는 분자생물학을 전공한 법의학자로 경찰청의 수사연구소에서 일했다. 그에게 내 생부를 찾아달라고 부탁한 것이었다. 정자은행에 정자를 제공한 사람들의 신원은 절대로 공개되지 않았으므로, 내 생부를 찾는 길은 내 지놈과 매치되는 지놈을 지닌 사람을 찾는 것이었다. 지놈의 판독이 아주 간단해진 터라, 이제는 국민들의 80퍼센트 가까이 되는 사람들의 유전적 정보가 정부의 컴퓨터에 들어 있었다. 물론 그런 유전적 정보들에 개인적 목적을 위해 접근하는 것은 법에 어긋났다. 영소는 처음엔 완강히 거절했다. 내가 떼를 쓰자, 돕겠다고 했지만, 여전히 마음속에선 갈등을 겪는 눈치였었다.

뭐라고 대꾸해야 한다는 생각이 들었지만, 할 말이 생각나지 않았다. 흥분의 물살이 잦아든 자리에 묘한 슬픔이 고이고 있었다.

"그분 이름이……" 그가 조심스럽게 말을 꺼냈다.

"말해봐."

"유홍철 씨. 오십육 세."

문득 한 사람의 모습이 눈앞에 나타났다. 그가 내 생부라는 생각이 확신의 무게로 가슴에 자리 잡았다. "그 사람……?"

"그런 것 같아. 생년월일이 똑같아."

'결국 그런 얘기였나? 내 생부가 등산가란 얘기였나?' 가슴 한구석 컴컴한 구석에 햇살이 드는 느낌이 들었다. '이제 알겠다, 내가 왜 산을 좋아하는지. 왜 내가 겁이 없다고 사람들이 말하는지.'

유홍철은 진지한 등산가들 사이에선 전설적인 인물이었다. 히말라야의 높은 봉우리들만을 오르고 텔레비전에 자주 나와서 널리 알려진 사람들과는 달리, 그는 일반 사람들에겐 잘 알려지지 않았다. 낭만적 면모를 지닌 그에겐 사람들의 입에 자주 오르내리는 일화들이 많았다.

"알았어. 마음이 좀 이상하네."

"그렇겠지. 서경아, 저기, 내가 그분 어디 계신가 알아봤는데…… 필요하면, 나중에 나한테 전화할래?"

다시 마음이 어지러워졌다. 무슨 결정을 내리기 전에, 생각을 좀 정리하고 싶었다. 그러나 내 입에선 엉뚱한 얘기가 나왔다, "주소 알아?"

"응. 도봉구 방학동으로 나왔는데. 그런데 말야, 지금 그분 병원에 계셔."

가슴이 철렁했다. "왜?"

"이월 달에 빙벽 훈련을 하시다가······ 지금 재활 훈련을 받으신다나 봐."

"어디서?"

"의정부에 있는 '올세인츠 하스피탈'이라던데."

"그래?"

"서경아, 자세한 사항들은 메일로 보낼게."

5

"물리학 쪽은 역시 '궁극적 이론'이 가장 큰 이슈였습니다. 이천육십년까지는 '궁극적 이론'이 나오지 않겠느냐, 하는 얘기들이었습니다." 허 선배가 말했다.

장 팀장이 고개를 끄덕이면서 손가락으로 수첩을 가볍게 두드렸다. 다른 사람의 얘기가 흡족하지 않을 때면 부장은 손가락으로 무엇을 두드렸다.

우리 팀이 편집을 대행하는 월간지 『비욘드』의 2030년 신년호의 특집에 관한 회의였다. 우리 회사는 기업들이나 단체들이 내는 잡지들을 대신 편집해주는 일을 하고 있었다. 자산 규모로 10위 안에 드는 재벌인 MIXX그룹의 월간 사내보인 터라, 『비욘드』는 우리 회사에서 가장 중요한 수입원이었고, 사장님까지 편집에 신경을 쓰고 있었다. 이 회의가 끝나면, 팀장이 사장님께 편집 계획을 보고할 터였다.

지난 주 회의에서 특집 제목을 '서울, 2060년'으로 잡았다. 내년이 30년대가 시작되는 해이니, 한 세대 뒤의 세상을 예측해보자는 얘기였다. 한 세대 뒤면 너무 가깝지도 멀지도 않았다. 원래 『비욘드』가 과학과 기술에 무게를 많이 두는 터였고, 신년호는 으레 미래의 예측이 들어가므로, 그런 특집은 거의 필연적이었다.

유홍철 씨가 내 생부라는 사실에 마음이 팔려서, 나는 허 선배의 얘기를 건성으로 들었다. 그를 만나야 하는지, 만난다면 언제 어떻게 만나야 하는지, 첫 대면은 어떻게 해야 하는지, '내가 당신 딸입니다'라는 말을 어떻게 하면 쑥스럽지 않게 할 수 있는지, 그다음엔 무슨 말을 해야 하는지, 생각할 것들이 하도 많아서, 의자에 엉덩이를 얌전히 붙이고 있기가 어려울 지경이었다.

"우주 탐험은 예측이 상당히 자세하게 나왔습니다. 이천육십 년까지는 화성의 개척이 본격적으로 시작되고 목성의 위성들에 전초 기지가 건설될 것이라는 얘기던데요."

"그건 너무 낙관적인 것 같은데. 목성이 얼마나 먼데……" 장 팀장이 고개를 갸웃했다.

'내가 그 사람하고 무슨 깊은 관련이 있다고, 지금 내가 이렇게……' 나는 내가 내 생부를 '댓 배스타드that bastard'라고 부르지 않았다는 것을 깨닫고 속으로 쏩쓸한 웃음을 지었다. 철이

든 뒤로, 나는 내 생부에 대한 경멸과 분노를 그런 호칭으로 드러냈다. 그러나 그의 정체를 알게 된 지금, 나는 묘하게 마음이 그에게 끌리는 것을 느꼈다.

"……이미 거의 다 완성된 상태랍니다." 허 선배가 말했다.

"그러면, 사람과 침팬지의 공통된 조상인 '미싱 링크missing link'의 지놈이 이러했을 것이다, 라고 추론할 수 있다는 얘긴가요?" 장 팀장이 물었다.

"예. 그렇게 '미싱 링크'의 지놈을 추론한 다음엔 실제로 재구성할 수 있다고 합니다."

"실제로 '미싱 링크'를 만들어낸다는 얘깁니까?"

"예. 어렵긴 하지만 가능하답니다."

"이천육십년까지는 그렇게 실제로 우리 조상을 실험실에서 만드는 일이 가능하단 얘깁니까?" 장 팀장은 이제 손가락으로 수첩을 두드리지 않았다. 몸을 앞으로 내밀고 허 선배에게 열심히 묻고 있었다.

"그 일은 실제로는 이천육십년까지 가지 않고도 가능할 것이라고 합니다. 샌디 리 박사의 얘기로는, 이천육십년까지는 훨씬 어려운 일들이 가능하답니다." 잠시 뜸을 들인 다음, 허 선배가 말을 이었다, "이천육십년까지는 공룡의 지놈도 재구성할 수 있다고 했습니다."

"어떻게?"

"지금 공룡의 후손들이 많거든요. 그 후손들의 지놈에서 공룡의 지놈을 추적해서 평균적 공룡의 지놈을 얻는단 얘기죠. 새, 악어, 도마뱀과 같은 공룡의 후손들에서 그것들의 공통된 조상인 공룡을 추리해내는 거죠."

"그게 정말로 가능하답니까? 이천육십년까지?"

"예. '미싱 링크'의 경우엔 윤리적 문제가 나올 수 있고 반대하는 사람들이 분명히 있을 것이기 때문에, 실제로 실험실에서 우리 조상을 만들어내는 일은 상당히 어려울 것 같다고 했습니다. 그리고 실용적 측면에서 경제적 가치가 거의 없다는 얘기죠. 그러나 공룡의 경우는 얘기가 다르죠."

"쥬라기 공원?"

"예. 지금 존재하는 어떤 테마 파크도 살아 있는 공룡들이 우글대는 '쥬라기 파크'를 당할 순 없을 것 아닙니까? 공룡 얘기를 꺼내면, 스폰서들이 밀려올 것이란 얘기죠."

고개를 돌려 창밖을 내다보면서, 장 팀장이 생각에 잠긴 얼굴로 고개를 천천히 끄덕였다. 그러더니 정색하고 허 선배를 바라보았다. "허 과장, 그 '쥬라기 공원' 얘기를 별도의 꼭지로 만들어요. 과학 기술 꼭지에선 일반적 얘기들을 하고, '쥬라기 공원' 얘기는 따로 떼내서…… '쥬라기 공원' 얘기라면, 뭐 누구나……"

"알겠습니다." 허 선배의 얼굴에 가까스로 억누른 자랑스러움이 배어 나왔다.

하긴 그럴 듯한 얘기였다. '쥬라기 공원' 하면 모두 이내 무슨 얘기인지 알아듣고 호기심이 생겨 읽어볼 주제였다. 그렇지 않아도, 장 팀장의 모토가 '콘넥트connect'였다. 무슨 일이든지 그냥 보지 말고 다른 것들과 연관시켜서 살피고, 그 뒤에 글을 쓰라는 얘기였다. 그가 듣기 좋아하는, 그래서 우리에겐 지겨운 예는 '아폴로 11호'였다. 사람이 로켓을 타고 달에 가는 것은 어지간한 과학 지식을 갖춘 사람이면 어렵지 않게 예언할 수 있었다. 미래학자들이 정작 놓친 것은 우주선이 달에 착륙하는 광경을 지구 위의 모든 사람들이 텔레비전을 통해서 실시간으로 보리라는 점이었다. 달 탐험도, 로켓 우주선도, 텔레비전도 미래 예측에서 많이 다루어진 주제들이었지만, 그것들을 한데 묶어서 사람들이 텔레비전을 통해서 우주선이 달에 착륙하고 우주비행사가 달에 발을 내딛는 모습을 보는 장면을 그린 사람은 없었다.

"그러면 과학 기술 쪽은 그렇게 하고. 앨리스?" 장 팀장의 목청이 문득 부드러워졌다.

"네. 저는 세 가지 주제를 중점적으로 생각해보았습니다. 팀장님께서 지난 주 회의 때 말씀하신 대로, 먼저 인류 문명과 사회에서 일어나는 근본적 변화들을 읽어내고 그런 변화들이 우리 사회에 어떤 모습으로 나올지 생각해보았습니다……"

앨리스 박은 야무지고 세련된 여자였다. 그렇다고 차갑거나 단단한 느낌을 주는 것도 아니어서, 늘 사람들이 그녀 둘레에 모였다. 빈틈이 없으면서도 그런 느낌을 주지 않는 비결을 터득한 여자였다. 어릴 적에 캐나다에서 자라난 덕분에 영어가 유창

한데, 그렇다고 우리말이 서투르냐 하면, 그것도 아니었다. 나이도 나보다 두 살 많고 이력도 나오는 비교가 되지 않게 화려했다.

"하나는 '인간의 노후화'입니다. 사람의 근육은 이미 오래전에 기계들이 대신하기 시작했고, 이십세기 말엽에는 사람의 브레인도 컴퓨터가 대신하기 시작해서, 이제 사회의 오퍼레이션에서 사람이 꼭 있어야 하는 부분은 아주 작습니다. 물론 앞으로 점점 더 작아질 것입니다. 사람이 그렇게 노후화되는데, 아이러니컬리, 사람들은 자신들의 몸을 점점 더 아끼고 숭배합니다. 지금 스타들은 거의 다 몸매가 섹시한 사람들이거나 근육이 발달한 사람들입니다. 정신적으로 뛰어난 사람들은 스타가 되는 경우가 정말로 드뭅니다. 요새 노벨상 받은 학자들을 누가 압니까? 누가 그 사람들을 기억합니까? 요즈음 노벨상 수상자들은 '피프틴 데이즈 페임fifteen days fame'입니다."

장 팀장이 소리 내어 웃었다. "그 말 그럴 듯한데. '피프틴 데이즈 페임'이라."

허 선배와 나도 웃음판에 동참했다. 내 속마음이야 어떻든, 회의 분위기는 밝아지고 부드러워졌다. 바로 그것이 앨리스의 재능이었다. 그녀가 낀 자리는 늘 분위기가 좋았다.

"그런 아이러니를, 사람의 몸은 점점 노후화되는데, 사람들은 오히려 몸에 대해 더 집착한다는 아이러니를 부각시키면 어떨까 하는 생각입니다."

"아, 좋지." 장 팀장이 힘차게 고개를 끄덕였다.

"거기 따라가는 그림도 좋을 것 같습니다." 허 선배가 가세하면서 다시 웃음판이 되었다.

"두번째는 현대 사회에서 남성들이 점점 여성들에게 뒤지는 현상을 다루면 어떨까 싶습니다. 왜 현대 사회에선 남성들이 점점 여성들에게 밀리는가, 그 원인을 짚어보고, 한 세대 뒤엔 어떤 상황이 나올까, 예측해보면……"

"아, 그거 좋은데." 장 팀장이 고개를 끄덕이고서 허 선배에게 고개를 돌렸다.

"좋은데요." 허 선배가 냉큼 동의했다.

"저도 그렇게……" 장 팀장의 눈길을 받기 전에, 나도 재빨리 동감을 표시했다.

"세번째는 한국어에 영어가 점점 많이 들어오는 현상인데요. 언젠가 얘기가 나왔었지만, 요새 우리나라 사람들이 얘기를 할 때 영어 안 쓰고선 아예 얘기를 못하잖아요? 특별히 강조하고 싶으면, 으레 영어로 말해야 직성이 풀리고. 그런 현상이 점점 심해지는데, 한 세대 뒤엔 어떤 상황일까, 그 끝이 무엇일까, 그런 걸……"

가슴이 철렁했다. 그 문제는 바로 내가 생각해둔 꼭지였다. '그건 내가 할 일인데요' 하는 항의가 목까지 올라왔다. 앨리스가 정치, 경제 그리고 사회 분야를 맡고, 내가 문화와 예술을 맡기로 했는데, 언어 문제는 분명히 문화 분야의 일이니까, 앨리스가 내 영역을 침범한 셈이었다.

"아, 그거 아이디언데. 정말 좋다. 그걸 아예 별도의 꼭지로 만들지. 허 과장이 '쥐라기 공원'을 따로 하는 것처럼, 앨리스도 우리 언어 문제를 끄집어내서 새 꼭지로 만드는 게 좋겠는데."

"예, 그게 좋을 것 같습니다. 삼십 년 뒤 우리말이 어떻게 변할까, 하는 것은 모두 관심을 보일 주젠데요," 허 선배가 받았다.

그 사이에도 내 마음은 바쁘게 움직였다. 앨리스에게 항의해보았자, 물론 소용없었다. 차라리 빨리 다른 주제를 생각해내는 편이 훨씬 나았다. 허 선배가 즐겨 말하는 대로, 재능이 있는 사람 가까이 가는 것은 위험했다.

6

차가 한강을 건너기 시작했다. 마음을 덮은 그늘을 억지로 걷어내면서, 나는 차갑게 보이는 강물을 내다보았다. 풍경은 시원했지만, 가라앉은 마음은 별로 가벼워지지 않았다.

"까짓 것," 나도 모르게 내뱉고서, 가슴을 펴고 숨을 깊이 쉬었다.

그랬다, 따지고 보면, 별것 아니었다. 허 선배와 앨리스가 장 팀장의 칭찬을 받고 별도의 꼭지를 쓰라는 격려를 받았는데, 나는 칭찬도 받지 못했고 별도의 꼭지를 쓰라는 얘기도 듣지 못했다. 그나마 나무람을 듣지 않았으니, 크게 마음 쓸 일은 아니었다. 오락과 예술의 융합이라는 주제가 아쉬운 대로 장 팀장의 마음에 들었던 것이다.

'나도 두 개는 두 개니까.' 혼자서 밋밋한 농담과 씁쓰레한 웃음을 주고받으면서, 나는 냉장고를 열었다. 이승구 선생에게 청탁을 드린 과학소설을 챙기는 것은 내 몫이었다. 맥주병을 고를까 하다 콜라 캔을 집어 들었다.

그래도 아쉬웠다, 앨리스가 먼저 차지한 언어 꼭지가. 마음속에서 글이 저절로 쓰여질 만큼 멋진 주제였다. 거리의 영어 간판들에서부터 상품들의 서양식 이름을 거쳐 젊은 아이들의 서양식 이름들에 이르기까지, 한국 사람들의 언어적 감성이 이제 서양적인 것이 되었다는 사실로 글을 시작할 생각이었다. 다음엔 지난 한 세대 동안 일상적으로 쓰이게 된 영어 단어들을 열거하고. 영어식 약어들의 범람을 들고. 그리고 그런 추세를 외삽해서 나온 한 세대 뒤의 한국어를 실제로 써서 짧은 글을 한 단락 제시하고.

'그 멋진 컨셉concept을 남한테 빼앗기다니.' 나는 씁쓸하게 입맛을 다셨다. '나중에 앨리스한테 사실 얘기를 하고, 내 아이디어를 제공해봐? 앨리스에게 도움이 될 수도 있지.'

내가 필연적 라이벌에게 이처럼 너그러운 생각을 품었다는 것이 신기해서, 나는 잠시 내 마음속을 살폈다. '내가 언제 이렇게 마음씨가 넓어졌나?'

어찌 되었든, 앨리스에게 내가 생각했던 것들을 얘기하겠다고 마음을 먹었더니, 마음이 훨씬 밝아졌다. '내가 마침내 철이 드는 모양이구나.'

소리 없는 웃음을 내면서, 나는 맥주 캔을 꺼냈다. 자축하는 뜻에서. 이미 오래전부터 앨리스에 대해서 경쟁의식을 품는 것이 현명한 일은 못 된다고 판단한 터였다. 물론 문제는 이미 느끼는 경쟁의식을 마음대로 밀어낼 수 없다는 것이었지만. 그런데 뜻밖에도 내가 너그러워진 것이었다. 대단한 일은 아니었지만, 맥주 한 캔으로 자축할 만한 일은 되었다.

'그리고 오락과 예술의 융합을 잘 다루면, 괜찮은 글이 나올 만도 하고……'

7

차가 의정부의 병원에 닿았을 때, 나는 오락과 예술의 융합에 관해서 인터뷰할 사람들의 리스트를 다 만든 참이었다. 병원 문을 들어서는 내 걸음에 탄력이 느껴졌다.

유홍철 씨와 인터뷰하러 온 잡지사 기자라고 하자, 안내원은 그가 병실에 있다는 것을 확인해주었다. 사십대 여자였는데, 얼굴이 밝고 상냥했다. 그녀에게 고맙다고 인사하고 엘리베이터로 가는 사이에 나는 복도에 로봇들이 많다는 사실을 새삼 깨달았다. 진단과 치료에서 인공두뇌와 로봇이 점점 많은 몫을 한다는 애기는 자주 나왔지만, 막상 복도를 걸어가다 보니, 만나는 사람들은 환자들을 빼놓으면 대부분 로봇들이었다. 더욱 새삼스럽게 느껴지는 것은 그런 풍경이 그리 낯설거나 어색하게 다가오지 않는다는 사실이었다.

병실 문은 반쯤 열려 있었다. 그는 혼자였다. 창턱에 산의 사진이 나온 묵직한 책을 펴놓은 채, 휠체어에 앉아 창밖 먼 곳에 눈길을 주고 있었다.

쓸쓸한 위엄이 그를 감싸서, 나는 선뜻 그에게 다가가지 못하고 머뭇거렸다. 그와의 첫 대면을 매끄럽게 치르려고 여러 상황들을 상정하고서 마음속으로 준비했었는데, 이런 상황은 그것들 가운데 들어 있지 않았다. '쓸쓸한 위엄'은 내 마음속 그의 모습에 어울리는 특질이 아니었다. 내가 '댓 배스타드'라고 부른 사람은 온몸에서 오만한 자신감을 뿜어내는 사내였다.

나는 마른침만 삼켰는데, 그가 천천히 고개를 돌려 나를 바라보았다. 그리고 부드러운 웃음이 담긴 눈길로 말없이 물었다.

"저는 『비욘드』라는 잡지의 기자인데요……" 다음엔 '선생님 인터뷰를 하고 싶습니다'라고 말해야 하는데, '선생님'이란 말이 목에 걸려서 나오지 않았다.

"아, 그래요? 들어와요." 그가 벽에 기대 놓여진 소파를 가리켰다.

문을 닫고, 나는 소파 끝에 엉덩이를 걸쳤다. 가슴이 거세게 뛰고 있었다. 무슨 얘기를 해야 할지 막막했다.

"무슨 잡지라고 했지요?"

"저어기, 『비욘드』라고요, 월간집니다."

그가 고개를 끄덕였다.

"저어기, 젊으셨을 때, 그러니까 한 이십 팔구 년 전에, 정자 은행에 정자를 기증하신 적이 있으시죠?" 엉뚱한 물음이 불쑥 나왔다. 아차 싶었다. 물론 이런 식으로 얘기를 시작할 생각은 아니었다.

그가 흠칫했다. 그를 감쌌던 쓸쓸한 위엄이 얼음처럼 부서져 내렸다. 얼굴에 당혹이 어렸다. 그는 두 손으로 휠체어 손잡이를 꽉 잡고 나를 뚫어지게 바라보았다. 병실에 쌓인 침묵이 견디기 어려워졌을 때, 그가 한숨을 길게 내쉬었다. 그리고 무겁게 고개를 끄덕였다. "아가씨는 몇 살인가요?"

"스물일곱입니다." 나는 그가 상황을 알아차렸다는 것을 깨달았다. 형용할 수 없는 감정들이 북받쳐서, 눈가가 아려왔다. 나는 눈물을 보이지 않으려 애쓰면서, 그의 눈길을 피해 창밖을 내다보았다. 건물들 위에 걸린 하늘은 맑지도 흐리지도 않은 덤덤한 모습이었다.

"어떻게 알고서 찾아왔어요? 찾기가 힘들었을 텐데." 내 얼굴을 한참 살피더니, 그가 물었다. 문득 물기가 어려 탁해진 그의 목소리가 많은 것들을 말해주었다.

"제 지놈과 매치되는 지놈을 가진 사람을, 대략 오십대 남자를 찾으면…… 오늘 아침 매치되는 지놈을 찾았어요." 잠시 망설이다가, 나는 마음을 다잡고 덧붙였다. "그리고 저는 등산을 좋아해요."

그가 나를 손짓으로 불렀다. 내가 다가가자, 그가 손을 내밀었다. 내가 오른손을 내밀자, 그가 내 손을 잡고 들여다보았다. 그러더니 내 손 옆에 자기 왼손을 나란히 놓고서, 수줍은 미소를 띠고 나를 올려다보았다.

그의 손은 평생 높고 험한 산을 탄 사람의 손답게 크고 거칠었다. 내 손은 작고 보드라웠다. 그러나 한눈에도 두 손이 닮았음을 알아볼 수 있었다. 눈길이 마주치자, 우리는 함께 웃음을 지었다.

"이름은……" 내 손을 두 손으로 쓰다듬으면서, 그가 조심스럽게 물었다.

"서경이에요."

"예쁜 이름이구나." 잠시 망설이더니, 그가 조심스럽게 불렀다. "서경아."

"네."

"미안하다. 그 말밖에 할 말이 없다." 탁한 목소리로 말하고서, 그가 고개를 숙였다. 잠시 마음을 가다듬고서, 그가 고개를 들어 나를 올려다보았다. "그리고 고맙다. 나는 자격이 없지만…… 젊을 때 생각 없이 한 일이었는데, 이렇게 네가 찾아오다니…… 염치없지만, 자격도 없지만, 그래도 흐뭇하고……"

298

내 가슴에 스물 몇 해 동안 쌓였던 빙하가 녹고 있었다. 빙하가 녹은 거무튀튀한 감정의 물살이 소리치며 내 마음의 지평 밖으로 흘러가고 있었다.

8

차가 병원을 나서자, 나는 의자에 몸을 기대고 눈을 감았다. 흥분의 물살이 차츰 가라앉으면서, 몸이 나른해졌다.

한 번 말문이 트이자, 나는 얘기를 멈출 수 없었다. 그에게 알리고 싶은 것들이 그렇게도 많았다. 엄마와 아빠에 대해서도 얘기했다. 물론 우리가 가장 많이 얘기한 것은 내가 톈산 산맥을 오르는 일이었다.

그는 병원 로비까지 내려와 배웅했다. 내 두 손을 잡고서 드러내지 못한 정이 속에 담긴 눈길로 내 얼굴을 쓰다듬으면서, 그는 말했다. "서경아, 조심해라. 응?"

"네, 아빠." 나는 충동적으로 덧붙였다. "아빠 다 나으시면, 나랑 같이 엄마 보러 가요."

생각해보면, 그는 낯선 사람이었다. 그러나 내가 그의 생물적 자식이라는 사실은 스물일곱 해가 쌓아놓은 벽을 단숨에 무너뜨리고 우리를 친밀한 부녀로 만들었다. 옛말대로, 피는 못 속이는 것이었다. 그랬다, 세월이 흘러도, 바뀔 수 없는 것들이 있었다.

문득 생각 하나가 떠올라서, 나는 기댔던 몸을 벌떡 일으켰다. 그리고 잠시 맹렬하게 생각했다. 확신이 서자, 나는 망설이지 않고 전화를 걸었다.

"여보세요."

"팀장님, 저 김서경예요."

"응."

"팀장님, 신년호 특집에 대해서 생각해봤는데요, 지금 우리가 쓰는 기사들이 모두 변화에 초점을 맞췄잖아요? 한 세대 뒤엔 세상이 어떻게 바뀔 것인가, 그걸 독자들에게 보여주자는 얘기잖아요?"

"그렇지."

"그런데 정작 중요한 것들은, 사람들에게 정말로 중요한 것들은, 세월이 가도 바뀌지 않거든요. 예를 들면, 부모와 자식 사이의 정은 세월이 흐른다고 바뀌지 않잖아요? 그렇게 한 세대 뒤에도 바뀌지 않을 것들에 관한 얘기를 한 꼭지 만드는 것은 어떨까요?"

"음……" 장 팀장이 잠시 생각했다. "그거 아이디언데. 서경 씨, 그 컨셉을 다듬어서, 나한테 알려줘요."

"네, 팀장님." 전화를 끊고 나서, 나는 누구에게랄 것 없이 물었다. "지금 컨셉이란 단어를 쓰지 않으면서, 일할 수 있는 대한민국 시민이 있을까?"

작가의 말

작품들을 한데 묶어놓으니, 사람의 정체성을 주제로 삼은 것들이 많음을 새삼 깨닫게 된다. 여기 실린 단편들이 대부분 과학소설이라는 점과 관련이 있을 것이다. 새로운 과학 지식과 기술은 사람이 자신에 대해 품은 생각들을 바꾸도록 강요한다. 브라이언 올디스Brian W. Aldiss가 과학소설을 "우리의 발전된 그러나 혼란스러운 지식수준에, 즉 과학에, 비추어 나올 수 있는 사람의 정의와 우주에서의 그의 위치를 찾는 일"이라고 한 것을 음미하게 된다.

「내 얼굴에 어린 꽃」은 원래 계간지에 발표했었는데, '읽는 희곡' 형태를 한 장편 『그라운드 제로』의 한 부분이 되었었다. 처음 모습을 많이 살려서, 여기 실었다.

2008년 여름

복거일